黄伟康—著

贵州出版集团
贵州人民出版社

在无暇的人生中，有暇地活着。

目 录

我，都市丽人，回村也要喝咖啡   1

大家都有病   18

天真与自恋   40

爱像洗了一半的澡   58

风平浪静的焦虑症   77

我的孤独是一座苹果园   97

这就是渔村生活   116

不　留   132

你和 2008 一起过去   153

大喜……过望	172
梦里不知身是客	191
人生到处有青山	211
我是农民,可以便宜点吗	233
孤独咖啡厅	249
无花果树是植物界的恶霸	277
北京只是一处柔软的结痂	296
去没有我的世界	310
无暇的,有暇的	324

我，都市丽人，回村也要喝咖啡

1

我在露台上收衣服。

傍晚的阳光还是火辣辣的，裹着柔柔的海风盖过来。天线杆上拉着一条尼龙绳，衣服们无精打采地挂在绳上，随海风轻轻摆动，偶尔踢出一股洗衣液的清香。

我举着一根竹子做成的晾衣杆，往上托起衣架。一架飞机从头顶飞过，我眯着眼睛，一手挡着阳光，一手持着晾衣杆，痴痴地抬头望着。这让我想起小时候，那会儿我也总在露台上看飞机飞过，盼着长大后要随着那架飞机飞出这座渔村。

阳光真舒服，我不自觉地放了会儿空，不料一阵海风猛地刮过，衣架上的衣服突然滑下来，朝隔壁底下的露台飞了过去。

我慌张地趴在墙沿上看——

不妙，那是我的内衣，正不偏不倚地扣在一盆仙人掌上！

当务之急，我操起晾衣杆低头往下捞，实在够不到，我便探出身子，摆动手臂使劲撩着，鬼知道那头比较重，一不小心，晾衣杆便耍脾气似的掉了下去。我当即傻了眼，急得原地干跺脚。

这时，隔壁有人从屋里走到露台上，拎起我的内衣，抬头撞见了一脸尴尬的我。我定睛一看，是许久不见的向东。

我的青梅竹马，我的邻居，我的初恋，我的前任。

我一言不发，立马感到脸在发烫。向东倒是冷静，操着记忆中带着磁性的嗓音，问我："你回来了？"

2

三十岁的生日刚过，我便迎来了人生的悲凉时刻。

谁能想到呢，一个月前我还在北京，那会儿刚与我那两天一小吵、三天一大吵的男朋友恋情告吹。告吹就告吹，毕竟将就的爱情就是一盘散沙，我们不过是在为彼此的恋爱经历凑数而已。

之后，我听信"情场失意，职场得意"的说法，怀揣着成为职场女王的决心，一心扑在工作上，开始无止境地熬夜加班，两天一小熬，三天一大熬，可最终还是错付了我的一颗虔诚之心——在某个加班的凌晨，我身体不适被送进医院，收获了一张惨不忍睹的体检单：由于长年的工作压力和负面情绪堆积，我被查出了甲状腺结节。

手术是我一个人去做的。说实话，在北京很难交到真心朋友，哪怕有短暂地交付真心的朋友，可一旦发现你落寞，也就不再真心了。

几天后，我独自在医院的病床上醒来，麻药还没退，我便艰难地举起手机拍了一张左手正在输液的照片，紧接着编辑文字，开始在微信朋友圈进行我的表演：以为孤独的第一级是一个人逛超市，我真是又傻又天真！

"天真"是我的名字，我真的很擅长自嘲。

不仅如此，我还自留了一条俏皮评论：谢谢大家关心，手术成功，我已经生龙活虎啦，甚至在规划 Q2 的工作，不要因为我是娇花就怜惜我，让暴风雨来得更猛烈些吧！

我之所以如此煞费苦心经营朋友圈，都是为了跟我的老板传递我的雄心壮志。

我在一家行业排名前五的 MCN 机构做短视频制作人，亲自孵化一年，好不容易培养出五名全网粉丝超一千万的网红，全年可以帮公司创造两千万的广告业绩。可就在公司得知我身体抱恙，给我批了一个月的病假之后，平时关系还不错的同事便趁火打劫把他们全部挖走了。

老板如是说："天真，你也清楚网红都是一朝一夕的事，没准下个月就不火了，你需要休息。运营二组提议，你手下的网红暂时由他们去带。"

倘若你在职场混过一年半载，大概就能从老板的话里听出端倪——我可能要失业了。

因为一场病假，我被同事掠夺了工作成果，同时我的大好前程被葬送。

原以为我的老板看到那条朋友圈可以回心转意，没想到在我的追问之下，仍然没有等来他的回复。曾经，我就因为性别遭到过老板的质疑："这行竞争很大，需要经常加班，你这两年有怀孕打算吗？"

谁又能想到，我挺过了性别这一关，却没挺过身体这一关。身体垮了，我就不能再加班为公司创造价值，就会被抛弃。

是的，连我自己都没想到，这就是我目前的人生——我今年三十岁，北漂八年，没有爱情，没有事业，没有健康。一无所有。

我不服输，但我不得不认命。

3

你可能已经发现了，我的口头禅是"谁能想到呢"。我自己想不到，也觉得别人想不到，所以常常觉得人生就是没人能想得通的东西。它有时候连东西都算不上，只是让人叹气的、时不时出来吓人的一只鬼。

人生，可真吓人。

北京曾是我的一个千秋大梦，但事与愿违，当初高考我因一分之差没被心仪的学校录取，与北京失之交臂。直到大学毕业后，我只身闯荡了八年，如今不仅没在北京站稳脚跟，甚至还有被赶回老家的压力。

那天我发完朋友圈，便瘫在病床上思考人生。老妈冷不丁地给我打了一个电话，劈头盖脸地吐了五个字："你给我回来！"

原本迷茫的我接到她的电话就更迷茫了。我错愕地问她："回哪儿？"

"你还有脸问回哪儿？回老家！你怎么一个人做手术？你要死了！"

"不是，你怎么知道我做了手术？"

"你婶跟我说的！"

"我婶怎么知道的？"

"你堂妹跟她说的！"

我大吃一惊，坚强如我，平时逢亲戚都是报喜不报忧，难道是有什么漏网之鱼？我迅疾地翻出我的朋友圈，果然发现堂妹没有在我设置的屏蔽分组里。也就是说，在以往的无数个夜里，我的堂妹都目睹了我所有的文字表演，最可恶的是还保持了沉默。我拍了一下大腿，咬牙切齿地跟我妈抱怨："那个死丫头真是大嘴巴！"

"你马上给我回来。"

我妈这人有点奇怪，平时飞扬跋扈、骂骂咧咧的，这时又声调微颤，仿佛要上演一出慈母落泪的戏码。纵然我常自嘲拥有铜墙铁壁之心，但这种母女情深的戏码我还是有点招架不住，一时不知如何回应。

这时我听到话筒后的老爸在说，有话好好说别吓着闺女。随即他凑到电话前说："闺女，你别怕，我们不是要剪掉你的翅膀，别人关心你飞得高不高，爸妈只是担心你飞得累不累，你先回家休息，一个月、两个月、一年都行哩。"

我眉头紧蹙："爸，你能不能别那么文艺？"

结果老妈猛地夺过电话，叫了一嗓子："少跟她废话，马上滚回来，没得商量，就这样！"

半响过后，听着手机里的嘟嘟声，我才醒悟我被挂了电话。

这会儿，隔壁病床的大妈恰巧提着一只尿壶经过，她狐疑地扫了我一眼："小姑娘，你自己一人来做手术啊？"

听到她称呼我为"小姑娘"而不是"老姑娘",我感激涕零地给了她一个飞吻以示回应,惹得她笑得鱼尾纹飞起。与此同时,大妈眼里又闪过一丝动容,仿佛在说:那你可真够惨的!

那眼神让我想到了老妈,或许话筒背后的老妈也有着这样的眼神,只是那眼神无处安放。

是那眼神刺痛了我。

我终于低下了高贵的头颅,承认我的人生已经举步维艰,并失去了方向。我承认我嘴硬、好强、一意孤行,最终没有好果子吃。我承认我不知如何开启我的三十岁人生,因为我现在的生活所触之地,皆是残局。

人生的上半场,我彻头彻尾地败北了。

于是,一周之后,不知道该称之为逃避还是妥协,只知道那时心里一直有个声音在让我回去。我鬼使神差地离职、退租、收拾行李,买了张回老家的机票,开始了我那没有目标、没有归期的悠长假期。

4

离开北京那天,万里晴空。下了飞机,我在市里换乘大巴,沿途风景从街道变成树林,七弯八拐之后地势变得平坦,便能从树木的空隙处窥见一片波光粼粼的海。

我的老家便是海边的那个渔村。

我在车窗边拍照,记忆中这个角度就是渔村最美的样子,看上去那么安宁,像一块还没融化的芝士。

我将照片加上滤镜发在朋友圈里,配话:完美假期,有消息稍后回哦。

过了一会儿，大巴到了分岔口，客运员突然轰我下车："渔村的下车！"

"这里下？我还没到啊！"

"到了！"

客运员的大嗓门和锐利的眼神镇住了我，我突然就蔫了，抿了抿嘴也不敢反驳。在北京上班时，拿捏手下职员我还是有一套的，但一遇到粗壮豪放的大妈大叔，我便没了主意。

我扭捏地起身，屁颠屁颠地走到车头去。车上的叔叔阿姨都是质朴的当地人，从我上车以来，他们纷纷朝我投以好奇的眼光。我心想，大概是因为我太光彩照人，瞬间点亮了朴素的乡下。

可就在我踩着高跟鞋下大巴的那一刻，我便得从灰姑娘的梦里醒来——我不再是北京的Jennie，而是老家的真美味。"真美味"是我的小名，因为我打小就爱吃，并且吃什么都很美味。老家邻里一般都叫我"美味妹"，更过分的叫我"美味小仙妹"。

你就说丢人不丢人？

"前面再走一走就到了！"客运员遥手一指。随后，大巴的车屁股朝我排出一溜黑烟，呼呼地开走了。

我和大行李箱被丢在路边，看着大巴离去，如同目送一个负心汉。然后我左顾右盼，发现四下只有我一个人。

分岔路处是一条荒芜的碎石小道，我拖着行李前进，刚走两步就崴了一脚，我低头看了一眼那双名牌高跟鞋，顿时心疼起它来。

城市里讲究的，在这里没条件讲究。尤其是在你生活一地鸡毛的时候。

我叹了口气,只能脱下高跟鞋,从行李箱里取出一双运动鞋换上,脚踏实地,平稳走路。经过一个拐角,视野逐渐开阔起来,没一会儿便看到了在村口等待的老爸。

他朝我吹了个口哨,一边骑着他心爱的摩托车朝我开来,一边念叨:"闺女!你怎么自己走来哩?"

"客运员在前头把我赶下来了!"一见老爸,我恍若又变回他最疼爱的、从未长大的真美味,不自觉扬起撒娇的语气。

"这班混账东西把你当外人了吧?你要说是这里人,他才会开进来!"老爸将我的行李箱绑在车尾的后车架,唤我上车,"闺女上车,爸载你回家。"

"你的头盔呢?"

"这里谁管你哩?"老爸用鼻孔发出冷笑声,二话不说启动摩托车。

我感受到了他的鄙视,但仍不死心地嘱咐:"这样不行,你以后要戴头盔,注意安全,知道吗?"

"哦,好嘞。"

从他敷衍的答复中,我知道他没听进去。

5

我搂着老爸的腰,摩托车在宽敞的沙路上前进,我们的右侧就是一片海。微咸的海风扑面而来,一路随行。

"美味妹回来啦?"偶尔路过一些小摊,老板们热心地跟我们打招呼。

我惊讶于他们都还记得我的小名。

老爸忙点头笑说："是啊,回来了。"

眼看摩托车没走向回家的路,我问老爸："这不是回家的路吧?"

老爸说:"你妈让我载完你,顺带买些咸鱼回去!"

我苦笑:"不愧是老妈。"

我已经两年没回老家了,一切还是熟悉的气息。

老家真是神奇的地方,只有时光和四季淌过,其他都不会轻易改变。拐进巷道,前面的路还是曾经放学的景象,大树下摆着水果摊和油炸摊,巷道里的墙上涂着丑陋的涂鸦,写着污言秽语、修锁电话,贴着性病防治广告,还画着"我们就是未来"六个粉笔字。

我们到家时,老妈正蹲在门前剥花生。一见我和老爸,第一件事就是问,咸鱼买了吗?

"买了。"我冷冷地说。

"多少钱?要是知道你是外来人,看着有钱,要坑你的。"老妈满意地接过我手上的咸鱼。

我疑惑地问:"什么外来人本地人,你们怎么还区别对待?"

话语刚落,只听一声狗吠,一只小狗从家里跑出来,耷拉着头闻我的脚。我一瞧,顿时尖叫:"妈!阿连怎么变成这副鬼样子?成土狗了啊!"

眼前灰头土脸的阿连,瘦巴巴的,裹着一身灰,毛发里还夹着树叶。我不敢置信,这是两年前我托付给老妈照顾的泰迪犬,那时候它还毛发蓬松油亮,狗模狗样,见到喜欢的人会上蹦下跳犹如患有狂躁症。

"它是泰迪,也是贵宾犬的一种!"我怜惜这只可怜的小家伙儿。

"怎么了,不是还活着?什么贵宾不贵宾的,入乡随俗。"

"你不给它洗澡?"

"笑死人咧,你去打听打听谁给狗洗澡的。随便养的才好养!"

我头疼,不自觉说了一句:"你这样我以后生孩子哪敢让你带?"于是,我听到了老妈无情的鄙视声:"哟,你先生了再说吧!"

我懒得理会,把高跟鞋放在家门旁,再将行李箱拖回我的房间。

房间虽然简陋,但是老爸已将它清扫干净。我站在房间中央扫了一眼,墙上还贴着《情书》的电影海报,窗上还保留着春节期间贴的窗花。可能是错觉,我觉得床似乎变小了。倒是床上那张布满大红花的棉被,还是那么具备视觉冲击,瞬间抓住了我的眼球。

这时阿连跑进房来,泪花闪闪地望着我,直叫我的心揪成一团。

老妈做晚饭时,我抱起阿连就给它放洗澡水,一通操作之后,阿连又变得美丽动人。

"看上去顺眼多了。"我将阿连拥入怀中。过了一会儿,老妈便唤我去吃饭。

我一瞅见桌上自己爱吃的饭菜,心情顿时豁然开朗。可当我一屁股坐下去,准备大快朵颐时,老妈突然掐着嗓子大喊:

"天真啊！吃饭了！"

"我不是在这儿了？你喊什么？"

我一头雾水，直到瞧见老妈招摇地站在院子的墙边继续大喊，我才明白过来，她是故意想让邻居听到的。她唤得凄凄厉厉，喊魂似的："闺女哟！吃饭了！"

我朝她翻白眼，顿时没了食欲。只见她清了清嗓子，跟野猫一样踮着脚踱步回来，一脸八卦地问我："闺女，你跟向东说你回来了没？"

"没有。"我放下筷子，脸色难看得像个死人。

向东是我长跑多年的男朋友，从青梅竹马到成为彼此的初恋。我爱他，因为他玉质金相、帅到掉渣，满足了我肤浅的养眼需求。另外他也爱我，并且无条件地对我好。向东背着我的时候，无论我像一只怀孕的河马还是像一个千斤重砣瘫在他的背上，他都会说："宝贝你真是身轻如燕、仙女下凡，我一点也不喘。"

当代所有女性都会为自己能拥有这样的男朋友而乐得飞上云霄吧，我想。可直到我们分开，我才明白了一个道理——我拥有了对方的容貌、体贴还有爱，却忘记了最重要的一点，那就是大部分的爱情都很难抵过现实。

两年前，向东打算回老家发展，他不想漂了，想安定下来，但我还想继续漂，执意要留在北京，于是我们分手了。

用一种有趣又矫情的说法便是：向东像风吹来的沙，铺天盖地扑向我，弄湿我的眼睛也让我深陷沙尘暴，可当另一阵风来了，他就顺风拍拍屁股走人了。没点良心。

不是说好一起在北京扎根的吗？结果却是向东逃走了。我们都要强，没有为对方妥协。

老妈没想让我好好吃饭。她夹起一块红烧肉往嘴里送，眼睛却不敢看我："向东啊，现在混得可好了，在新区有两套房，还有车，妥妥的钻石王老五！你呢？"

我嘴唇紧闭，心里不是滋味。才两年光景，向东在老家已经是成功人士了？

老爸没跟老妈一起胡闹，一脸郁闷地提醒老妈："你看你说这些干吗？"

老妈冷哼了一声，扭头问我："闺女啊，你是不是不开心啊？"

我打起精神："我很好啊，你看我不好吗？"

没想到老妈步步紧逼："那你在北京买房了没啊，接下来你有什么安排，留老家还是回去？"

"看心情咯，实在不行我就啃老！"

我佯装轻松，心里却想说我不知道。老妈悻悻然地瞪我，直骂我老不正经，末了又补充说，要啃只能啃一年，她存的钱可是要养老的。

我吃完饭便心烦意乱地回到房间，将行李箱摊开，捡起那一个个名牌包包和一件件名牌衣服摆开来。它们在这个房间里是显得那么格格不入。随后我看了一眼银行卡余额，想起信用卡还欠了一堆债，不禁叹了口气。

我好像什么都有，又好像什么都没有。

当初跟向东分手时,我声嘶力竭,哭得死去活来,最后趾高气扬地跟他发誓:"就算我一个人,我也一定会在北京出人头地,我一定会成功,我会让你后悔!"

结果呢?

我只是一个"身残志坚"的吹牛大王,牛皮吹破,如今显出原形来。

"真丢脸啊。"

我站在房间中央,宛若悬在深不见底的黑洞里。

6

回老家的第二天,鸡鸣早早响起,吵得我头疼。老妈一早便开始做家务,一边拖地一边跟被窝里的我宣战:"天天躺在床上睡觉不知道起来,什么也不干像什么样子!"

我眯着眼睛看了下时间,七点。我顿时来气:"天天?哪里来的天天?"

老妈强词夺理:"一看你就是天天这样。"

"你想象力真丰富!气死我了,能不能对病人好一点?"

"那你还不快点起来运动!至少起来吃早饭,你在北京肯定没吃过早饭,别以为我不知道你们这些人的臭毛病!"

我被嚷得头疼,强撑着爬起来坐在院子的门槛上,眼神呆滞。我这才想起一件要紧事,朝老妈嚷嚷:"我要喝咖啡!"

话毕,我才意识到我竟然忘记带咖啡回老家。我猛地一拍大腿:"家里有咖啡吗?"

"什么东西?没有那种东西!你要不要喝豆浆?"

"我要喝咖啡！"

我要清醒，我要续命。

我猛然想起我的闺蜜在老家开了唯一一家咖啡厅，便问老妈："梦露的店开了吗？"

老妈笑了，说："那店离这儿远着呢，十点开门还算早的。"

我一想也是，只能打开外卖APP，别说咖啡了，村里根本就没有外卖店铺。

老妈说帮我去邻里问问，我兴高采烈地嘱咐："不用手磨，不用挂耳，浓缩的也行！"

结果她挨家挨户寻完回来，最后跟我抱怨："没那种东西！有人说跟中药一样黑乎乎、苦兮兮的！你别那么娇气哩！喝豆浆！豆浆喝下去就好了，不然你自己煮中药去！"

我要哭了，瘫在沙发上："我要……喝……咖啡。"

看老妈见死不救，我毅然决然地牵起阿连，趿着拖鞋，行尸走肉般地在巷道上游走，逢人便问："你知道哪里有卖咖啡吗？"

在众人奇怪的眼神中，我站在一家还没营业的小卖铺前彻底死了心。吃过早饭，我如同被夺了舍，开始了一天的"当机时刻"。说实话，非自然醒后我便放空一切，至今还没有缓过来。

直到午后我抱着阿连在院子里晒了两个小时的太阳，伴随着耳边老妈的唠叨，才有了点在老家的真实感。

到了傍晚时分，三个邻居大妈突然拜访，她们围坐在院子里一边晒海带，一边跟老妈开始了以我为中心的审问风暴。

"我听说你闺女回来啦，特意来看看。哟，长得真标致啊，今年多大啦？"

我如实回答:"三十了。"

"你在北京挺好的吧?"

我戴上友好面具,虚伪地回答:"挺好的。"

结果林大妈突然开炮说:"你那个男朋友啊,我在电视上看到了哩。"此话一出,她们炸开了锅。

"美味妹的男朋友还是明星啊?这么有能耐的呀?"另一位大妈跟风问。

我陷入沉思,猛地想起跟向东分手后,为了避免被追问恋情的尴尬,我曾拿出蔡徐坤的照片忽悠前来打探的大妈们,说他就是我在北京的男朋友。

这下要露馅儿了!

我支支吾吾地开始装作为难的样子:"哎呀,早分了啦,跟明星谈恋爱很麻烦的,常常见不到面,但他又太黏我,受不了就分了!"

就在我快要糊弄过关的时候,老妈却直接拆台:"做你的白日梦!我闺女啊,别说多惨,之前跟我们隔壁那惠英的儿子谈了好久的恋爱,谈崩了哩!又在北京谈了个男的,一天到晚老吵架,那男的还很妈宝咧!"

我语塞,顿时脸面挂不住,心里阴霾笼罩。这还没完,林大妈又说:"情情爱爱总有得谈,工作顺心才是最重要的咯。"

"她工作也不顺呀,天天加班,身体搞垮了,刚做完手术。还有城里人坏得很,她一请假,工作就被抢走了哩。你们说说这都什么事?"老妈继续拆台,我的脸逐渐变得像抹布一样臭,却怒不敢言,只能憋屈地握着拳头,气得发抖。

邻居们似笑非笑,只能打圆场说:"回来了就好。"

等到她们离开,我跟老妈吵了起来:"你为什么要那么实诚,我不要面子的吗?"

"什么面子不面子的,人家是关心你。"

"村里的人怎么样我不知道?一堆杨二嫂,一天天只知道催婚、嚼舌根,你以为人家是好意?别人说不定开心得很。你就会让别人看笑话!"我心里憋屈,不吐不快。

"你怎么还瞧不起人哩?"

"早知道我就不回来了!"

我脱口而出一句伤人的话,随后跟老妈都消停了下来。冷战片刻,有人敲了门走进院子,竟然又是林大妈。

"哎呀,你闺女不是刚做完手术嘛,我从家里拿了些党参过来,这个可以煮汤补补身体哩!"

谁知道,就在她们半推半就的时候,另外两个大妈也再次上门。一人带着乌鸡,说是早上刚在市里买的,取了一些过来;另一人递给老妈一张名片,说:"我听说啊,梅老头他老伴,就巷头卖海鲜那个啦,也得了你闺女那病,就是看这个医生好的咧,我去问了联系方式,你空了可以带闺女去看看!"

我哽住了,有点后悔刚才一时糊涂说出的话。

老妈收完礼送走大家,朝我投来一副胜利者的表情,阴阳怪气地说:"有些白眼狼哦,有时候还是得听妈妈的话。"

我投降了,回到房间面壁思过。

我到底怎么了?为什么我在北京待久了,格局反而小了,甚至还会用高高在上的姿态,以小人之心去揣测别人?

我躺在大红花棉被上,直勾勾地望了会儿天花板,然后百无聊赖地看了眼手机——没有一条消息。同事们照常工作,仿佛少了我也可以;朋友们没发来任何问候,仿佛我们未曾相识。

心情像是被注入水分的海绵,很沉重。

我点开联系方式里的老家分组,找到了梦露的头像,给她发了一条信息:亲爱的,我回来了。

顿了顿,我又补了一句:见面时给我带点咖啡。

之后,老妈在楼下喊我收衣服,我兴致缺缺地踱到露台去。傍晚依旧阳光明媚,像是白日被拉长了。

我手持晾衣杆,被阳光烤得心情舒坦了些,正闭上眼睛享受海风的轻抚。一个不留神,只听呼啦一声,我睁开眼睛便眼见衣架上的内衣被风刮向了隔壁的露台……

7

"你回来了?"

此时此刻,向东从隔壁的屋里走到露台上,他拎起我的内衣,端详了一眼才抬头与我眼神碰撞。我的脸在发烫,一时乱了阵脚,支支吾吾地丢下一句:"呃,那个……不要了!"我条件反射般扭头就往屋子里跑。

"喂!"

向东把我叫住了,我刹住脚倚在墙后探出头,搪塞道:"那是我妈的!"

背后却传来向东捉弄的话语——

"你不是一直喜欢蕾丝的吗?"

大家都有病

1

只怪当初的分手太过激烈,我声声控诉向东不留在北京是忘记梦想,是丢盔弃甲。如今,当我也被现实打得落花流水,我不想让向东看到我现在一败涂地的样子。

我跑回房间坐在床沿上,心脏突突跳。没等心情平复,我又踮着脚跑到墙边,扒在上面偷听向东的动静。谁能想到,他的声音从我家楼下传来:"阿姨,你的内衣掉在我家了。"

他一定是故意的!

我吓得跳起来,只听老妈的大嗓门飞檐走壁般传来:"这不是我的哩,这么大一定是我们天真的!闺女啊!向东来找你了!"

我心惊肉跳地冲下楼去,一把夺过向东手里的内衣,尴尬地藏在身后。

向东明知故问:"你回来了?"

老妈一马当先地,脱口而出:"是啊,空了来家里一起吃饭!"

"妈!"我大喊。

"怎么了?"老妈被吓了一跳,横了我一眼。

向东脸上又爬上了意味不明的笑,像在看一只倒翻了的乌龟出糗的模样。气氛微妙又尴尬,我无地自容不知如何收场,这时家门口传来一声:"美味小仙妹!"

这声吆喝犹如救世主降临,我"哇"的一声,将内衣塞到老妈手中,随后如同脱缰的野马,满心欢喜地朝外面飞奔出去。

"马蹄莲!"

一见梦露,我便扑了上去,开始和她手牵手转圈圈。欢喜之余,我问她:"你帮我带咖啡了吗?"

2

梦露是我的好姐妹,我们高一下学期才亲密起来的。她家境富裕,在学校里一整天都有"小蜜蜂"围着她,她也特高调,生怕别人不知道她像一朵美艳的马蹄莲似的。

"马蹄莲,马蹄莲,马蹄莲梦露。"这小名我起的,真妙。

以前读高中的时候,我常常在心里狠狠地嘲笑她,马蹄莲梦露,真适合你这个花枝招展的人呀。

可不是,梦露集娇媚、典雅于一身,长发、小脸、白皮肤,罩着宽大的校服也能被标示为"可爱",真是妖精一样明艳动人。呵呵,我就喜欢与这种人为敌。

我讨厌班里几乎所有男生都喜欢她,都围着她团团转。每个人都是一副献殷勤的德行,只要梦露朝他们微微一笑,他们就心满意足,好像梦露的笑容能当饭吃一样。

可能是从小家庭教养的关系，梦露对待任何人都甜美和礼貌，在我们女生心里就是"假"。太假了，我称之为"不假惺惺会死星人"。最高明的是，梦露从不拒绝男生的团团转，还把他们的殷勤拿捏在手里，是个天生的猎艳高手。

总之，我妒忌她、防备她，怕自己喜欢的男生被她认识，被她抢走——如果她想要，她真的能做到。

"我怕。"

梦露最喜欢掐着嗓子说这两个字。其实也不算是掐吧，她的音色本来就是让人感觉娇滴滴的。

高一上学期的一次班级旅游，我们爬上了山顶，正要走过一段两百米长的铁索桥，好生刺激。可是梦露胆怯地站定在铁索桥边，队伍就停止了前进。不知道梦露怎么轻易地就让自己的脸迅速憋红起来，她委屈地转过身跟女生心目中的"雄壮铁狼"体育委员说："我怕。"

我没有看错，四个男同学同时哄上去抢着要背她。

"背着才容易摔下去粉身碎骨好吗？"我鄙夷地瞪着她，回过头可怜兮兮地注视着跟我相处得比较好的兄弟，朝他拧着鼻音说，"我怕……"

那个兄弟举起拳头摆在我的脸前，口吻冷淡地说："你再装试试看。"

哼，就是这么不一样。

当我一脸哀怨地回过神时，梦露已经趴在体育委员结实的背上，身后还有另外一个男的护驾，几个人像驾坦克一样闹哄哄地过桥了。

当那两个男生被老师称赞很懂得助人为乐时，他们的几颗大牙都要乐出来了。

男生的女神,女生的灾难。身边总会存在这样的矛盾体,但是你不得不佩服她,她活得如鱼得水,就是比我们强。

那些我们想要举起枪支猛烈扫射的人,多半拥有一技之长,赶不上吧我们干着急,赶上吧我们又心存不甘——谁要跟你一样呢。

强者总是教会我们妒忌。

在我印象里,梦露想要得到的东西,她势必不择手段也要得到。天地良心,就看她要不要了。

高中的体育课上梦露伤到了腿,她爸妈都在外地工作,没人可以开车送她去上学。为了在拥挤的公交车上坐着来上课,梦露硬生生穿了两个星期的孕妇裙……

也不知道她怎么想的,你腿受伤了可以绑着绷带,多半人都会给你让座。可她就是嫌弃缠着满是黄色液体的绷带不雅观,也不嫌到学校了还得换回校服麻烦。

"起来!"想象一下,瘦小的梦露故意挺着瘦瘪的肚子,叫嚣其他不识趣的陌生同学的模样。我在公交车上看到那一幕乐坏了,我知道无所不能的马蹄莲梦露要飞起裙摆放箭了。

"为什么起来?"有人不让座。

"睁大你的眼睛,我是孕妇!"重音放在最后两个字上面,全场寂静,只听到公交车的驱动声。所有人都将热辣辣的眼光投向那名男生,随即他就唯唯诺诺地让了座。

就这么赢了。

梦露拎着书包坐下去,脸不红心不跳。那一刻,我发现我喜欢她却又害怕她。

这就是以前我所知道的，最表面的"马蹄莲梦露"。
这名字我起的，她只准我这样叫她。

3

许久不见的梦露穿着一袭露腿短裙，仍然妖艳似马蹄莲，娇滴滴的肌肤白得发亮，在旧街巷里明媚得像一道风景线。

我使劲打量她，捏起她的下巴："真可惜，穿成这样在这里就是暴殄天物。"

"村花的事你少管。"

梦露故作娇媚地往后甩了一下长发，一见向东，突然两眼直勾勾地盯向我，朝我暗示着什么，接着嘴角上扬，飘出一声："哟！"

我回以梦露一道锐利的眼神，梦露见状立马跟我妈说："阿姨，我带天真去海边散步，就借一会儿！"

我还穿着拖鞋，便被梦露拖着往海边跑。

天色暗了下来，我跟梦露手挽手于海边漫步。空气有点咸。梦露问我过得怎么样，为什么突然回来了。

我停下脚步，欲言又止地望着梦露的脸。隔了一会儿，我不知怎么地，猛地哭出声："我想死你了！"

我终于哭了，终于可以什么都不管地号啕大哭："我搞砸了……"

我把我的人生搞砸了。

我哇哇大哭，眼睛像彻底坏掉的水龙头，满脸泪水。只听了只言片语，梦露却仿佛拥有读心术，安慰道："亲爱的，来得及。"

"来不及，都来不及了！我三十岁了，被打回了原形，我回到了起点，回到了老家！"我悲伤地趴在梦露的肩上，哭得死去活来。

梦露狂拍我的背，突然用力揪住我的肩膀。我察觉异样，回头才发现向东站在我身后……

"那个……阿姨要我给你带件外套，说海边晚上冷，我就拿来了。"他一脸诧异地扬了扬手里的外套。

我接过外套，鼻涕横飞地说了声："哦，谢谢。"

见向东还想说什么，我当机立断道："不要说话，拜托你现在转身快走！"

向东抿着嘴，点了点头，往后退了两步，随即转身离开了。

我狼狈地望着梦露，梦露帮我抹了抹鼻涕泪水，又嫌弃地往我身上揩。我忍俊不禁，和她同时笑了出来。

"终于哭出来了，我在北京就没这么舒服地哭过！"

想来，我在北京也不是没有试着去交朋友，只是成年人的友谊很奇怪，要么一旦发现你没有想象中那么完美，就远离你了；要么纵然一开始关系很好，但不知道怎么地，慢慢地慢慢地，当你一回头就发现别人已经有了新朋友。

快餐式友谊，表面是热乎的，尝了一口才发现内里是生冷的。

我将我在北京遭遇的所有烦恼跟梦露全盘托出。

随后，我泪眼婆娑地望着暗下来的海面，开始了一段感人演讲："看来我将在这里度过我的余生，与海为伴，接受命运的审判。"

梦露扑哧一声笑了出来，捧起沙子撒了我一脸。我愤然尖叫："马蹄莲梦露！"

"你个傻子，熬不下去了怎么不早点滚回来，休息一下也好，我养你呀。"梦露先是怜惜了我三秒，当我想认真追问是不是真的可以养我时，她又开始施展她的毒舌技能，"亲爱的，我觉得你们都有病。"

"此话怎讲？"我来了兴致，"说来听听。"

"你们这些从大城市里回来的，一个个的都很奇怪。大家都会先否定自己的长相，觉得自己长得不好看；再否定自己的能力，觉得自己技不如人；然后否定自己的家庭；最后否定自己的人生，觉得自己一切都完了。这是不是城市人特有的心理病？"

我托起下巴，认真地听着她给我下的诊断。

"走过世界，知晓我们的渺小，是为了更好地找到自己和继续前进。一旦放大我们的渺小，卑微到了尘土里，就再也没法自处，任走遍多少千山万水，也都没有了意义。不是吗？"

"有点道理，又没道理。"我佯装不屑，却又像被打了一针强心剂，"我好像活过来了。"

"攀比，让人忘记自己。"

"好姐妹！"我捧起梦露的脸颊，用力地嘬了一口。

"想不想开心一下？还记不记得我们读书那会儿，不开心的时候都去干什么？"梦露一脸坏笑地望着我。

我挑了挑眉，翘起嘴角。

十分钟后，我跟梦露来到了海边商场的门口，两人眼馋地望着门口的那个儿童摇摇车。梦露朝我点点头，我恬不知耻地大腿一跨，一屁股坐了上去。

"快投币！"我一声吆喝。

梦露换来硬币，投了一个到摇摇车里。顿时，摇摇车快乐地运转起来，并伴随着愉悦的童谣。

"门前大桥下，游过一群鸭，快来快来数一数，二四六七八，嘎嘎嘎嘎，真呀真多呀，数不清到底多少鸭，数不清到底多少鸭……"

我坐在摇摇车上来回摇摆，在歌声中问她："你说数鸭子的人，能数清楚那些鸭子吗？鸭子那么多，总会有掉队的。我觉得我现在就是那只掉队的鸭子。"

"掉队的鸭子最后可能会归队，也可能不会，但它总归有自己的路要走。你要是掉队了也没关系，记得回家的路，记得回来找我们，我们永远宝贝你。"

"我要哭了。"

"爱哭包！"

这时，一个小胖子走到摇摇车旁边，露出渴望的眼神，怔怔地望着我。我脸不红心不跳地与他大胆对视。

小男孩说："姐姐，我想坐。"

"等一下！"梦露对小胖子的请求不予理会。

"你快上！"

我匆忙下来，幼稚地招呼梦露上去，梦露忙不迭地坐上摇摇车,利索地投币,随即也沉浸在这一元一次的快乐里。

"好快乐,好快乐。"我跟梦露嘚瑟地笑起来。眼见小男孩马上就要哭鼻子,梦露这才罢休:"好好好,你上!"

我们给他投了币,小胖子开始摇得不亦乐乎。我挽过梦露的手看向远处,沙滩上卷起海浪,但我的内心却似无风的湖面,无比沉静。

直到此时,我才欣然接受了自己回到老家的处境。我当然记得回家的路,那些路没有城市宽敞,没有城市明亮,没有城市四通八达,却有着最大的包容度。

掉队时能去的地方,是家。

我望着那片海,仿佛被大海指引着,坦然地大喊了一声:"我回来了!"

4

我打算用睡眠来拯救我的城市病,以更好地开启我人生的下半场。

可是每一个舒服的老家都有一只天还没亮就大声鸣叫的鸡,还有一个兢兢业业操持家务却看不惯你的老妈。我烦那只鸡,每天起床便问老妈:"能不能把那只鸡杀了给我补补身子?我是病人。"

但我却忘了老妈更烦我,她每天对我的生活习惯进行审判,从"一天到晚只知道睡觉"延伸到了"一天到晚只知道玩手机"。今天一早,她已经开始对我进行精神审判:"一天到晚只知道躺着,一点青春活力都没有!"

我如同冷宫里的娘娘一样萎靡地侧躺在贵妃椅上,听到她的话猛地皱起眉头:"青春活力?你是不是词穷了?我这是在养精蓄锐好吗!再说了,我已经是三十的女人里最青春活力的了,我不是刚吃完了十五个饺子?"

"你也知道你是三十岁的人了?"只听她冷哼一声,嘴里继续叨叨念着,"我是管不住你咯,但早晚有人治得了你!"

我后悔那时没听出她话里的玄机,直到家里开始时不时出现一些媒婆,我才察觉事态严重。

我终究没逃过每一个在老家的女人的必经之劫——老妈开始催婚了!

起初,她只是施展一些雕虫小技,比如只要我在家,她跟那些心灵之友便一通含沙射影地胡侃。

"我闺女现在这样啊……都怪我!"

她开始忏悔,回忆她的生育史。老妈说一定是在生我的时候动了胎气,我才会成了"剩女"。

当时正值计划生育政策实施前期,响应号召的氛围浓烈,村里的宣传标语可谓响亮——

"一人超生,全村结扎!"

"一人结扎,全家光荣!"

好一对干脆决绝的漂亮口号。当这些标语被我妈嘶喊出来时,我脑海里立刻浮现一群中年男女放鞭炮、骑大马、戴红花,逢人便趾高气昂地宣布"俺结扎啦!快来俺家喝酒吧!"的场景。

能想象吗?我妈怀着我在这样漫天的口号中夹紧了双腿,

倒吸着冷气。她心想：惨了惨了，以后没法生了！

我似乎带着"不许超生"的规定和信念活到现在。

她跟姐妹胡侃完，朝我脸色一沉："你就是带着晦气出生的，所以现在还没有结婚！老太太我要抱外孙子玩，我不管，你赶紧给我生一个！"

"你怎么能说一个女人是'剩女'呢？一点都没有女权意识！谁是'剩女'了？我要指正你的观念，这词侮辱性极强，现在年轻人都不兴了！"

老妈像看神经病一样看着我，指着我鼻子喊："你在说什么乱七八糟的东西啊，我怎么听不懂！那你说你是什么？"

我犹豫片刻，心虚地回她："大龄女青年？"

"哼！"

"哼什么哼，再说了，我又不是不想生。"

按照传统方法，女人要生孩子，首先得有个男朋友。而我对找男朋友已经丧失信心了。

在跟向东的恋爱长跑告吹，又经历了一场作天作地的快餐式恋情后，虽然我心里仍然会期待生命中出现一个少年，让我死而复生，顿觉自己还有爱的能力。是的，我把他叫作永远的少年。

但三十岁，我已经到了摆烂的年龄。说白了，就是懒，就是迷信缘分，就是希望男朋友不请自来，而不是自己主动去争取。

"做你的黄粱美梦！只有老姑娘才会一整天就知道'天真'！"老妈阴阳怪气道。

喏，"天真"是我的名字，看来我的自嘲天赋是跟老妈学的!

听她出言不逊,我一脸无所谓,继续陷在沙发里用白眼横她,结束了第一次漫长的抬杠。她继续嘟嘟囔囔,我以为能蹦出什么令人信服的话来,结果她咬牙切齿地丢下一句"你给我等着!"。

听时没感觉,细想却很后怕。

5

几天过后,老妈便突然领了一个公务员到家里蹭饭。

"这是你薛阿姨的儿子,小时候你们玩得可好了,还记得吗?"

"不记得了。"我佯装失忆。

"那我就来说说,让你想起来。"

老妈不管不顾地在餐桌上说得眉飞色舞,一顿饭吃下来,我跟那名无公害的公务员毫不来电,还坏了我这顿饭的胃口。

最可恶的是,在我跟她控诉她的无聊行径时,她却理直气壮:"哦哟,你也太把自己当回事了,老妈子我只是帮人家照顾孩子哩,请他来家里蹭个饭而已,谁说是来相亲的?谁操心你呢?"

"行,算你赢。"

于是,老妈开始逐渐加码,企图攻破我的心理防线,家里跟饭馆似的时不时出现陌生男子。老爸敢怒不敢言,我倒是心安神定,想瞅瞅她能折腾胡闹到什么时候。

直到一次夜里，我穿着睡衣到门口丢垃圾，与刚好回家的向东碰个正着。我装作没看到，拔腿就溜，向东却冷不丁地跟我打招呼："嗨，倒垃圾？"

"嗯。"我神态极不自然，看他也不自在，我笑笑，"没话可以不聊，拜拜。"

谁能想到呢，向东猝不及防地憋出一句："最近你家里很忙啊，很多人进进出出。"

我郁闷地停下脚步，赌气般地回他："那都是找我妈的！都说了，没话可以不聊，拜拜啦。"

我关上门，心里却不舒服。当我握紧拳头走到老妈跟前时，她正戴着老花镜，在玩手机消消乐。

"许美娇，我们聊聊，你到底要怎样才能不把男人往家里带？公务员、老师、厨师、开挖掘机的、卖寿衣的，你还有什么把戏？"

我的话竟把她听得自我感动，她掰手指数数，动容地感慨："原来我为你付出了这么多！"

随后她抬起下巴，跩兮兮地说："两条路：一条是去跟向东复合，一条是走出门去相亲、走向未来。"

说完，她敞开双臂，不忘做出一副展望未来的姿态。

"我走出门去跳海。"说完，我头也不回地跑回房间。

"喂！"

"知道了，我出去相亲！"

就这样，我投降了。

那段时日，我带着破釜沉舟的心情走进过几场相亲，意志被消磨，身心俱疲，不知不觉回头看，才发现自己从北京回老家，只是从一个坑跳到了另一个坑。

原以为"退一步海阔天空"，没想到我是"退一步坠入深渊"。而老妈还在兴头上，动不动就安排我去串门，回家就给我布置作业："这个周末空了吧，去和小伙子喝喝咖啡、看场浪漫电影。"

"谁介绍的？又是哪个男的？"

"还不清楚。"

"……你是想推我进火坑吗？如果他长得像只烂掉的猕猴桃呢？"

"管他是谁、长什么样，是个男的就去！"她说。

"……"

这就是我的亲妈，为了让我结婚已经到了饥不择食的地步。可以想象，这些日子的麻将桌上，隶属于"退休爸妈担心儿女没有归宿协会"的大妈们并没有讨论养生和保健，而是在研究谁家的子女配对起来是男才女貌或是蛇鼠一窝。眼看这个组织逐渐庞大，我知道自己的好日子就要到头了。

这天，我正想跟老妈摊牌——我不干了。没想到她话锋一转，语调上扬："骗你的哩，这次对象是梦露介绍的！"

我一听险些惊掉下巴，梦露竟然把我给卖了？

6

当梦露的电话接通之际，我朝她劈头盖脸叫嚷起来："马蹄莲，我说你自己不想收拾的烂摊子推给我是想作死吗！姐不缺男人！"

听说梦露的家人又给她找了相亲对象，这次梦露把我给卖了，我能想象她是怎样跟家人说的："最近天真有点寂寞，作为好姐妹，我想这个对象要先给天真拿去尝鲜。"

于是，梦露的妈妈在跟我老妈的麻将大会上，就给我推荐了一个传说中才高八斗的新生代好男人。

啊，上次介绍的"英俊郎君"在吃鲜贝的时候，一张嘴哈喇子就流了出来，害我恍若穿越到了恐龙世纪，眼睛都看傻了。这次把梦露的相亲对象转移给我，是玩交换生心得交流呢？

"德行不好会给你？听说是真的极品，就怕你配不上了！"听声音，梦露正躺着做面膜呢，口齿不清晰。

"谢谢你，你知道我相过的飞禽走兽已经可以拿来煮成十顿满汉全席了吗？数目众多，琳琅满目！"

"呵呵呵。"梦露铃铛般的笑声压抑又清脆，"就当免费参观动物园了。"

"所以你是跟陆一航还在纠缠呢，还是跟之前那个相亲的好了？"我不怀好意地揶揄她。陆一航是梦露的小男友。

"谁，你说哪一个？"梦露傻愣。

"我记得你好几年前有个相亲对象不错呀。就是我也见过面的那个，感觉特别适合你，后来怎样了？"

"谁！你说那个开粉红色轿车的姐妹？你坑我呢亲爱的！"梦露激动地提高分贝。

"你不要瞎冤枉人家好吗？说不定人家只是视觉系男孩。"我笑。

"见鬼！你一定要他穿着粉红色内裤登场才肯罢休是吧！我跟他结婚干吗，婚后每天帮他把眼睫毛刷上千层卷吗！他如果没问题，我就把这个十五厘米的遥控器给吃下去！"梦露气急败坏，"哦，你看不到我的遥控器。"

"哈哈哈。"我痛快地笑起来。

梦露本来就不是省油的灯，跟她相亲没有好下场，除了她的陆一航，仿佛全天下的男人都是又大又硬的臭鞋，全部都能踩到她藏在衣兜里的地雷。

嘣——

全体阵亡。

"我说，这次这人听说真的不错，地主家的傻儿子！家大业大，不然也不会给你，我不缺男人，亲爱的你缺！你太宅了。"话筒里传来她幸灾乐祸的声音。

"家里捕鱼的啊？渔业？"我好奇。

"苹果园，种苹果树的，种植业！"

"管他种什么，种金子、种钻石的我不也想相了！还有什么比女人的自由金贵？"

"你以为我真把你往火坑里推呢？你随机应变，感觉对了就谈，感觉不对了你就使劲玩，闹大一点。知道这么好的人你都瞧不上，就不会有人再找你了！"

梦露终于使出了她的压箱法宝，我听得精神抖擞，喜出望外地打了个响指："还有这种好主意，马蹄莲你就是个人精！"

7

说起来，我并没有特别在意此次相亲大战，因为在我看来，这势必又会是一场古怪的对弈，甚至是一场欺诈游戏。

我的亲妈怕对方见到我的照片临场退缩，并没有交换照片，只告诉了对方我的三围。

能接受我的三围，我已经觉得对方厚道了。但是也说不好，谁知道对方今天又要跟我上演哪场《动物记》呢。

当天，趁着约会我想顺便带阿连出去溜达一圈。

我盯着自己十分平坦的身材看了半天，穿上了一条土黄色的碎花裙，素面朝天，蹬着运动鞋感觉脚下就是全世界。镜子中的自己，一分娇羞九分土黄，活像一只在淤泥里中暑衰竭的金钱豹。

"就这样吧。"

我跟梦露借了车就出门了。

车子在乡间的小路上蹦跶，本着给予相亲对象以起码尊重的心态，当车子被三只过路的牛挡住了去路时，我决定收拾下我的脸。随即我从包里取出一片面膜，把脸给迎上去。

"卡座102，我穿格子衬衫。"就在这个时候，我收到了一条陌生人发来的短信。为了防止我找不到人，他还特意细心地嘱咐。

我盯着信息笑了一下，面膜立即起了褶皱，我又小心翼翼地把它抚平。然后放下手机继续往前开，离开小路。我听着导航准备在拐角处变道，刚转了车头，猛然发现前面就是一个橘子林,而导航差点把车子领到土壑里去,我猛地一刹车,结果背后一辆摩托车便好巧不巧地撞了上来……

砰——

一阵轻微的摇晃,梦露的车被撞了。我的眉头以最快的速度紧锁起来,随后摇下车窗,露出一张贴着面膜的鬼脸往外探,发现对方没有下车。

"喂,兄弟,你撞到我的车了。"

四下无人,我盯着后视镜,身后的那辆摩托车纹丝不动,我不禁犯嘀咕:"这死德行,让姐教训你!"

我拽开了安全带,车门一开,意料之外的事情发生了。太久没带阿连出来溜达,打了鸡血的它像一条泥鳅从我身上纵身一跃,跑了……我匆忙下车,身旁林木环绕,让我有了迷路的慌乱。

当我撕掉面膜四处张望时,发现阿连不见了。心急如焚之下,我的眼泪在眼眶中打转,我用沙哑的嗓子喊着"阿连"。

嗒,那辆摩托车放下支撑架,接着,一只趿着拖鞋的脚迈了出来,随即阿连可怜地滚了下来,在原地徘徊。可下一秒,那只脚不小心朝阿连可爱的爪子踩了下去——"嗷嗷嗷"阿连一阵号叫,我的心脏随之拧了起来。

"阿连,我就知道你没跑远!"阿连闻声朝我飞奔过来,含情脉脉地蹿到了我怀里,终归团圆。

"这只有点蠢的狗是你的吗?我刚扶车就跳了上来,还赖着不肯走。"对方的声音懒散,还要命地补了一句,"看上去一点都不黏主人!"

谁说的！真要命，碰上个来找碴儿的。

正当我检查完阿连的爪子、抬起头想要对峙时，我盯着对方的服装硬是傻愣了两秒。有没有搞错，蓝色条纹睡衣，你是在梦乡里被妈妈抓着去赶集的吗？我正要开口，那个不知好歹的圆寸头盯着我的脸竟然笑了。

竟然笑了！

"咦，你脸上这么多猪油一样的液体是什么啊，好油腻。"

我忍无可忍，用手指指着他的鼻子，对方有点错愕地退后了一步。可是那一刻我看着对方嘴边翘起的弧度突然冷场了，我支支吾吾了老半天："你你你……很野蛮！"

"谁野蛮？你装什么城里人？这里经常有动物乱跑，你开什么车？"

见对方理直气壮我更来气，我双手叉腰道："我本来没想跟你纠缠，但你态度不行，那就不好意思了……赔钱赔钱！"

"你这车子也没刮花嘛。"

"姐没时间陪你磨叽，你穿着你的病号服去赶集吧！踩到了我的狗要赔医药费，撞坏了我的车要赔维修费！先交押金一千，多退少补！"

"你不也穿得像只土拨鼠，干吗去，去采莴苣吗？"对方不服输，"还一千？你怎么不去抢？"

"你！"我咬牙切齿地盯着睡衣男的嘴脸，让自己的呼吸平复下来后，我冷笑起来，"你最好给姐听话，不然我现在就打电话给交警举报你违章以及开摩托车没戴头盔。"

"这里谁管你啊？"

他竟然说出跟老爸一模一样的话。

"……"

见对方一动不动,我闲适地以慢动作从口袋里掏出手机,随即被睡衣男扯住了:"别别,姐,别。"

算你识相。对方投降了,自认倒霉地递来一张纸,还交了押金:"这是五百,这上面有我的电话,你就继续敲诈吧!"

"五百?"

"你买东西不用讨价还价啊?"

哦,忘了这里是老家。我抱着阿连有点哀怨地看着他,眨巴着眼睛:"你站过去,站到车子旁边去。"

"干吗?"

"拍照,我怎么知道你会不会跑了。"

"啧,你欺负人呢!"

"快点,姐赶着去相亲呢。"

我对他翻了个白眼,对方就耷拉着脑袋,乖乖地站了过去,一副不耐烦的模样,干瞪着我,嘴里还嘀咕:"今天真是什么烦心事都给碰上了!"

8

我把阿连送到村里唯一的一家宠物看护中心,说是看护中心,其实也就一个动物棚。之后几经辗转,我来到相亲地点门口,离约定时间已经过去十分钟了。

盯着餐厅的门牌,我突然有点想退缩,脑海里还回响着被老妈轰炸的金玉良言:

"你不要大大咧咧,要淑女一点,先把对方骗住了。"

"要聊好一点的话题，比如房产新政啊，听上去有文化又能问出有没有房！"

"对了，一定要想法子问出实际家底。"

一想起来就头大，我的身体有点疲软，也就是在此刻，我恍然大悟自己为什么甘心成为"剩女"——

去重新认识一个人，与一个人相爱，需要重新摸索彼此的脾气秉性，了解禁忌底线，跟对方交换自己的所有过往，对彼此的三观刨根问底，磨合到最后，还要考虑各类现实问题。太累人了。

拨开层层迷雾和误解，走向那个人，拥抱那个人，都是需要鼓起勇气的。大部分时间里，我们充当爱的战士，假装爱得深沉，充其量只有三分热情。

很多时候，都是硬着头皮上阵吧。

又一次尝试。

我调整好呼吸和心态，迈开脚步走进餐厅。在服务员的指引下，远远地，我就看见对方已经坐在卡座区的沙发里，正微微抬起头往外看。越走近，我的内心越忐忑不安，对方好像已经发现了我就是他今晚的相亲对象，举起手示意我过去。

我慢慢走过去，然后便一脸错愕地杵在卡座旁。

对方是个圆寸头，身着整洁的格子衬衫，脸好像有点眼熟。他也正在盯着我仔细打量。

一秒，两秒，三秒。

见鬼了！

呆若木鸡过后，我醒悟过来立马折返准备走人。可是身后却响起了一声吆喝:"欸,欸?先别走。"

我一脸无奈,徐徐地挪过身板面向他。只见圆寸头盯着我,脸由僵硬变成戏谑,竟然还有心情笑。

"土……土拨鼠?

"欸,土拨鼠真是你?"

那一刻我听见自己心里的独白——这亲事,铁定又黄了。

天真与自恋

1

我到现在都还清楚地记得,老妈把我逼出家门之后,我第一次跟别人相亲时的场景。

在一家名为"凤凰厅"的中式餐馆,我的"处女相"就葬送在那里。当时,缺乏战斗经验的我带着一副英勇就义的表情提前蹲点,在见到对方的瞬间,我险些成为浴火凤凰。

大老远就能看见中文系毕业的他那摇来荡去的裤管。一朝我走近,他留着长指甲的小拇指挥了挥,就展现了老妈口中所谓的满腹文墨的气质。

"天哪,我迟到了,让你急得要跳墙了吧?莫怪莫怪。"

那个时候我确实想要跳墙。

那是一种宛若第一次出海便惨遭大风暴的感觉,我被绝情的浪花拍打,真是惨绝人寰。

太令人绝望了。

我以一种在博物馆参观文物的心情相完那场亲,从此一蹶不振。老妈说，对方是被我吓跑的。

"人家以为你有恋物癖，死盯着人家的小拇指看！你到底在想什么，就那么死脑筋！别人吓都吓死了，夹着尾巴遁地跑！"事后，得知男方口中的恐惧，老妈谴责起我的猎奇表现，对我嚷嚷。

"他小拇指的指甲足足有三厘米长！这男的到底怎么想的，想要撞鬼时磨成粉喝下去驱魔吗？"

"没人叫你看！"

"如果你女婿跟皇后一样翘着小拇指尊贵地坐在你对面，是你，你能不看吗！"

"你就不能忍忍？"

"办不到！"

太耀眼了。

实在太耀眼了。无论对方如何有一搭没一搭地提问，我都只能把我的注意力锁定在他小拇指的长指甲上。

"相亲中的大地之母，最后感觉对方如何呢？"就在第一次相亲快要结束的时候，梦露在我的文字直播中发来慰问。

我借着最后一口气发出去四个字："拇指姑娘。"

"奇观！"不久，梦露便心领神会地发来贺电。直到我挨到走出餐厅的那一刻，心中的风暴才退却，一切风平浪静。

劫后重生。

以至于到最后，无论别人如何热情地给我推荐人间的环肥燕瘦，到头来我只记得相亲对象的局部特征，如第二个相亲对象那西葫芦般硕大又肥美多汁的鼻头。

见过第三个相亲对象后，我只铭记了他那衣领下由脂肪隆起的两坨山丘，还为此担心他老年吃多了三高食品会被脂肪的洪流提早冲到黄泉。

"你没救了。"

老妈简简单单的一句话，道出了她这些日子以来的辛酸，但是她从没想过放弃我。我就跟她从市场上买回家才发现并不鲜美的西瓜一样，她怔怔地对着它叹了口气，抱怨两句，最后还是劝自己接受它、包容它。

她只是着急，希望我幸福，希望我嫁出去。

而我呢，只想尽力保持体面，把最后这次相亲完成，跟我的相亲之路做个了断。我原本称之为人生道路上最重要的一次"相亲会晤"。

然而，当我到现场发现对方是那个圆寸头之后，会出现什么样的场面就不好说了！

2

现在正坐在我对面的男人叫张家奇，我回老家后的第五个相亲对象。听说是地主家的儿子，家里多金又天资聪颖。双亲家庭，一个弟弟在澳大利亚留学泡洋妞，一个奶奶在跳广场舞的时候拉到了筋骨现在还在做复健。职业目前不详。恋爱史简单，认真交过两个女朋友。一个跟法国帅哥跑了，一个最后发现自己喜欢的是女人。

总而言之，是幸福的一家。仔细一瞧，他脸庞整理得干净，眼睫毛比我的还长。

完。

我觉得这位三十分钟前撞到我的车还直言不讳地指出我脸上的胶原蛋白很像猪油的睡衣男——印堂发黑，一脸不祥的征兆，此刻估计正满脑子琢磨着如何撤离这个相亲现场。

因为前面那场事故，互相的印象分都打了折扣，直觉告诉我，我们两人没戏。

一点戏也没有。

"不好意思，路上耽误了点事，迟到了一会儿。"刚一坐下，我决定假装什么都没发生，假装没认出他来。就看他识不识相了。

"我其实一点都不急！狗比人重要，比起相亲，还是先把你的狗狗安顿好比较急。"

"你在说什么呢？"我赔笑。

"你记性可真差啊。"

我在心里翻了个白眼，看来他不是个识相的男人，那就将计就计吧！

"先点菜吧，这里挺好吃的。"张家奇把菜单递给我。

"还是你点吧。"我又把菜单推了出去。

这可是从梦露那儿学来的把戏，别小看第一次吃饭的点菜环节，它可以看出一个男人到底细不细心，以及抠不抠门。

"行。"张家奇接过菜单，自顾自地点了起来，丝毫没有问我的喜好。我心里惊呼，扣分！

趁着他点菜的闲暇，我环顾四周，餐厅环境不是浪漫型的，比较接地气，桌面甚至有点油腻。我抽了纸巾擦了擦。张家奇的小眼睛朝我一瞄，可惜被我发现了，他随即又当作没看见，也不知道他心里作何感想。

没一会儿，服务员端上来一只巨大的面包蟹，尺寸堪比我的圆脸盘。我有些错愕，没见过第一次见面点这么难处理的菜的。

张家奇刚要下手，我轻轻地喊了下停："等一下，我可以拍照吗？"

他欣然点头，我微微起身，举起手机十分专业地对着那只面包蟹俯拍。我还在给图片加滤镜，见他又抬起了胳膊，我又喊："等一下！"

这么值得玩味的食物，怎么能不合个影呢？

我将脸凑到蟹前比了个"耶"，咔嚓一声，留影完毕。

"你吃吧。"我示意他一声，随即开始编辑朋友圈。

"听说你之前在北京工作？"张家奇面无表情地问。

"是的。"

"你们城里人吃饭前都要给菜消毒吗？"

我听出他话里的嘲讽意味，放下手机，搪塞说："我妈让我拍的，以证明我真的有来相亲。"

"咱俩一样。都怪我妈，你看我还在睡觉都不想来，我妈就死拉着我出门。这下好了，我只能来这里换衣服，结果太赶还撞上了你的车。"

这不，刚拉开相亲的序幕，两个人便开始互相推脱相亲责任，坦诚大家出来见面都是秉承家人意志。

我这才开始打量他——张家奇摇身变成西装笔挺的商务男，看着很壮实，还别有一番风味，有点精英的腔调。只是，笔挺的西装下，衬衫还透着里头睡衣的蓝色条纹，好像衬衫只是随便一套，根本就没有花心思整理。并且，嘴巴还有点缺德。

"我妈啊，真是病急乱投医。"他突然说。

我脸色一沉。这是在抬杠吗？看来对方根本没有打算忘记之前的疙瘩。

"我都三十一岁了，连摩托车都开不好，跟了我的姑娘估计得吃亏。"他开始自嘲。

"其实我也不着急，也是我妈逼的。我也挺不好对付的，上次遇见个算命先生，说我克夫。"

知道这场亲事已经泡了汤，我放下了所有的扭捏和矜持，感到前所未有的轻松。但心里还是有点感伤，毕竟出门收拾自己可是很费时间的。

"……"

张家奇的神态看上去有点僵硬。他似乎想起了三十分钟前的车祸，尴尬地笑了一下，把一块面包送进嘴里，换了个话题："不过这家餐厅挺有意思的，有名的相亲地点，周遭坐着的几乎都是相亲的，患难一家亲。"

"确实有意思，现在那么多男女聚在一起装模作样，说白了，还不是为了进行体液交换！"最后四个字上，我加重语气拉长了音。

噗——

一声喉咙里的闷响传出，糟糕的事情发生了！我只是附和得直白了点，结果张家奇听完就噎住了，面包死死地卡在他喉咙里。

怎么搞的，这么没有见过世面。

"怎么办？"我盯着张家奇憋得通红的脸，慌了手脚，不知所措之际，我举起我的咖啡递过去，一声吆喝，"兄弟，喝下去！快！"

张家奇瞪着眼睛笨拙地把嘴凑过来，朝咖啡猛地一吸，结果，"噗"的一声，浓郁的液体霎时就喷了出来……

我眼睛还来不及眨呢，便看见他一会儿要死不死地拍打着胸口，一会儿又眯起眼睛吐舌头。

旁座的顾客闻声都朝我们轻轻瞥了一眼。这个时候，张家奇一边艰难地咳嗽了两声，一边摩挲着自己的胸口："咳咳，这么烫的咖啡你是想害死我呀！克夫，没错，克夫啊！"

这一诬陷，我不乐意了。

"不知好歹，早知道让你噎死，白费姐一番好心。"我身子往椅背猛地一靠，斜眼瞧他，没好气地擦拭着餐桌上的污渍。

这下好了，接下来的时间里再也不用故作姿态注意形象，再也无须装作低眉顺眼、弱柳扶风状。

我们又见招拆招地瞎聊了十分钟，眼看他还有胃口将那只面包蟹大卸八块，我只想要快点结束这场冤家相亲会。

"兄弟，咱们商量件事。"

"嗯？"

"今天回去了不准让人知道你撞了我的车，以及还没吃饭就噎到和喷水了。特别是不能让我们双方家人知道，听到没？"

"为什么？"

"我们摊开说吧，你觉得咱俩能成吗？我平时就是这样的人,像我这种性格的女生,跟你不合适对吧?我们和平解决,跟家人说不合适就行。"

对方笑了,他支着笑脸,一脸憨厚,也不说话。我盯着他那死德行,心里有所不快和不解:"你什么意思?"

我蹙着眉头期待他一触即发的爽快,结果只见他挑了下眉,抬起眼睛朝我看了一眼,悠悠地出了声:"你性格确实挺直的,我也是第一次碰见这样的相亲对象。从撞车到对谈,你也确实给我留下了印象。但是,你不要以为你得逞了。"

他掷地有声,我却听得云里雾里。

"你在说什么?"我提高了声音问他,只见他冷笑了一声,瞥了我一眼。

"你这样做,不就是为了让我注意你,喜欢上你吗?"

神经病,天知道他到底什么意思。

我狐疑地望着他,心想他是不是刚才被面包噎坏了脑子,这才真的成了地主家的傻儿子。

等了半晌,他才娓娓道来——

"我相亲过很多女生,大多温文尔雅,反而留不下印象。你不要以为你大大咧咧,反其道说着我们没戏,我就会有了兴趣,就会喜欢上你。"

张家奇自顾自地说着,沉浸在自己的胜利里,像高高在上的皇帝在宣旨。可是在我心里只有一个感受,那便是"直男癌"。

确实听说对方相过很多不同类型的女人,只是想不到对方会认为我的所作所为是为了让他喜欢上我。反了,完全反了,我的所作所为是为了让张家奇不要喜欢我。

"难怪现在还没有对象，兄弟，你挺自恋呀。对象是自己，没有情敌。"我被逗乐了。

"你是被说中了，心虚吗？"他也笑。

我饶有兴趣地托起腮帮子，心想这男人真是自信过了头，我图你啥呀？但我心里又有些得意——

原来还是个自恋狂，这下让我抓到把柄了！

3

我在北京的工作是专门做短视频，最擅长的就是"搞人设"。我经常面试刚入行的素人，跟他们聊天，探索他们的日常生活，分析他们的性格特点，去其糟粕，取其精华，塑造成亮点，之后便给他们创作脚本，尝试不同的人设直至达到流量目标，赚取丰厚的广告费。

换句话说，就怕你没特点，一有了特点什么都好办。

我的火眼金睛已经捕捉到了张家奇的弱点。此时此刻，我想起梦露的金石之言——既然相不成了，那就使劲玩！

我妩媚地侧过身，半撅着屁股，给自己装点上新人设，模仿高中时梦露的腔调，娇滴滴地说："可是怎么办呢，张先生，人家可不喜欢你呢！"

"既然你都说开了，我就不瞒你了。"我宛如片场里的演技拙劣的网红，在镜头前按着脑中的脚本走——翘着兰花指捏起自己的包，从里头拿出原先以备不时之需的一副刀叉。

"你也知道我是北京来的，前年还去了巴黎出差，我们生活习惯太不一样啦。你看我的美甲，我的手可是花了很多钱保养的，婚后我可不洗碗、不工作的哦。"

张家奇镇定地看着我，犹如面瘫。他越冷静我就越起劲，我整理袖口："再说了，我穿了这么贵的衣服，你只带我来这种餐厅，可见你没有认真对待这次相亲，你呀，就能骗骗小女孩，谁会喜欢你呢?"

对方似乎看出了我的不怀好意，看到他又认了乖，我胜券在握地低下头，把牛肉送进嘴里，但转瞬间我就败下阵来……张家奇笑了。

他在笑，会心一笑，带着那种不正经的意味，还因为愉悦抑或是轻蔑而从鼻孔里轻哼了一声，仿佛输掉的人是我。

"呵呵，我觉得你装得有点过了。"

我怔了一下。

"既然你吃大闸蟹都要用刀叉，不劳烦你，这里就有。"张家奇索性掰断了大闸蟹的两个大钳子，硬塞到了我手里，"喏，请慢用!"

我望着我手中的两个大钳子，怒火中烧，无法置信地瞪着他："你也太野蛮了吧! 不可理喻!"

我气鼓鼓地抽纸巾擦手，就在这个时候，我察觉窗外停车的区域，有一辆大卡车正在拖走一辆轿车。

我定睛一看，那不就是我开来的车吗?!

"喂，我的车!"我猛地站起来朝窗外喊，但来不及了。

原来是这样。盯着坐在我对面的张家奇，见他暗自笑，我才知道我败北了。原来在路上他只是在见风使舵地忽悠我。

"我看你车被撞坏了，打电话让车行拉走，帮你维修。"张家奇说。

"你们这里还有没有人管了?"我气道。

张家奇耸耸肩。

"就餐完毕,今天咱们就到这儿。"我拍桌而起。

"什么?"

"不相了!"

"我还以为你挺有战斗力。"

张家奇幸灾乐祸地招来服务员结账,我压抑住怒火,带着羞赧转身准备走,结果他像是再一次逮着机会,盯着我的碎花裙惊悚地倒吸了一口凉气……

"说真的,我真的越看越觉得,你好像一只……土拨鼠,哈哈,不过挺可爱的。"

够了,见鬼去吧。

我狠狠地拽着我的包,从卡座里逃窜出来,径直走在前面,就在我经过一个半开着门的包厢时,余光瞥到里头的一个剪影。我惊得往后退了两步,太熟悉了!那笔挺的鼻子,服帖的鬓角毛发,还有俊朗的侧脸。

我看到了向东,他的对面好像是一个女生,但被门遮掩着,不知道是谁。

我目不转睛地看着包厢里的向东,直到他发现了异样转过脸来。他在撞见我的那一刻,身体微微颤抖了一下,眼神从惊讶到怜悯再到悲伤,宛如一个偷情被抓包的负心汉。就在他惶恐地站起身准备朝我走过来之际,我往后退了一步。

我的双脚恢复了知觉,我跟自己说:"这个人已跟我无关了,快走!"

"天真。"

我头也不回地跑出餐厅,世界消弭了噪声,只听到自己的心跳还有脑子里回响起来的声音:"不关我的事,不要回头。"

我狼狈地朝大卡车的方向跑了几步,却见张家奇站在不远处幸灾乐祸地问我:"嗨,土拨鼠美女,你要不要搭我的摩托车?"

我不想搭理他,不料向东竟然追上来,并看到了这一幕。

"你跟他……"向东顿了顿,又抬头看了下餐厅招牌,仿佛想起这是一个有名的相亲地点,"在相亲?"

一时间,我想起跟向东在一起时,我曾信誓旦旦地拍着胸脯对他说:"我,天真女士,这辈子最讨厌的就是相亲了,我一辈子都不会干这种蠢事!"

记忆被唤醒,我深呼吸了下,冷静地跟自己说:"我跟他不认识!"

张家奇见状,好像感知到了我跟向东的复杂关系,他不怕死地走上前来拆我招牌:"我们就是来相亲的,她是我的相亲对象!"

要是此时有一面镜子,我一定能瞧见我的脸涨成了猪肝色。见我没反应,张家奇不依不饶:"你还没加我微信呢?不聊得挺开心的吗,加一下呗?"

事已至此,我拿过张家奇的手机,输入我的号码,随后扯过他的手,将手机用力地按在他的手掌心:"你满意了?"

向东刚想开口,我便用话堵住了他的嘴:"那你呢?你不也在相亲吗?"

说完我转身就走,眼睛一酸,没忍住又刹住脚,猛地走回到向东面前，任由自己脑袋一热，口无遮拦："为什么这个地方这么小啊？为什么我每次狼狈的时候都能被你碰见？是，我在北京混不下去了，滚回了老家，工作也丢了，每天被逼着相亲，很不如意，这下你满意了吗？"

我甚至有点怀念北京，它那么无情，那么没有人情味，却能给你恰如其分的空间。它那么大，只要两个人分开了，只要不是刻意联系，你们便永远都不会再碰见。一个北京就能永远地阻拦两个人。

曾经我和向东那么亲密，走在北京的街头都十指相扣，但最后他还是选择了离开。

4

跟向东分手之后，我便没想再遇见他。所以，我两年没有回过老家了。

发泄完后，我一个人走在漆黑的乡间小道上，回想起当初向东离开北京时的决绝。在持续争吵了一段时间后，他在一个夜里收拾好行李，跟我说他已经买好了当晚的机票。

向东走后，我缩在出租屋的床沿泪如雨下。

我想起我们刚到北京那会儿，住在五环外，两个人挤在一个小开间，海投简历；共吃一碗牛肉面时，向东会把牛肉夹给我，而他自己只会低头喝面汤；找到工作后，我们早上六点就得起来挤地铁，下班回到家已是晚上十一点。尽管如此，我们还是天不怕地不怕。况且，日子在我们共同的努力下逐渐明媚起来,后来我们也搬到了四环。只是更累了一点,我没想过放弃。

可是从此只有我一个人了。

一个人漂在北京就像坐在堵在早高峰的出租车上,计费表在跳,可你一直在原处,前后都看不到地。

我放下向东了吗?如果放下了,我为什么还那么在意他的眼光?我为什么还会对他耿耿于怀,对他口出不逊?

想不明白,我只能像忘了上发条的玩具,精疲力尽地走在回家的路上。张家奇骑着他的摩托车跟在我身边:"我送你回家吧?"

"滚。"

我已经没有心力再跟他斗智斗勇,我面露凶色,脸上仿佛写着"不要惹我"四个大字。见状,张家奇加速启动摩托车,潇洒地消失在了夜里。

我一边走一边拍蚊子,随后突然有一个阿姨开着摩托车朝我驰过来。

"去哪里啊?前面有人付钱了,上来吧。"

"谁啊?"我明知故问。

"一个帅小伙。吵架啦?不坐他的摩托车?"

"谁管他。"

"哎呀,小情侣别闹别扭呀。"

我怕越描越黑,索性不再说话,扶着阿姨的肩膀坐上摩托车。

5

那天晚上我不知道自己是怎样来到梦露家门口的,当我看到站在门前让我十分依赖的梦露,身上的宣泄开关骤然打开。

"怎么是你呀,我还以为我妈偷偷叫了外卖呢,失望!"

我呼啦一下抱住她,眼泪鼻涕横流,上气不接下气地呼唤她:"马蹄莲,马蹄莲。"

"你相亲怎么成了这副死样子,被打了?"

"我觉得我好没用,我心烦意乱。"我用尽全身力气回答。

梦露反而舒了一口气,站在原地任由她的性感睡衣沾上我的鼻涕,语气满是不在乎:"吓我一跳,我还以为谁死了呢。"

"我死了我死了!"我气急败坏地蹦起来。

"亲爱的,死不了。"梦露漫不经心道,继而转换成怜惜的语气,"天真,没事没事,这些都不是事。"

很久没有在深夜逗留在梦露家了。我洗漱完毕,把头枕在梦露的大腿上,情绪终于平静了许多。

"今天闹得很凶,我不敢回家。"我跟梦露交代了今天的惨痛经历,"不敢回家的心情,让我感到溃败。"

"就像我们读书时没考好一样?"

"对,我现在的感觉就是,我没有得到一张令人满意的成绩单,不单是爱情失败,而且三十岁的我一事无成。更让我感到溃败的是,如果我足够强大,我妈也就不会逼婚了。我知道我妈逼婚是因为他们总觉得我的人生需要人来兜底。这个兜底的人,不是自己,而是男人。"

我想起，在我还没到三十岁时，我认为年轻就是资本，我们有无限可能。在我还没有尝透人生的甜酸苦辣时，老妈是站在我这边的，她坚定而决绝。依照她的说法就是，亲自养大的一团白肉为什么要被别人白白给宰了。

"结什么婚，没有我家天真在我身边，我会死的！"

"三姑六婆瞎操心，我女儿嫁不嫁关你屁事！"

她总能够学到最时髦的词汇用来维护我的固执。也可能是因为那时候，我跟向东的恋爱长跑突然结束，她没法到北京陪我，担心我会肝肠寸断，从此一蹶不振，像个弱者那样卑微到尘土里。老妈在用行动试图扭转我"没人要""被抛弃"这样的自我投射。

后来，随着时间一点一点地往后推移，身边越来越多的人跟她提醒：

"这么大年纪了还没有成家，多少跟别人有点不一样。"

有点不一样。

不一样。

她每天把心拎在喉咙口，为我的未来担惊受怕。终于，有一天凌晨我接到她的视频电话，吓了一大跳。

当时是冬天，傍晚的屋子早就被浸泡在漆黑中发酵。她坐在老家的沙发里一动不动，也没有开灯，只是盯着黑暗中闪烁的电视屏幕……

她在哭，在黑暗中流着眼泪，纹丝不动，像在自责。

"你干吗呢？你吓到我了。"我心里一颤，让她开灯。但她说，她在看电视时睡着了，然后梦到了我，担心我。

电视机里头是一档怀念歌星梅艳芳的节目，梅艳芳正在演

唱会上披着婚纱,诉说着如今听起来十分悲怆的话:

"人生便是这样,有些时候你预料的东西,你以为拥有的东西,偏偏没有。我以为我在二十八岁或者三十岁前便会结婚。我希望我在三十二岁拥有自己的家庭,拥有自己的小孩,但是没有,终于过了四十岁。"

接下来,播放的是她的葬礼。

就是在那一刻,老妈眼角噙着满满的泪水,莫名对我控诉起来:"你一个姑娘家,没有对象,又自己在外,你口口声声让我们放心,你说我们这些老人家怎么可能真的放心?以前你跟向东好着,我才不担心你,这下剩你一个人了,我怎么放心?"

按她的话说,女人的一生有两个家庭,前半生是父母家,后半生是和伴侣的家。我想反驳她的思想陈旧,但又怕她一生的价值观天崩地裂。

"实在不行,你就回老家吧。"

老妈呜呜咽咽地说着,声声如刺,洞穿了我的身体。

"如果我事业有成,或许还能减轻父母的焦虑,但是目前我除了岁数,什么也没有捞到。我觉得很对不起我妈,也很无奈,没想到我的幸福,在父母眼中还是需要靠跟男人结婚来获得,难道自己一个人就不行吗?"

夜晚的风从露台外灌进来,带着渔村临睡前的那丁点躁动。

场景太过似曾相识。我想起了校园时期,我也曾这样侧躺着把头枕在梦露的大腿上,梦露一把一把地抚摸过我的头发,然后跟我说:"天真,生日快乐。"

那一天是我的十八岁生日,梦露问起我的愿望。我说,我要嫁给向东。

"既然再次遇到了,为什么不把他抓住审问呢?或者你审问过自己吗?"如今,梦露问我。

"什么意思?"

"向东跟你从小一起长大,这么多年也不是过家家。你有没有想过跟他重新开始?"

我的心脏猝然被擒住了。

"只是现在重新开始有点难了,向东的事我早知道了……"梦露欲言又止,"几乎所有人都知道,只有你不知道……天真,向东要结婚了。"

爱像洗了一半的澡

1

我站在家门口,才发现自己忘记带钥匙。

睡眠是个好东西,但昨晚睡眠之神没有关照我,一宿都没睡着,天还没亮我便到海边看大叔们捕鱼了。最后溜达一圈,把自己的脑袋瓜也遛累了。现在才早上六点半,为了不吵醒老爸老妈,我蹲靠在门上,不知不觉便睡了过去。

不知道过了多久,家门一开,我往后一倒,睁开眼睛便看见老爸和老妈那两张紧挨着的大脸。

"哎哟,老太太我一宿没睡好,你这相亲相到大半夜没回家,我还以为你这没见过男人的主儿一下子就被人家拐跑了!"老妈劈头盖脸就是一顿酸,"你手里还拎着袋水饺是哪一出!"

"早上回来顺便买来孝敬你的啊。"我有气无力地说。

"我说你没带脑子吗?这么大的人在门口睡着?我家天真长得这么美丽要是被哪个男人怎样了,怎么办?"

老妈从来就是这样,害我小时候到处跟别人嚷嚷说自己是舒淇。我翻了个白眼盯了眼老爸,希望他解围,谁知道老爸推了下眼镜，竟然附和道："就是，天下哪位姑娘有我家女儿美？"

"你们俩演了半辈子，我不想看你们演戏啦！"

我猜，是老爸老妈已经听到张家奇那边放话说看不上我的长相，于是他们开始拼命地想要安慰我。

"昨晚你真的睡梦露家啦？"老妈凑过来耳语。我怒视她："请注意你的言辞！一个老太太没个正经样子！"

说完，我径直穿过院子，走到屋里去。老爸见状出门买早点去了，老妈追上来揪住我不依不饶地问："老实说，昨晚相亲怎么样咧？"

"挺好的，不过对方看不上我。"

"怎么搞的？你倒是给老太太我说清楚啊！"老妈双手按着我的肩膀，两眼满满的求知欲，"你老实交代，你昨晚到底怎么回答的？对方问到你的兴趣爱好了吗？"

"我的兴趣爱好就是宅在家里看剧、吃、喝、睡啊。"

"还问了你有没有不良癖好？"

"对啊，事儿真多。"

"你怎么回答？"

"无论春夏秋冬都穿着袜子睡觉，睡觉时房间里所有的灯都要打开！还比较迷信，天天烧香拜佛念经什么的。"

"蔫了！这亲事准蔫了！你怎么能这么不正经！我说过你多少遍了，你为什么就是不听！就是不听！"

最终，我还是小看了老妈的逼供才能。在听完我的汇报后，她暴跳如雷。接着，她瘫坐在沙发上，捂着脑袋，朝我一顿吼骂。

这样使劲咆哮的场景几乎每一次相亲过后都会出现。

"我就是这样呀。"我回答。

我就是这样，你又不是不知道。

有人选择当闭月羞花，自然也会有人充当明日黄花。有时候我不明白，为什么每个人都要把自己最好的那一面呈现给别人，然后让别人去发现自己人格魅力里不足的地方呢？

至少我无法时刻保持一百分的热情，特别是对于可能成为另一半的人，以及——像张家奇这样的家伙。

你有本事最好别被我吓跑了！

2

直到中午，老妈仍然支着一张人神共愤的关公脸，仿佛我恩将仇报。

"这么好的货色你都不要，你要什么？费翔？"

"妈，那是你们那个年代，现在都要蔡徐坤。我说了，是人家不接受我，我能有什么办法？"

"这么好的准女婿，这么好的准女婿！"老妈恼羞成怒，险些把大腿拍烂。

"那你去相呀，你跟他结婚。"

"你就嘴硬好了！你这女人为什么就不想久旱逢甘霖?！"

我差点笑出声来，老妈都不知道这辞赋如今已经演变成一派黄腔了。

长辈们越是把张家奇捧得飞起来，我就越对他这个人没好感。张家奇条件不错，确实跟方便面包装上的图片一样，要什么有什么。但真像大家口中那样,好到割舍不掉吗?

当然不是。

好在我给她捎来了三鲜水饺,老妈仇视了我一番后,起身移驾到餐桌吃饺子,一边蘸着醋,一边喝着红牛。可怜天下父母心,我嫁不掉,到头来,哀叹的却是老妈。她脸上黑云密布,像是写着"为什么受伤的总是我"。

"你知道吗,昨晚我在家里烧香。"她从"关公脸"变成一副狠毒的"后妈脸",咬起牙关,"望你能成,望你别出岔子……你倒好,你不正经、没良心。"

我越听,越莫名看轻张家奇。那地主家的自恋儿子,搞得自己像是一根白白让我攀的枝头,我这只麻雀却不知好歹,偏偏不当凤凰一样。

"我死不罢休!你说你如果正经点,万一成了,我老人家是不是就不用再到处为你这个老姑娘张罗着讨女婿了?你摸着胸口说!"

"我是故意搞砸的,就是为了让你死心,以后别再让我相亲了!"

"你……你说什么?"

是时候跟老妈摊牌了。

我坐到她身旁,抽下她手中的筷子放桌上,郑重道:"我三十岁了,大家说三十岁的女人就是老了,年纪到了。为什么没人说正因为到了三十岁,才可以做自己年轻时不敢做的选择了,可以主宰自己的人生了,可以独立了,可以不用将就了?"

老妈沉默了,也可能是听傻了。

"我想靠自己幸福,女人为什么一定要结婚才可以幸福呢?

我知道我说的话你可能消化起来有点难。"我重新拿起筷子，递到她手中，"别再逼我相亲了，别再把我往家外面推，请你相信我，我会幸福的。"

"哦，我不信。"

"那我就让你相信。"

"那等你做到了再说吧。"

"你觉得我错了，你就别一边吃着我的水饺一边骂我呀。"我讪笑道，"那个姓张的就是看见我跟你现在吃饭的样子一样给吓跑的。"

"死丫头！"

挤兑完老妈，我趿起拖鞋以迅雷不及掩耳之势跑进卫生间。外面还响彻着她高亢的怒骂："你最好检讨一下自身问题，臭毛病多还挑个屁！"

这两年在北京能成功逃避老妈对我恋情的追问，是因为有两千公里的物理距离。如今在一个屋檐下，直面痛苦成了我的必修课。

好在摊牌了，我是舒坦了，但我坐在马桶上时，心却空落落的。头耷拉下来，笑容开始消散，竟有点落寞。

自始至终，我都没有跟老妈提起遇见向东的事。

3

听梦露说，大伙都收到了向东的结婚邀请函，有网络上通知的版本，有手机邀约的版本，还有看得见摸得着的请帖。大伙都收到了，除了我。

这算什么意思?向东是怕我搅乱他的婚礼,还是做贼心虚?餐厅里的那个女人就是他的未婚妻?

我现在就跟泡在福尔马林里的尸体标本一样,满脸浮肿,六神无主地盯着浴室里的玻璃,一阵怄气。

我决定洗个澡来放空我的脑袋。

花洒的温水从头顶流淌而下,滑过额头滑过脸,有那么一瞬间,温热的触感让我想起向东的亲吻。我越想越气,心脏就揪痛起来了。我吸着鼻子,将身子往墙壁一靠,企图滑下去……

"我去,哭不出来啊。"

我叹了一声,宣告失败。

无论我多想演这一出失恋的苦情戏,扭曲的五官终究放松下来,气力迅速舒缓了回来……失败了。我苦笑着恢复站姿,挺直身子跟自己摊了摊手。经过昨晚的放声大哭,我身体里的水弹尽粮绝了。

但我没想到,我头顶的水柱竟然在这个时候也弹尽粮绝,突然停了水。

"妈,停水了?"我朝卫生间外喊。

"又停水了?可能村里修水管!"

因为我头发抹了洗发水,老妈唤我到一楼后面的庭院隔间里洗。等老妈给我接了热水,我裹着浴巾便下了楼。

在我小时候,隔间曾是个露天的小后院,现在已经隔断装修成了宽敞的洗漱房,但墙很矮,屋檐一头高一头低,隔间里还保留着那个老式的摇水井。

我一边摇水，一边四处打量，发现矮墙的那一头的屋顶盖着一块铁皮，阳光从盖不严的缝隙里透了进来。

"妈，怎么上面只有一块大铁皮？"我大喊。

"你爸一直没叫人来修，没事，你快点洗！"

老妈的语气透出不耐烦，我无奈地一边摇水一边洗澡，洗着洗着，突然听到了屋子外头的声响——貌似是向东跟附近的小孩子在打羽毛球。羽毛球在球拍上发出清脆的拍打声，忽然"嘣"的一声，一个东西砸在了铁皮上。

"羽毛球在上面！"那小孩在叫。

"我去拿梯子。"

一听向东要去拿梯子，我急忙低头看水桶，水已经没了，但我身上的洗发水和沐浴露都还没有冲！

"死了死了！"

我开始拼命地摇冷水，在一片哗哗的水声中，我听到屋外的梯子已经搭在了墙边，向东已经爬上了梯子。

我心里腾起不祥的预感，迅速提起水桶就往身上一倒，只听那小孩在外头指挥："再往上一点……"

我能感觉到向东的身体已经趴在了铁皮上。我冲完水立即扯过浴巾围在身上，叫嚣了一声："喂，你等一下！"

话语刚落，"砰"的一声，向东连同铁皮从矮墙上重重地摔了下来。午后的阳光像洪水一样漫了进来，而我裹着浴巾原地打了个激灵，喉咙里冲出一声尖叫。

"啊——"

向东摇头晃脑地站了起来，手足无措地挠了挠头，随后捡起地上的羽毛球,愣头青似的跟我打招呼:"嗨,你在洗澡啊?我……我捡到球了。"

4

整理完毕我才下楼。

老妈在厨房切肉,我端着一张臭脸去一旁择菜,她时而抿嘴偷笑,时而瞅我,最后酣畅大笑,她爽朗的笑声响彻屋顶。

"你笑够了吗?"我警告她。

"我不是叫你快点洗吗?"

我扔下菜篮子,赌气般地走到院子里去透气。这时,门口传来一声动静,我上前开门,发现一个男人倚在我家墙壁上,一听见响动便雀跃地堵过来。我心里哐当一声,刚要做出提防的姿势,定睛一看,发现是向东。

"天真!"看来他伺机已久。

我并没有想要关门的意思,向东却一手掰住大门,一脚死死抵着门边,像在上演犯错的痴情男终于等到恋人敞开大门的戏码,滑稽得很,没准下一秒就会叫嚣着"你听我解释"。

"天真,你听我解释!"

向东这台词般的话一出口,我就笑了:"我又没打算关门,你挡着门干吗?我家就这一道大门,我还得靠它出去呢。"

"你门门门的我都被绕晕了,你……你听我说。"向东有点语无伦次,大有上门自寻死路的气势。

"谁呀?"背后一声尖脆的追问响起,老妈迎上来了,"哎呀,向东?"

我侧过身冷眼一瞧,老妈就像一座碉堡立在院子中间,那一声呼唤有点让人猜不出是亢奋还是抗拒。

"阿姨,我叫师傅上门修屋顶了,明天就来!我……我真没有偷看天真洗澡!"向东摸着头,忙不迭解释。

"向东啊。"老妈就像一台复读机。我有点疑惑地盯着她,只见她朝这边走过来,温柔地摸着向东的脸,嘴上像是抹了蜜:"每次见我们向东哟,我都疼爱得不行,怎么这么帅气哩,白白净净、人高马大的。"

"妈!"我的呐喊里全是恨铁不成钢的意味,并且拉着十足的长音。

"嘿嘿。"向东傻笑起来,享受着老妈轻柔的触摸,像个智障,"阿姨,哪有哪有!"

"你看这脸蛋!"眼睛还来不及眨的工夫,老妈的手揪着向东的脸,死命地扯起来。

"哇——"顿时一声惨叫响起。

我错愕地瞪圆了眼睛,瞅见向东弯着身子被老妈的手吊着走,一边"哎呀呀"地叫着,一边喊着"阿姨阿姨,我错了我错了"。

"你还有脸来找我家天真,啊,我家天真哪里对不住你,我看着你长大,对待你跟儿子一样,啊,你怎么对得起我家天真,把她丢在北京不说,现在还偷看她洗澡,你这个色狼!"老妈恶狠狠地骂着。这一刻,我很感动。尽管她在话毕又补了一句"眼瞎的后悔了吧,有谁家姑娘跟我家天真一样漂亮"。

"阿姨我错了,我错了。阿姨我错了,对不起。"向东护着自己的脸求饶,谁知道哀叫到一半说漏了嘴,"阿姨我错了,妈，我错了！"

老妈猝然停下了手中的动作，我也蒙住了。

所有的躁动和声音消散，四周安静得像是我们仨坠入了深海。

只有我知道，不可能了。

这种在口误里出现的"亲密关系"，再也不会有了。

我人生第一次见证老妈急中生智就是现在——她当作没听见。

我们安静了几秒，老妈回过神来继续用力将向东的脸皮一揪，向东继续"哇哦"了起来。

"阿姨您轻点，救命啊。"向东也不敢掰她的手。

"我看你有没有脸皮！"老妈镇定自若，恍若救世主，没有喊着类似"你还认我是你未来的妈"这样的话。我紧绷的心脏才平复了下来。

"你们干啥呢这是？"

门口响起了老爸的声音，他跟临街的阿伯下完棋回来，正一手拎着下酒花生一手抓着报纸站在门外。直到老妈停下了动作，向东才捂着脸叫了声"叔叔"。

老爸顿了一下："呃，向东？"

"嗯，叔叔，我我我来找天真，顺便找人修屋顶。"

"多大的事啊，你们干吗打脸呢，多不厚道呀。"从向东口中得知午后的事后，老爸悠悠地走了过来，看了眼向东，"哟，又帅了。"

你说，大人怎么都这副德行。老妈不满地"啧"了一声。老爸拍拍向东的肩膀说："有话好好说，脸打坏就不好了。"

"叔叔您说得是，我错了。"向东低着头，有点认错的意思。

"嗯，不要打脸！"倏忽，老爸挥起手中的报纸，疯狂地朝向东的大腿使劲打，跟打桩机似的，"你这个色狼！我要打断你的腿！"

"哎，哎，哎。"见向东号叫着闪躲，老爸就扯住他衣服一顿暴打……

这玩什么呢？有意思吗？

"好了啦！"我叫了一声。

老妈见状哈哈大笑，指着向东说："向东，你这下非娶我们天真不可了！"

此话一出，我才恍然明白前面都只是老妈的戏码，她步步紧逼，就为了说出最后这一句胡话，还不忘补上一句"你们小时候就定了呢"。

我听得脑袋嗡嗡作响，立即扯过向东的胳膊往外走："赶紧走！"

"明天师傅来修啊！"向东一边回头一边说。

"死崽子，你如果不娶我家天真就别来了！"老妈叫嚣。

"好了，让他去吧！"老爸拉住了老妈。

挨到我砰地一下关上大门，院子里只剩下冷寂和尴尬。

5

老妈说得没错，我跟向东在小时候也有过类似的经历。还记得那是一个午后,我抱着一个大大的西瓜,坐在自家门口的木凳上,一勺一勺挖着吃。我习惯性地朝隔壁张望,这时新搬来的邻家小哥穿着一条迷你裤衩出现在了我的视线里。

他赤裸着上身,拎着一副墨镜,像超人一样杵在他家门口,面朝太阳,把眼睛眯成一条缝,脸上的肉都挤在了一起,很是可爱。随后他戴上了蛤蟆墨镜,抖了抖四肢,挺着肚子,屁股一收,双手就叉在了腰间,一动不动。

我也朝天空眯起眼睛,再看看他,有点蒙:"哥哥,你在玩什么啊?"

"我吃饱了,在晒肚皮。"他酷酷地回答。

"……"

邻家小哥呼啦一下把头转向我,带着挑衅的语气说:"我吃很饱,有大肚子,你看,你就没有大肚子。"

他挺了挺肚腩,向我示威。我搁下西瓜,站起来摸着肚子,疑惑地说:"我也有,你看。"

邻家小哥嫌弃地瞥了我一眼,嘟着嘴摇起脑袋:"隔着衣服看不到看不到,你没有。"

"我有!"

呼——

我二话不说用手拉着连衣裙的裙底往上一撩,便露出了我的裤衩还有肚子……我就那样满脸自豪地把自己展现给他看,直到对方的弟弟看到了这一幕号叫起来:"妈妈,哥哥又欺负别人了!"

"哈哈哈哈哈。"见邻家小哥突然大笑起来,我皱起眉头傻站在了原地。

很快，邻家小哥的妈妈跑出来拧住了他的耳朵，使劲叫嚷："向东，你这个死皮孩子，又欺负人是不是！"

那个时候我才反应过来，我上当了。看到他妈妈扯着他回家的样子，我突然变得十分落寞。我没有大哭大闹，只是徐徐放下裙子，歪着脑袋傻愣了一会儿后，瘪着嘴冲进了他们家……

我朝向东尖叫："你看了我！你要娶我！"

邻居一家人看着我的气势，又惊又疑惑。向东用胖嘟嘟的小手拉着他妈妈，恐惧地躲在了她身后。

我弹跳起来，掷地有声："你要娶我，不然我告诉我妈妈！"

就在那一刻，一阵爆破般的笑声从邻居家传出来。是我妈闻声赶了过来，还没有搞清状况，就见向东的妈妈朝她咧嘴：

"你女儿要嫁给我家向东啦！"

那也是我跟向东第一次见面的场景，那年我七岁。

6

眼前的向东跟两年前比起来，精壮了点，改了发型显得成熟了，除了身上仍然有着范思哲香水的味道，其他都显得陌生。我们之间像有种排斥力在起着作用，它告诉我说，这人已经与我无关。

我们先是没有说话，我盯着向东，向东也盯着我，很是无聊。空气让人感到窒息，很快，我们意识到必须有人先打破沉默。

"我想打羽毛球。"我提议。

"啊?"向东好像没想过我会提出这样奇怪的要求。

我笑笑说:"你的球不是费了千辛万苦捡到了吗?拿出来用用。"

于是,像小时候一样,我们用粉笔在地上画出中界线,随后我抛起羽毛球,挥起我的球拍。

"你怎么回来了一直躲着我?"向东一边跑动接球,一边问。

"我啊,因为怕丢脸啊,当初没有听你的话回老家,现在混成这样。听说你现在开公司了,恭喜你啊。"我眼睛紧盯着羽毛球,用力地挥动着球拍,怕一旦直视向东我便说不出话来,"但我想说,我不后悔!"

"我就知道你会躲着,你从小就这样,一点都没变。但我觉得你很了不起。"

"喂,你是在说我很爱面子吗?"

"我记得刚到北京那会儿,你生日时骗同事说跟我去吃米其林三星,其实我们只是吃了火锅。"

"那不是怕不这么说,人家会瞧不起你吗!你觉得你变了吗?"

"变了,在北京待久了就变了,所以我才觉得你了不起。"

"我觉得这次回来,我也变了。"我接丢了球,俯身捡起继续抛上去,"我妈不是逼我相亲吗,我想做好人不违背她的意思,结果弄得自己很累,最后跟她说实话,她就不折腾了。所以我觉得,我不能再躲着你了。"

这下轮到向东丢了球。

"你觉得好笑不?有些好简单的道理,活了三十年才学会。

或许是我以前总躲在别人身后,享受别人的庇护……"

我曾经以为我可以永远躲在别人身后,这个"别人"除了父母,还有向东。

我想起以前向东欺负我的那一幕,故意问他:"你为何能对那么可爱的小萝莉下如此毒手?"

"孩子天性呗,况且你在那儿吃西瓜,一脸蠢相,咋看咋面善!小豌豆似的!"向东坏笑着嘲讽了我一番,"多亏我仗义,罩着你长大,你妈要我负责我就负责!像你这么个'树墩子',除了我,哪个男生还会要你哦!"

"你凭什么就这么自信!"

"就凭你我当年签的'契约',认栽了吧?"

向东就是喜欢拌嘴,见人说不上话了就一脸自豪,孩子似的。向东说得没错,他是个负责任的人,太过于负责任,以至于很容易让人看出他的软肋就是心软。

"这样跟你的面善刚好搭了!但心软归心软,谁都不能欺负咱树墩妞儿。"

向东说的"契约"其实是我和他在小学二年级时签的,那个时候天真烂漫,原因只是当时我做了一件让老师和同学都瞠目结舌的事情。

那一年夏天酷热难耐,闷得让人喘不过气。

"热死了!"我因为嫌热,竟然在学校的洗手间里,用劳动课上的手工刀,硬生生将我的连衣裙弄成了两半,分成了上下两截……

"这下就凉快了!"

我跟我的小姐妹们分享着心得，在她们艳羡的眼光中撩起上半身的衣摆频频扇风，怡然自得。等到放学的时候，向东背着书包来找我一起回家。他在窗前踮起脚尖朝我张望，看见我的连衣裙变了一个模样。

回家的路上他一直都没有说话，也没有理会街边的景象，只是握着拳头，闷头走着。我问他怎么了，他开始只是憋屈地摇摇头，在我的一再追问下，他才抬起头气鼓鼓地说："我生气，谁欺负你了，明天我要去教训他！"

我笑了。我一方面觉得小学二年级就爱动用暴力的向东很酷，另一方面觉得他以为我被别人欺负、弄坏了衣服而生气的模样很可爱。

"你别管了，我自己弄的，是不是很好看？"我大步往前走，向东便像是受到了赏赐般跟在我后面，屁颠屁颠的，也不生闷气了。

"好看！"过了一会儿，向东在身后说了这么一声，笨到好笑。

等我回到家，妈妈竟然只是捧腹大笑，压根没有想要收拾我。她指着我的裙子咂嘴道："没想到这妞儿还挺有艺术范儿。"

可是向东却对此耿耿于怀，好像满腹的男子气概无法释放。他后来总说我就是被欺负了却不敢告诉别人，于是他一定要我跟他签订"保护契约"。

里头规定，我要是吃亏了，他一定会为我打抱不平，要一直保护我，附录包含了解约条款。两个人签了字，还拉了钩，幼稚得要死，但听说字条一直被向东保存着。

"谁欺负你了,明天我要去教训他。"

这句话几乎贯穿了我整个青春岁月。每一次向东担心我被别人欺负、想要帮我出头的时候,我总是挥挥手告诉他,这都是我自己做的呀,你别管。

拿起拖鞋追打蟑螂;举着扫把暴打欺负同桌的男孩子,直到他求饶;在劳动节的时候顶替男生站在高凳上擦拭教室顶部的风扇——很多事情都是我的性格使然,可是他总说是别人吃定我了。很多次放学后,我跟他一起回家时说:"你就别管了,只允许你欺负我,不准别人欺负我吗?"

长长的校道上,每次说完这句话,我便会想起第一次跟向东相遇的场景,然后暗自发笑。而向东只是慢慢跟上我的脚步,偶尔凑过来,但是若即若离,良久,他才笨拙地挠挠头说:

"不然呢。"

话音一落,这三个字像是携带着四季的风,遗落在我们经过的身后,化成了天际的繁星。

从孩童期到青春期,从身形娇小到身形挺拔,从尘埃到宇宙,星星永远明亮。

从此,向东站在我的前方,如同保护小鸡的母鸡,他总把我护在身后。我享受着那些爱意,却渐渐丢掉了自我保护的能力。

7

"对不起!"向东用力地挥动球拍,"你躲着我,觉得我知道你的近况会嘲笑你,但我心里一直很内疚,我觉得你现在这样不快乐、不顺心，都是因为我丢下你回来导致的。这是我最想说的话，对不起，对不起，对不起！"

我笑了笑。

"我要谢谢你，我不是酸你，也不是说安慰自己的毒鸡汤，我是真的谢谢你。我独自经历的这些事，比我以往跟你一起经历的事更让我开窍。两个人一块成长更容易，但一个人成长更令我骄傲。我现在只是需要时间，我会走出来的。"

我往前跑去接球，到了中界线，努力控制自己的身体不要越界："向东，我们分开不是谁的责任，只是我们的选择不同，我们要为我们的选择负责。况且现在一切都变啦，你要结婚了。"

向东听完我的话，站在了原地没有接球，羽毛球砸在了他头上，落寞地掉在了地上。

"你知道了？"向东直勾勾地看着我，眼神有点委屈。

"我们以后不要再见面了！"就在那么一秒，我的胸腔里有一股气流冲到了鼻腔，呼的一声，十分钝重，眼眶莫名就红了。我心想，是时候为我过去付出的时间和等待，信任和青春，乃至我的梦想、我的盲目，统一做个告别了。

"头好痛，被球砸得头好痛。"向东脸色苍白地笑笑。

我们各自站在自己的界线内，没有走位，就那么站着。向东缓缓地从裤袋里掏出一张请帖："我一直放在身上，不知道怎么跟你说。"

"闺女啊，吃饭了。"就在这个时候，在屋里的老妈喊我去吃饭。

我掐了下自己的手掌心，走到向东身旁，拾起地上的羽毛球递给他:"走吧。"

"剩下的日子,别再躲着我了。"就在转身走开的时候,向东喊住了我。

我回头,难过了起来,只是因为又看了一眼,那个孤零零地站在那里的熟悉的身影。

"梁晓初。"向东低声说。

我蹙起眉头,半晌才意识到向东是在说他未婚妻的名字。我心里像有一场海啸来袭:"梁晓初……所以你是跟梁晓初结婚?!"

梁晓初是我跟梦露曾经的好姐妹,是我的"姐姐"。

风平浪静的焦虑症

1

我回到家时,老爸正在更换客厅的吊灯灯泡,他转动着灯泡,屋子里闪了闪,随即变得橙黄透亮。老妈招呼我到厨房去,端给我一盘响油鳝丝:"给向东他们家送去。"

从小到大,只要我在老家,每到饭点给邻居送菜便是我的任务。我习以为常地接过菜,正往外走呢,老妈补了一句:"给邻居送菜要保持微笑,你不在的时候,向东他妈还经常念想你呢,过不久他们就要搬走了。"

我想起向东那句"剩下的日子",心里起了涟漪,原来指的是搬家前的日子。我到隔壁去,是向东开的门,我遵从老妈的命令保持微笑:"我家炒了响油鳝丝,我妈让我来送菜。"

他接过菜后,我刚要走,向东把我喊住了。

"免得我等下还得去敲门。"他从家里端出一盘菜递给我,"我家做了红烧肉,我妈也让我给你家送菜。"

我端回那盘红烧肉,摆在老妈面前,嘟囔道:"你们送来送去的，不嫌麻烦？"

话虽如此，我馋乎乎地尝了一口红烧肉，惊觉仍然是记忆中的味道："阿姨活儿还是那么好！"

"什么活儿，这叫手艺！"老妈呵斥我，又按捺不住焦灼和彷徨，瞪大眼睛，亢奋地问，"你跟向东一起打羽毛球，有打出什么火花吗？"

大人果然有他们的一套，人前人后终归不一样，活脱脱的双面人。只是现实残酷，恐怕要让他们失望了。

我从口袋里掏出那张结婚请帖，摆在了餐桌上。

"没戏，向东要结婚了。"我斩钉截铁地说完，图个痛快。

老爸老妈眼里的火苗像是被风吹着了，闪烁起来。

"如果是我打太凶了……我跟向东道歉就是。"都到了这个时候，老妈还像是把头埋在沙里的鸵鸟，可怜兮兮地说。

"妈，别傻了，你就别再瞎撮合了，从今以后，咱们过咱们的。"

我一口气说完，却看见老爸老妈眼里的火苗正一点一点地缩小，直到哐当一声，熄灭了。

他们彼此对视了一眼，都不再说话，我们只是沉默地往嘴里扒饭。

良久，老妈才面露难色地叹了口气，喃喃自语："唉……向东是要结婚了啊？"

我知道，老妈一直把向东当亲儿子一样看待，只是事与愿违，她老人家的念想终究扑空了。

头顶的黄色灯光如同水一样淌下来，将我们笼罩，屋子里显得温馨又安宁，只有飞蛾在扑扇着翅膀，在光中飞着撞着。

我们好像各怀心事,心里的飞蛾怎么都撞不出来。

2

我曾经以为,我会以最稳健的姿态过完我这乏善可陈的一生——出生,上学,工作,结婚,生子,养老,一辈子跟柴米油盐酱醋茶打交道,坚持跑完生命征程,最后立个功德牌坊:本人到此一游。

虽然索然寡味,但至少对我而言,我是愿意的呀。当我还是个给点阳光就灿烂的女孩时——也就在向东还没有分手那会儿吧,因为拥有心爱的人,所以甘心去当一个普通人,跟风叫嚷"平平淡淡才是真"。可是近两年,特别是回了老家后,相亲未果不说,眼下还听闻向东就要结婚的消息,外加已经待业一个月,我越来越为我的将来感到担忧。

我的生命征程进行到了一半,已经开始放慢脚步,卡在"工作"以及"结婚"之间,步履维艰。我多像走在街道上尿急却找不到电线杆的阿连,站在人海里左顾右盼,恍惚间还会有羞耻感。

我想要前进。

我要前进。

我的人生还能继续向前吗?

晚饭之后,老妈在洗碗,我坐在院子的门槛上发呆。我的元气随着夜晚的到来消失殆尽。向东倒好,将他跟梁晓初的破事撂给我就拍拍屁股走人了,从此便是明媚六月天,剩下我拎着我那无法收拾的烂心情杞人忧天。

我的高跟鞋就放在门旁,自从回老家之后就几乎没穿过,我拿起它摆在手掌心,端详了一会儿,正看侧看,如同望着灰姑娘的水晶鞋,又沮丧地将它放回一边。

老爸平时喜欢捣腾他的钓鱼工具,此时的他在院子里戴着电焊面罩,正在焊一些渔船上的大部件。

他突然招呼我:"闺女,看着,老爸给你放朵烟花。"

随即,电焊下迸闪出一丝一丝如同烟花的火花。我嘿嘿笑起来,高兴地奔过去,蹲在他身边看他组装他的宝贝部件。夜里的海风轻抚着我们,老爸仿佛看穿我的心事,冷不丁地对我说:"闺女,别听你妈的话,咱不着急。"

老爸寡言,我从小只会跟他撒一些小娇,很少真正地谈心。没想到老爸忽然敞开心扉,我有点温吞地说:"是我没用。"

老爸看了我一眼,嗔怪道:"但是爸爸见到你就开心,你妈也是。"

我抿了抿嘴,只是暗暗地掰着自己的手指。

"再说了,人生漫长,你现在只是中场休息,喘口气而已。爸爸还要提醒你,可能以后你的人生会很顺畅,但也可能,以后不会再好了。这是很有可能的事。但人有没用、有没有钱、有没有嫁人都不重要。重要的是,不要被打败。这里永远是你的家。"

爸爸好像比我更坚信我的人生还可以向前。

我的眼眶红了,又不知如何回应,只能猛地点了点头,用力地回了一声:"嗯!"

"还是爸的话我爱听。"我转而笑了出来。

"那当然，你老爸以前可是文艺委员。"他当之无愧。

这时，老妈洗完碗一边往围裙上揩手，一边踱到院子来，问我们："你们在干什么咧？"

老爸仿佛害羞起来，埋着头慢悠悠地说："还能说什么，一些童话故事而已。"

而我却满心欢喜："老爸在给我放烟花！"

3

如果你有大把大把可以拿来浪费的时间，你便不得不逼着自己独处。老家的时间闲散且漫长，回来一个月之后，我的睡觉时间严重超标，手机已经刷到不想再刷，往朋友圈里分享岁月静好的照片已经发到不想再发。除了那几次相亲经历堪称我的忙碌时刻，其余时间可谓快乐并罪恶着。

当我开始夜不能寐的时候，我知道那种熟悉的焦虑感又回来了，像虫子一样开始撕咬我的身体——它喜欢漫无目的地在我身体里走来走去，让我每晚睡不着，心脏怦怦跳，脑子一片混乱！

是的，修身养性一个月之后，我又被焦虑感侵蚀了。

一开始我企图用健身去缓解它，毕竟在城市里这样东西可是都市丽人自救的必杀技，然而在老家，这种把戏统统不奏效，它很快便让我显出原形：我根本不爱运动，最多不过是拍拍照发朋友圈而已。

最后，在一条信用卡还款信息的提醒下，我找到了睡不着、掉头发、吃不香，不断焦虑的源头。我只能向救世主梦露求救：

"我觉得我的人生价值没有得到展现！我要工作！我爱工作，工作使我快乐！"

梦露在得知我无处安放的人生理想之后，亲切地送了我一句忠告："贱骨头是没有福报的。"

"太慢了，老家的节奏太慢了！我每天起床拥抱太阳，饭后晒虾米，夜里数星星，太过安逸让我充满了负罪感，我有罪。"

"你有病，闲得蛋疼。"

"你不懂。"我哀号，"因为在北京，或者在任何一个一线城市，你只有靠工作才能得到认可。"

曾经为了摆脱失恋的痛苦，我一头扎进滚滚红尘，玩命般工作，事业蒸蒸日上。虽然最后搞垮了身体，但确实奏效，工作能扼杀大部分的焦虑。

作为曾经在情场上尴尬、职场上风光的"阿尔法女孩"，此时焦虑中仅剩的理智及时给我做出了预警——如果我再不快点收拾心情去上班，过不久我就还不上信用卡了。那些是我在大城市的消费主义中留下的问题，我必须为我犯下的错赎罪。

"现代女性没有时间感怀身世、伤春悲秋，特别是老阿姨更无暇自怜。我得重新打上鸡血，生龙活虎地投奔到工作岗位上，就算是嘴角流出鲜血，我也得留在办公室里。"我在电话这头捶胸顿足地说。

梦露冷言冷语："行，老阿姨，那你要不空了来我店里撸猫？"

梦露开了家海边咖啡厅，按她的话说，那是她陶冶情操的工具，她在老家大部分无处安放的理想和焦虑，都是在撸猫中得到释放的。猫咪拯救了她的闲散人生。

"我叫自己老阿姨是自嘲，你不能这么叫。"我严词警告，随后话锋一转，"撸猫给钱吗？"

"撸你给钱。"

梦露送了我这四个字，宣告了我投奔闺蜜的计划失败。所以说，拥有一个有钱的闺蜜多么重要。

不行，我得赶紧找点事做！

我跟老妈隐瞒了我要找工作的决心，否则她一定会让我去考公务员或者教师证，以此让我追求安稳的一生。但我这种女生，一生不求安稳，只求刺激，最希望能找到一份又过瘾又能让我施展拳脚的工作。

那几天，我常常找借口出门开始筹谋我的新事业。然而乡间小巷走遍了，我还是没有发现发财之道。直到我到海边散心，恍然想起渔业是老家的第一产业，为什么不顺势而为，从这儿找商机？

我跑到海边的渔场，只见空旷的场地上，大叔们在晒咸鱼干，阿姨们围坐在一起，在给八爪鱼清洗内脏。

我凑过去，双手放在背后，傻站在她们旁边端详，仿佛一个质检员。眼看八爪鱼被挤头弄尾，墨汁轻溅，我感叹阿姨们的手巧。

"小姑娘，你想吃啊？"其中一个阿姨跟我热情打招呼，顺便给我介绍了她家的烧烤店。

"我就看看。"我蹲在旁边看了一会儿，又没头没脑地问，

"你们招人吗？"

阿姨笑着上下打量我："这种脏活都是我们老太婆干的哩，你一个城里人不懂的，不招，不招。"

"我是本地人啦。"我解释道。

"哦，那也不招。"

反正我也是随便问问。毕竟每天这样晒太阳，多费防晒霜啊，我心想。眼看没戏，我起身准备离开，只听渔场上传来一声吆喝，我回头一看，一个身穿防护服和水靴的女人，手里揪着一个刚打捞上来的海鱼，呼唤员工过去接手。

女人将手放在眼前遮太阳，跟我对上了眼："美味小仙妹？"

听清声音我才认出她，忙唤道："梁姐？"

对方朝我走过来，仿佛想起刚才的昵称太过亲密，她又尴尬地笑起来："哎？天真，好久不见！"

真的是梁晓初。惊讶之余，我都忘记该以何种姿态面对她。看着梁晓初还是记忆里的那张瓜子脸还有大眼睛，我也只能尴尬地跟她粲然一笑："梁姐，好久不见。"

4

似乎每一人的老家，都有一个走在路上会被大家指指点点的人。梁晓初便是这样的存在。

我跟梁晓初在我高一时相识，她比我大四岁，那年她在读大学，暑假时在我就读的高中做实习生活辅导员。

"好多年不见了，听说你在北京？"

梁晓初脱下了手套,将耳边的碎发撩到耳后。以前的梁晓初瘦削不已,如今脸蛋红润,晒成小麦色的皮肤让她显得精力充沛。

我跟她许久未见的主要原因是她后来全家搬离了老家一段时间。

梁晓初似乎不想提起她消失的那段日子,我便也含糊起来:"之前我在北京工作,现在回来一个月了。对了,还没恭喜你,听说你要结婚了。"

梁晓初露出惊讶的表情,随即又爽朗地感慨道:"我才知道向东是你前男友。向东是在你们分手后才跟我认识的,我是在乎跟你以前的情谊,但觉得也没必要因此放弃自己的幸福,所以……你会恨我吗?"

梁晓初还是那么坦诚,处事成熟而有原则,这令我哑然——或许,当初我要是能成熟一点,如今跟向东结婚的人是我。

见我说不出话,梁晓初又拍了拍自己的脑袋:"唉,你看我这脑子,搞得我好像变相让你别恨我一样。其实你要是恨我,我也能理解。"

我发现我恨不了梁晓初,恨不起来,我甚至觉得她没有什么可恨的地方。我只是心里像破了那么一块,像被无数细小的蚂蚁撕咬、爬满,一直溃烂、溃烂,彻底烂掉。

我恨我自己。

"天真,我真的很想你。"梁晓初定定地看我,然后将她的手轻搭在我僵硬的肩膀上,似乎想要拥抱我。

我能感受到梁晓初的真诚,她的那种真诚就像是经过万年收藏的珍品，闪闪发光。

我多希望她假惺惺的，像个横刀夺爱的贱货，但是并没有，她一点都没有变，语气还有神情仍然是曾经那个坚强又决绝的好姐姐，有话摊开跟我说，一切都是堂堂正正的样子。

"我……我没有恨你。"我嘴角抽动着，尴尬地看着她，也满是诚恳。

"能再见到你，真的太好了。"梁晓初亲昵地摸了一下我的后脑勺，跟曾经一样，"只是，谁都想不到啊。"

我知道梁晓初是在说岁月漫长，是在说世事难料，是在说爱情莫测。

"我们可以来玩'你问我答'的游戏，有什么想问的，我都告诉你。"梁晓初似乎察觉出我的渴求。

"那我就不客气咯。"我质问道，"你跟向东是怎么认识的？"

"我回来后办了一家小渔坊，也就是现在你看到的，专门捕鱼卖鱼。后来我打算搞新包装，到处打听设计公司，听说有人从北京回来开了一家，就认识了老板，也就是向东。"

"老家这边还需要搞新包装啊？"奇怪的是，我好像更在意生意经。

梁晓初解释道："这里现在没那么落后了，总要引入一些新事物。"

这时，有员工喊梁晓初到渔场去，我见也到午后了，便跟她道别。

"实话说，天真，我有点妒忌你。一开始知道你回来，我还有点介怀，毕竟你们谈恋爱那么久，说不定哪天向东反悔就回去找你了。但你放心，如果真有这样的事情发生，我不会伤心，也不会跟你反目成仇,我希望你不要因为向东而忘记了我们以前的情谊。"梁晓初望着波光粼粼的海面,"在我离开老家的那段时间,只有那时我们女孩之间的回忆是甜的,是重要的。"

梁晓初重新抱了抱我。

这一次,我才勇敢地抱紧了她,将头倚在她的肩上:"偷偷告诉你一个秘密,我跟向东永远都不会有可能了。"

直到遇见梁晓初,听完她的话,了解了她的现状,我才笃定了这件事:"虽然这里很好,但容不下我,我可能还是会到外面的世界去。我现在头脑很混乱,但我知道自己不是一时头脑发热。我没有本事,但我心很大,我还没有死心,我现在只是休息而已,我的心之所向在更加广袤的天地。"

我无法为谁而停留。

梁晓初怔怔地看着我,半响才咧嘴笑:"好样的。"

末了,梁晓初又提议说晚上让我跟她和向东一起吃饭,但被我拒绝了。

"还是婚礼上见好了。"我连忙摆手,最后逃之夭夭。

如果问我是否面对向东已经心如止水,我承认我还做不到,只不过是想避免我的心死灰复燃罢了。

我想,我如今的身份——只能是保持着微笑为向东送菜的邻居。

5

难得跟梁晓初碰见,离开渔场后我第一时间便想跟梦露透信。梦露似乎跟我心有灵犀,当下便给我打来电话。

"马蹄莲？"

"亲爱的，你有那个人的电话号码吗？那个谁，姓张的，跟你相亲的那位事儿狗。"梦露的声音听上去有几丝急躁。

"怎么，又出什么事了？"

"大热天的真作孽，我在镇上的 4S 店喝茶呢。"

被梦露这么一说我才猛地想起来，上次梦露的车被拖走之后，梦露说她自己会去提车。我拍了下脑袋："你的车怎么还在维修店呀？都怪我，要是驾照是我的就帮你取了。"

"不用啦，要不是我懒得出门，怎么会拖到现在。你就通知那姓张的过来好了，他那眼睛长得像吉娃娃的律师正缠着我，跟我杠上了。车子还被扣着，那吉娃娃想讹我，说要把他们的维修费吐出来，滚犊子！你帮我捎个话，让他的主子赶紧给我死过来，有时间跟他们耗，我还不如陪我妈去撬生蚝。"

"什么？还请了律师？不是他说乡下没律师的吗？吓唬谁呢？我马上去！"

上次张家奇在向东面前加了我的微信号，只不过我没通过。此时，我连忙通过好友却显示验证信息已经过了时效。我只好从手机短信里翻出张家奇的手机号，给他打了过去。因为害怕他不肯去，我只能先硬着头皮问他在哪儿再去劫人。

我到他说的餐馆时，张家奇正在吃着牛肉面，我连忙在他对面坐下："兄台，快吃，吃完跟我走。"

"怎么了？"

张家奇不慌不忙地吸溜着剩下的几根面条，我不耐烦地拽起了他的胳膊。

"你这是干什么?有话好好说,别动粗。"

"……你赶紧跟我走!"

"你倒是说说发生了什么事。"张家奇看我这架势,似乎察觉了事态的严重性。

"我说你这个伪君子,说什么扯平都是扯淡。还派了个律师缠着我姐妹,这会儿在4S店呢,赶紧跟我去取车,把事给办妥了!"

"什么律师?"张家奇顿了顿,恍然大悟,"哦……我之前叫我堂弟去帮我处理,他确实是在律所上班,可能给自己抬了面子。你别慌张,我律师不会对你姐妹怎样的,你就放心好了。"

"少摆正义脸,谁担心我姐妹了?"

"那你是担心谁?"

"我是担心你律师!"

梦露是谁呀,马蜂窝似的,一被捅急了不得好死的是始作俑者。挂掉电话前,梦露跟我说的最后一句话充满闲情逸致,估计一边说一边还在修指甲呢:"那主儿不赶紧过来就等着给他律师收尸吧,或者等着给他买尿布,我不让他尿失禁,就让他尿不了兜着走。"

从高中开始,乃至到了现在,梦露对于我都是个谜。

我永远无法得知她下一秒会做出什么出格的事情来。包括梁晓初在内,曾经的我们仨都是横冲直撞的女土匪,但是如今想起来,其实我们是有区别的。我只是傻,梁晓初是不要命,梦露则是口蜜腹剑。

从车上下来,我奔丧似的心情还久久不能平复,大老远就看见瘦成一道闪电的梦露,还有身边正在抽烟的律师吉娃娃先生。

今天的梦露走的是黑寡妇路线,齐胸的黑色连身裙将她的身材衬得格外好,长卷发随意披散着。旁人乍一看还以为,她接下来就要剥夺谁家财产去呢。

眼前的4S店就像一个散发着厮杀气息的烽火台,就差点一把明火宣布开战。很明显,我身边的张家奇就是这把明火。

"方律师,什么情况?"张家奇还算给堂弟面子。

人家还没回话呢,梦露见我们走近,恍若来了兴致,伸出手来行见面礼。

"梦露,这是张家奇。"还没等我把话说完,梦露就面带微笑地开腔了。

"张先生好。"梦露正式地跟张家奇握手。

"你好,你的车我……"

咻——

仿佛只是一瞬间的事情,但我的耳朵似乎能听到一道惊悚的窸窣声。梦露正跟张家奇握着手,就在张家奇准备松手之际,梦露将他的手往自己身上一拉,硬生生将他的手放在了自己波涛汹涌的胸脯上!

那一秒我窒息了,身边吉娃娃先生的眼睛更是被吓得往外凸出了几分,我这才见识到什么叫作"眼珠子都快掉出来了"。时间像是卡了几秒,我们都吓傻了。

"你……你这是干什么!"张家奇惊慌地想收手,却被梦露死死地拽着。

梦露露出一脸杀机,盯着张家奇,慢悠悠地说:"张先生,你摸了我的胸，我要告你。"

"你有病吧你，我怎么摸你了？"张家奇好不容易将手抽回来，一脸匪夷所思地端详眼前这个女人。

"刚才那不叫摸叫什么，揉吗？张先生做人请坦荡点，听好了，我要告你。"梦露挑衅般地眨巴着眼望向张家奇。

"明明是你拉我的手……我本来就没有想要碰你！"张家奇恼羞成怒，分贝陡高，良久，他又尽量让自己恢复理智，让情绪平复下来，"这位女士，你有事情讲清楚了，请不要胡闹，我们公事公办。"

这下好了，好端端的见面俨然变成了"刀光见血"的交战。我吓出了一身冷汗，支吾了半天也没能插上什么话。

"等着收我的律师函吧。"

"你……"

"梦露，你到底想干吗？"我偷偷拉了下梦露的手臂。

"初次见面，我礼让你三分。但是我说，请不要太不讲道理了。"张家奇终于按捺不住性子了。

"行，那我们就来讲道理。既然你摸我的胸是不情愿的，那我就不告你了，但是我也是不情愿被你白摸的，这事很好解决，你赔我钱呗。"

"你不可理喻，得寸进尺。"张家奇紧绷着脸，朝梦露逼近，被吉娃娃先生拉住，"你这是敲诈，你知道吗？！"

"敲诈！"梦露像是终于抓到了张家奇的把柄，装作醍醐灌顶状，"张先生，你终于说到点上了……敲诈。"

梦露无声地笑了，换了个舒服的姿势后倏忽转变了脸色，十分坦然地盯着张家奇说："张先生，你之前撞到了我的车，我的车是不情愿被你撞的吧。我不情愿被你撞的,你还要告我?把我的车拉走了不算,现在倒好,不告我了却要我赔你修车钱,你这不是敲诈是什么?说起来也不怕打脸,不讲道理的是你,敲诈的也是你,真是没完没了。"

四下鸦雀无声。我傻愣了几秒,终于缓过神来,梦露这是以牙还牙呢,让对方也体会被人挖坑的感受。我倒吸了一口冷气,暗自为梦露这个铁娘子叫好。

梦露这招也是真够绝的,硬逼着张家奇让步。这会儿见张家奇还傻愣着呢,方律师这才后知后觉地跟张家奇说:"我……我让她赔了修车费。"

"你这是打官司打上瘾了,一定要贪人家小便宜?"张家奇小声责怪吉娃娃先生,一拍脑袋冲梦露笑了笑,认了栽,"你说得对,我认了,我心服口服地给你赔个不是。我律师争强好胜,你就宽容宽容。"

"没关系,张先生不必把我当女的对待,我们就事论事,怜香惜玉这种行为对我没用。"梦露望着我谄媚地一笑,我鸡皮疙瘩就起来了。这种赢了别人还把功劳往对方身上推的功夫,任谁也招架不住。

"不,没有礼让的意思。梦露女士是吧?之前算我小人得志,撞到你的车确实是我的疏忽。"

"那我的维修费谁付?"

"我们付。"

"这就对了,何必搞得大家伤和气呢。麻烦方律师跟我去一趟大厅,维修单给我带上,你的车钥匙我还你。"

梦露干净利落地从包里掏出方律师的车钥匙抛给他。方律师跟张家奇对了个眼色，跟着梦露去了大厅……

"你可别怪我，这是我堂弟的主意，我也是躺着中了枪。"等待的空当，张家奇点了一根烟，突然笑了一声，"不过确实招架不住呀，你这姐妹有点意思。"

我盯着张家奇那张像是醉意蒙胧的脸和回味无穷的德行，冷笑了一声，心想这世界上的男人都一样，人人都爱马蹄莲。梦露危险，太危险了，可危险的女人就是深得男人的心。就在这一刻，我禁不住想，要是梦露真的跟张家奇相亲了，那会是怎样的结局呢。

"土拨鼠你别说，我堂弟为人憨厚老实，但伶牙俐齿，以前出了岔子也不会到哑口无言的地步。今天之所以会缠着你姐妹，还被你姐妹整成一副呆样，八成不是丢了魂魄，就是……"

"就是什么？"

"就是喜欢上你姐妹了。"

"你要她联系方式是吧，我给你就是了，拐弯抹角的。爱谁谁，反正梦露是我的，你们想要被临幸，等下辈子被翻牌吧。"

张家奇最终没有跟我要梦露的联系方式，依他的说法是，梦露虽然有点意思，但他对她并没有意思。

我心想，管你有没有意思，男人都不是什么好东西。

从高中到现在，围在梦露身边的男人数不胜数，我每天晚上失眠的时候都会闭着眼睛细数那些等着被宰割的男人，直到呼呼大睡。

眼看张家奇和吉娃娃律师吃瘪，我心里也过意不去，特意给他们买了两杯咖啡。

"拜拜啦。"

随后我将他们抛在店前,幸灾乐祸地望着他们,挥了挥小手,坐上了梦露的车。

6

我坐在副驾驶位上,如同打完一场胜仗,嘴里唱着小调,可车子刚起步不久,梦露便把车停在了路边。

我奇怪地盯着她,只见她身子一软,扭捏地趴在方向盘上,长长地呼了一口气:"吓死人家了。"

我满心困惑,顿了顿才揪起她的耳朵:"好啊,你这个纸老虎,原来你是个胆小鬼,亏我把你当铁娘子了呢!"

梦露嘟起嘴巴嗔怪道:"人家只是娇滴滴的一朵村花好吧,你还真以为我有熊心豹子胆呀,敢跟别人硬碰硬?人家只不过是擅长施展一些美人心计。"

"哼,你把我都给骗过去了,诡计多端的女人。"

"好歹也俘虏了你这小仙妹十几年。"

我眯起眼睛,娇嗔道:"哎呀……讨厌!"

"所以亲爱的,最近跟向东有联系吗,有什么进展?"车子重新上路后,梦露突然话锋一转,开始揭我伤疤。

"人家都快结婚了,还什么进展,一边凉快去。"说到要紧处,我险些激动得飞起来,"对了,我今天碰到了梁姐!你知道向东的结婚对象是谁吗?是梁姐!"

梦露险些惊掉了下巴:"梁晓初?"

"看车,看路!"我嘱咐梦露好好驾驶。

梦露用一副"这戏很有看头"的表情看向我，问："你们聊天顺畅吗？"

我便将所有的事打包说给了梦露。

"我给了他们一个祝福。"我说。

"感天动地！"梦露没心没肺地调侃我，"所以，向东知道梁晓初以前在老家的事吗？"

"以前梁晓初发生那事时，向东跟他爸妈去外地了。后来梁晓初有没有告诉向东，或者有没有别人告诉他……我就不知道了。"

"你要是想拆散他们，你就把梁晓初的事捅给向东。"梦露嘴角上扬。

"哼，你像个妒忌正房的心机小娇娘，思想很危险哪！"我再次惺惺作态起来，"姐妹，祝福是最后的礼物。"

梦露被我逗得哈哈大笑。

"看来你也没贱到骨头里去嘛。"梦露正脸看我，双眼锃亮，"在我看来，那个张家奇是个好男人，你相亲时干吗不施法？当时心里还想着向东吧？"

"我呸，是人家看不上我。还有，你哪只眼看出他货色好了？"

"要是其他男人一只手搭在我的'珠穆朗玛峰'上，忙着攀登都来不及呢，他却吓得往后缩。坏男人只会装孙子，装不出这样。我帮你免费验证过了，别说我没告诉你。"梦露挺了挺腰杆，跟我抛媚眼道。

"这白花花的肉就这么给别人揩了油，我算是服了你了。怎么，想'舍身取义'呀？"

"这回算是便宜那家伙了，他要还敢欺负你，我跟他没完。"

梦露冷哼了一声,突然想到了什么,语气变亢奋,"亲爱的,你现在还因为待业焦虑吗?"

"焦虑啊。"

"那就行,我带你去弄点好玩的放松放松!"

车子在乡间的路上穿梭,最后我跟梦露在一座苹果园的后门下了车。园子围着铁丝,一股清淡的苹果香气隐隐飘来。

我朝苹果园里张望,傻愣地问梦露:"你想干吗?"

"还记得张家奇是地主家的傻儿子吗?喏,这就是他家的苹果园。"

"所以呢?"我摸不着头脑。

梦露张开手掌,夸张地在自己的胸前比了一下,又将手掌朝苹果园比了一下:"人家摸了咱们'这个',咱们也去摸摸人家'那个'!"

我提高音量:"偷苹果啊?"

"嘘……"

"这样不好吧?"我迟疑了一会儿,却有点跃跃欲试,开始搓手,"但我怎么感觉有点兴奋?"

我的孤独是一座苹果园

1

梦露从她的后备箱里取出一只大钳子，鬼鬼祟祟地溜到铁丝前一顿操作，铁丝墙很快便露出一道口子来。我们左顾右看，一前一后溜了进去。

"好红的大苹果哟。"

我们在苹果园里穿梭，摆弄着树上的苹果，像极了白雪公主的后妈。然后我们找了块地，摘了几颗顺眼的苹果便席地而坐，一边聊天一边品尝，宛如回到了高中的逃课岁月。我一边咬着苹果一边自拍，随即又给苹果园来了一组氛围照发到朋友圈，配上文字：讨厌的农场主，伊甸园的禁果。

没一会儿，地上就多出几颗苹果核。在我们拍拍屁股准备走人时，我提议："算了，咱们还是留点钱在这儿吧。"

"那我多摘几颗回去，算是买的。"梦露说。

在我跟梦露正在挑苹果时，突然听到一声狗吠，我的背后一凉。

"那边谁啊？不要跑！"

我和梦露哇的一声，抱着苹果就溜。背后狗吠和人声越来越近，我们在苹果园里奔来奔去，怀里的苹果掉了一路。眼见快要跑到铁丝墙边，背后的大叔叫嚷道："再跑我就放狗咬人了！"

我回头一看，好大一只黑色恶犬，一口尖牙还流着口水。我尖叫起来，慌张地抓住梦露的手臂："姐妹，保命要紧！"

梦露见状跟我抱在一起，苹果掉了一地，那只恶犬挣脱开锁链，朝我们飞奔了过来。我和梦露尖叫了起来，紧紧地闭上了眼睛。

"夏娃，夏娃！"

只听大叔两声吆喝，我颤巍巍地睁开眼睛，看到那只叫夏娃的恶犬已经乖乖地蹲在我们跟前，恶狠狠地盯着我们，一副"逮住你们了"的姿态。

大叔走了上来，梦露见状，抱起了手臂，见招拆招："叔叔，我们是张哥介绍来的，张哥你知道吧，张家奇！你们的……农场主。"

见梦露支支吾吾，略显心虚，大叔顿了一下："你们谁啊？"

梦露拍了拍我的肩膀，将我拱了上去："能是谁啊，她是他女朋友！"

我睁大眼睛瞪向梦露，梦露谄媚地朝我眨眼睛。正当我们以为自己可以瞒天过海的时候，有一个人正朝这边赶过来，我们定睛一看，正是张家奇。

我果断迎上去，假惺惺地挽过张家奇的手臂，佯装很熟的样子发嗲道："哎呀，怎么是你啊？"

张家奇不为所动,面无表情地问我:"你干吗?怎么会在我家苹果园?"

"我跟梦露路过就下来参观参观,没想到真是你家的,那就好办了呀!"我笑盈盈地朝张家奇眨着我美丽的小眼睛。

但张家奇绝情地抚开我的手,问大叔:"李叔,怎么回事?"

"偷摘苹果。"大叔说。

我剧烈地咳嗽起来,拍了拍胸脯说:"偷苹果?哈哈,别开玩笑了呀,误会误会。"

张家奇的嘴角邪魅地上扬了起来,仿佛抓到我的把柄,似笑非笑地说:"我还以为土拨鼠来我家松土呢?"

我的笑容僵在脸上,不自觉地握紧了拳头。

见我段位不高,梦露看不下去了,抱着双手走过来:"我们就是偷苹果的,怎么了!说吧,赔多少钱?"

"那你们等一下。"

张家奇一副不以为意的样子,随即便到一旁打电话。

我跟梦露嘟囔说:"他又想耍什么小心思。"

梦露安抚我说:"放心,看他能有什么花招。"

2

我和梦露在前面带路,李叔捡着地上的苹果,张家奇和夏娃在背后跟着,大家一起到了案发现场。

望着满地果核,我觉得有点丢脸,连忙抬头望天说:"我们真的只是路过,一不小心就吃了。"

"是吗?"张家奇掏出手机,随即看了一眼我的朋友圈,"讨厌的农场主,伊甸园的禁果?"

我的朋友圈对陌生人竟然设置了"十条可见"?我悔恨不已,哑口无言。

见我又认了栽,梦露单刀直入:"你到底想怎样?速战速决。"

说时迟那时快,从苹果园后门的方向传来一阵大卡车的声响。我和梦露察觉不妙,猛地朝那边奔跑而去。

"喂!喂!"

梦露的车子又被大卡车拖走了!

当我们挤过铁丝跑过去时,大卡车已经开远,只剩下沙尘卷卷。梦露厉声尖叫,怒指着张家奇的鼻子臭骂:"张家奇,你这个王八蛋!"

"讨厌的农场主!自恋的直男癌!"我补刀。

张家奇却隔着铁丝墙饶有兴趣地望着我们,一声不吭。只剩下蹲在一边的夏娃朝我们吠了两声,汪汪。

此时此刻,我才见证了爱情的重要性。眼看天色已晚,梦露给她的男朋友陆一航打了一通电话,奶声奶气地抱怨说:"人家被欺负了。"

没一会儿,陆一航便风驰电掣地开着他的哈雷来接驾。

陆一航从高中起就跟梦露开始恋爱长跑了,当初我跟梦露都幻想着以后两对青梅竹马一同走进婚姻殿堂,一对是她跟陆一航,一对是我跟向东。

陆一航开了他的宝贝哈雷——传说中的耍帅神器过来,然而它中看不中用，载一个人都够呛。我甚至怀疑哈雷这种存在就是为了让男人拿来摆脱女人的。我看了看我的身材，跟梦露摆手："算了你们先走吧，三个人是坐不下了。"

最后，梦露抱着陆一航的腰，说会帮我叫车。我便一个人坐在苹果园边的石凳上苦等。不知道过了多久，余光瞟到有人走来，抬头却发现是牵着夏娃的张家奇。

"你已经第二次在路边生闷气了。"他双手抱臂俯视我，语气冷淡。我没有说话，他就干等着。

"我给你叫个摩托吧！"等了良久，他才再次开口。

"你这人怎么这么善变呀，一会儿玩弄人家一会儿又来假惺惺地示好。怎样？想 PUA 我吗？"我一脸不悦。

"行，那我滚。"张家奇牵着夏娃转身走了。

我看夜幕降临，四下无人，扭捏地喊了一嗓子："喂，你真的忍心放一个弱女子在乡间的路边啊？"

"那你想干吗？"张家奇又问。

"我赔你钱，你把我送回去。"

"李叔有事走了，晚上才回来，我得在苹果园看门。要不你跟我一起看门，就当赔钱了。"

我瞪大眼睛："哼，我为什么要陪你？"

"因为……我怕鬼。"张家奇支支吾吾了半天，才说实话。

我笑了。

"苹果园是你家的，你还怕鬼？"

"苹果园是我爸刚买的，又不是我的，我才懒得管！"

"哟，暴发户呀？所以你是地主家里那种不想继承财产的傻儿子？"

张家奇没理我，扭头就走。

我在背后鬼叫："喂！鬼来了，你身边有鬼！"

张家奇牵着夏娃加快了步伐，头也不回地说："来不来随你，我要去做饭了。"

"做饭？你还会做饭啊？我刚好肚子饿了！"我一听吃饭便来劲，屁颠屁颠地跟了上去。

3

苹果园里搭了一个小屋，里头的生活用品一应俱全。我在大棚下的藤椅上两脚一翘，躺下了，仿佛苹果园的大老板。

厨房里传来炒菜声，不一会儿，张家奇端着一盘油焖虾上桌。我两眼发光，端直了身体，忍不住想偷夹一只吃，只听旁边的夏娃朝我吠了一声，我便悻悻然放下筷子。又过了一会儿，张家奇端上了一盘焦糖苹果鹅肝，而后又端上了蛋焗番苹果和苹果派，我将仇恨抛之脑后，一阵惊叹："哇，你还会西餐啊，苹果王子！"

"尝尝我家的苹果，好吃的话帮忙招揽一些朋友来买。"

"原来是推销！"我嘴上不屑，却望着那些菜暗暗吞口水。

张家奇解下围裙，换上了他当初跟我撞车时穿的那件睡衣。我调侃他真的很爱那件睡衣呢，他美其名曰有家的感觉。

随他去吧！

"想不到你还真有两把刷子。"张家奇坐下后，我便展示了我的慷慨，毫不吝啬地对他的劳动给予表扬。

张家奇正要开动，我立马喊停："等一下！"

我挪动盘子的位置重新摆盘,然后跟他说:"你能不能先让一下?还有,让夏娃过来出下镜!"

当我举起手机一通拍完,加好滤镜,正想发到朋友圈时,张家奇突然不耐烦地说:"我不准你发苹果园的照片。"

"为什么?"我不解。

"没为什么。"

"你怎么这么小气啊?我真不是贼,只是心情不好,姐妹带我出来找点刺激。"

张家奇不识时务,毫不留情地对我进行反击:"你为什么一直解释,你管别人怎么想你?"

"你这人怎么这么难伺候呀,没聊两句就抨击别人,真的跟你待不了几秒钟!"我严重怀疑跟张家奇八字不合。

"你生气是因为被我说中了,还记得我说你装吗?你活得那么紧张,就是因为你太装了。"

我不可思议地瞪着他,一肚子火,顿时没了胃口:"你说什么?"

"你放松一点可以吗?"张家奇不顾我的怒火,继续指责,"你活得很不真实,什么都要摆给别人看,这不就是很看重别人的眼光吗?如果你吃一顿饭要时刻拍给别人看,而不是享受它,有什么意义呢?"

"你……你瞎说!"我语塞。

"那为什么那天你害怕被别人知道你在相亲?"

说到那天相亲遇到了向东,我望向黑暗中的苹果园,心沉了下来。仔细一想,好像是的,我的一切光鲜亮丽都是经我包装的。我在北京包装自己的快乐,不敢让他人知道自己在城市里疲惫不堪；我在同龄人中包装自己的富有，借口说昂贵的衣服和包包是必需品，被消费主义裹挟，用信用卡消解自己的焦虑；我在朋友圈包装我的生活，用那些泡沫般的点赞和评论，给自己制造了一个美丽幻境。

我包装自己，包装了一切，只为了让别人喜欢我。

我身处一座丰收的苹果园，树上的苹果红澄澄、香喷喷、沉甸甸的，却没有一个真正属于我。我包装了所有，却无法包装自己心里的孤独。

"既然你心情不好，既然来到这里是要放松的，那你就要改掉你的坏习惯，否则你永远得不到轻松。"张家奇将一只虾放到我的盘子里，平息了我一部分怒火。

"谢谢你，爹！"我嘲讽张家奇的爹味教导，却在食物入口瞬间被治愈了，"好吃。"

用心品尝眼前的美食，似乎真的比以往一边关心朋友圈里的点赞数一边就餐更能享受到食物的美味。

我开始心无旁骛地吃饭。

"说这些就当谢你陪我看门，缓解我怕鬼的情绪。"张家奇礼貌回应，稍后又问："味道怎样？里头还有面，还有汤。"

"对大部分女生来说，这些分量其实吃不饱，而且对我来说，这鹅肝口味稍微淡了点。"

"那我再加工一下？"

"不用了，麻烦。我有办法。"

张家奇好奇地盯着我。我低下头一阵鼓捣，这才慢悠悠地从包里取出一罐四川麻辣酱。他惊呆了。

"干吗？我这人平时比较爱吃辣，带着挺方便的。要不你尝尝，特正宗。"

我挖了一勺到我的餐盘里，然后热情地朝他的鹅肝添了一些。

他倒吸一口冷气："对嘛，这才是你真实的样子！恭喜你做回自己！"

我没有理会他，自顾自地吃起来，心想既然你让我做自己，那我就不当仙女了。结果对面没有了动静，他一直盯着我直到我吃完盘里的东西。

"吃饱了吗？"张家奇问。

"六分饱。"我大言不惭地说。

于是，张家奇又给我做了一碗面。

我惊讶于自己可以在张家奇面前放下所有防备，大概一个女生一旦把一个男生当兄弟，她便不必再装淑女。事到如今，就让我恢复本性吧，再也不用逞强了。我坐在木桌子前，看着坐在对面的张家奇，陡然觉得他很是仗义。

我笨手笨脚地用筷子搅拌碗里的面条，热气熏眼，一拌再一拌，我莫名地就流下泪来。我想起我在前任面前，从来都没有放松过一刻，而曾经在向东面前，我却可以大肆地跟他说——"我吃不饱"。

还是跟向东一块成长的那些年最放松，尽管我们在北京活得不如意，但有他在，日子就能放松一点。仅此而已。

但也是这么一个"仅此而已"，竟然让此刻的我泪眼模糊，连我自己都不敢相信。

"被我做的面好吃哭了？"张家奇不知死活地调侃。

"你闭嘴！"

"你哭什么？不就是被前男友甩了嘛，我女朋友还跟法国人跑了呢，这可有关国家尊严。"

"你怎么知道我在想什么？"

"你不是说你心情不好吗？"

"我心情不好是因为我的生活一团糟，我本以为我至少能完成人生项目中的一个KPI，结果恋爱了那么多年，最后还是泡汤了。我倒不是多放不下这份感情，而是这份感情成了我失败人生中的一个执念。"我双眼挂着泪水，好奇地问他，"我哭了吗？"

"……"

"我只是被热气熏到了眼睛。"

"那我吃！看你没被熏到还哭不！"张家奇端走我的面，佯装吃了一口，仿佛如获至宝，"吃不完还可以给夏娃吃。"

我这才像是找到了宣泄的理由，一边呼唤着"我的面"，一边发泄似的哭了起来。

"呜呜呜，浑蛋。"

"这个时候，适合喝酒。"张家奇没话找话，一点都不会安慰人，只会以酒消愁，"但这里好像没酒了。"

"没事……"我呜呜咽咽，气运丹田，吆喝了一声，"我有！"我低下头掏了一会儿，从包里取出了一罐啤酒。

张家奇当场看傻了眼："我让你做自己，但你也太做自己了吧！你包里到底还有什么？！"

"破碎的梦想，还有死去的心！"我悲从中来，举起啤酒一阵豪饮过后，把酒罐伸过去堵住他的嘴，"哥们儿，不醉不归！"

他原本只是随便说说，没想到我来真的。这下，他有点犹豫，露出一副不太情愿的样子。

"喂，是哥们儿就喝啦！我不装，你也不装了，不装我们还可以做朋友！男人都是屎，爱情都是屎，敬我们狗屎的生活！"

"你……够了吧。"

"嗯？试试？"我摇了摇啤酒，"快啦。"

我将手又伸过去一点。这个时候，一本正经的张家奇终于放松了紧绷的神经，第一次弹直了身体，像个十八岁的少年般好奇地看着这一切。

他用嘴迎上了啤酒罐，哈哧一声，继而吆喝："还要多少，我给你买！"

用泪眼盯着他的这一刻，我的嘴角上扬了几分。就像回到了我的青葱岁月，对面坐着的就是跟我到北京闯荡的向东。

4

等到李叔回来时，我已经醉得不行了。张家奇正扶着我准备送我回家，踏出苹果园大门的那一刻，我挥动着手臂指着身后，醉醺醺地说："我要买一袋红苹果，回去带给我爸妈！"

李叔当场摘了一大袋红苹果，把我送上了张家奇的车。车停在了巷口，扶我下车后，张家奇背着又重又醉又鼻涕横流的我，怨声载道："喂，你醒醒。你家人要是见到你这样，还以为我怎么你了！"

我神志不清地趴在张家奇的背上，突然痛哭起来，呜呜咽咽道："张家奇你以为你是什么东西？难道我不知道活得不真实很累吗？我不知道活在别人的期待里很累吗？我不想活得真实吗？我就是因为太真实了，在公司里得罪了同事，因为太真实了，在北京没人愿意跟我交朋友。别人很势利的好吗？我就是因为太真实、太倔强、不服软，还想抵抗现实，跟向东发脾气，他才自己回的老家，现在他还要结婚了，他什么都有了，而我呢？我却越来越虚伪！我包装成光鲜亮丽的样子，大家才喜欢我！我跟你说，除了向东，我还有个前任，他烂透了，每天不求上进还跟我吵架，我还要假装完美，跟身边的人吹他是成功人士，不敢分手，假装自己有完美的爱情！我身体垮了也要假装坚强，到头来，我什么都没有！我成了一个笑话，多美的笑话哦。"

"喂，你还好吗？"

"两情若是久长时，意外怀孕怎么办？"我犯困，趴在他身上背诗。

"土拨鼠你醒醒，你这人怎么这样，以为你多能喝，结果醉成这副德行！喂！"

这个时候，口袋里的手机响了起来，我摸索着看见一个陌生号码，闭着眼睛"喂"了一声。

"想起了当年事好不惨然。我好比笼中鸟有翅难展，我好比虎离山受了孤单……"电话里头传来抑扬顿挫的声音。

我脑袋卡壳了，眯着眼睛看了下手机屏幕，确定号码不认识："京剧？"

"我好比南来雁失群飞散。"

"喂，别唱了！别唱了！"

"我好比浅水龙困在沙滩。"

"大野，你这个文艺狗别唱了，我也醉了。"

大野是我的表弟，从小跟我和向东一起厮混，我认出了声音。几年前去了国外。以前大野一喝醉酒就会给我打电话唱京剧，今天这毛病又犯了吧？

"师母，我逗你呢，今天我没醉，我跟夜里的昙花一样清醒。"

"你怎么想要打电话给我？姐今晚……喔哦！"

我一说话胃部一阵翻滚，立即头一斜，紧紧地抓住张家奇的肩膀，忍不住吐了起来，结果转眼一瞧，吓死我了……竟然全吐到了他的头上！

"哇——"

夜空响起了惨烈的尖叫声，张家奇一把把我甩到了地上，失控地蹦起来："我今天怎么了！我是走了哪门子霉运！好恶心，土拨鼠你……"

"哈哈哈哈。"我坐在地上侧过身又吐又笑，丢在一旁的手机还在传出大野亲切的声音：

"喂喂，师母？怎么了？

"师母，我要回老家了，向东哥让我来参加婚礼呀！"

我听到"婚礼"两个字就觉得胸闷气短，特别是在喝醉酒的时候。因为我想起，曾经向东说过他此生非我不娶。

那年向东高中毕业，就在他背着行李去外地读大学的那一天，我到火车站送他。偌大的车站像是被神秘物体吸走了所有的氧气，我站在里头感到一阵胸闷。

候车期间，向东领着我到车站背后的废弃铁轨上，两人慢慢地向前走着，然后再踱步回来。

"天真，以后不要再被别人欺负了。"

八月底的余晖带着燥热，徐徐扫在我的脸上。我没有说话。有时候我不明白，为什么很多话在孩童时候能够肆无忌惮地说出来，长大后反而说不出来了，再也说不出来了。

我和向东从来没有牵过手，没有多余的身体触碰，也没有任何的你侬我侬。我们是什么关系，从来都没有明确。

可是那一天，夕阳马上就要下山了，向东面向我，欲言又止，动作僵硬又迟缓。他双手摁住我的双肩，很久没有动，我的心脏猛烈地跳动着，直到向东凑过来，亲吻了我的额头……

那一刻，世界静止了。

我闭着眼睛，当亲吻降临，我的身体不禁轻轻颤抖。

他的唇像风，轻轻地抚在我的额头上，仿佛怕弄疼了我，又像是怕我拒绝，动作小心翼翼。一瞬间，我的眼眶红起来了。

向东说："天真，我在未来等你。"

人类确实很奇怪，时常在生活中有那么一刻，心脏以最强烈的方式被撞击了，就决心要跟随某个人走到天涯海角。我没有说话，无声地应允了他，良久才羞赧地跟他说："我的额头都是油。"

"嘿嘿。"哪怕被我破坏了气氛，向东还是照常开朗地笑起来，低着头看我，说，"没事。天真，等我有钱，娶你。我今生非你不娶。"

然后，夕阳终于下山了。

到现在，多少岁月逝去，我都还能清楚地回忆起那次向东赐给我的初吻。温腻的触感，短暂又久远。

带着湿热的，带着所有悸动的，那次吻。

"大野，我不行了，回头跟你说。"

我轻描淡写地说完，偏过脸继续吐起来，腹腔用尽了气力，忽然间全身被牵动，眼睛也跟着模糊了。

像是酒醒了。

虽然张家奇被我吐了一头，但还是把我送到了家门口。本就一肚子怨火的他在大功告成后立刻恢复了本来面目，暴力地将我随意一丢，让我往地上一倒，屁股就开了花。

"哎哟！"我疼得斜眼瞪他，"兄弟，我还没醉到失去触觉好吗？绅士点会死呀！"

"我帮你敲门？"

"唔，你好臭哦！"我深吸了两下，然后翘着兰花指，捏着鼻子做出嫌弃状。

"你这女人怎么这样！还不是你吐的！"张家奇抓狂地用手摸着自己的脑壳，使劲拍弄，干呕了一声。

看着这家伙一阵癫狂，我乐得不行，用手扇了起来："面的味道还夹着苹果味哩，哈哈，好臭哦好臭哦。"

张家奇冷冷地盯着我，脖子唰地一下红了。

"白云苍狗，时间真快，美丽的苹果园之旅结束了。兄弟你不是加了我微信吗？以后常联系呀。"我坐在地上，语气娇憨，故意吓他。

"别别别，有吗？没有吧！"张家奇大概见我此刻意识不清，摇摇头放弃了仇视，尴尬地笑了笑。

"要不我现在加你呀！"我幸灾乐祸。

"你快回家！"

看在张家奇要被吓尿裤子的分上，我决定放过他，嘟囔了一声："好吧，你们都不要我。"

张家奇沉默了，过了一会儿才尴尬地咳了几声。气氛很是奇怪。

"你走吧，我妈妈有躁郁症，要是看到我一黄花闺女跟男的这样，会把你的脑袋取下来熬汤的。"

"那我走了。"

张家奇听我这么一说脸色更加凝重，仿佛我那欢乐的一家真的什么都做得出来。于是他道完别夹起尾巴跑了。

我望着他的背影心生感触，心想这哥们儿还挺仗义的，只是可惜了，碰到我这种还搞不清楚自己是否能接受得了别人的人。

呸，搞得好像我一认真对方就会要我似的。我一阵害臊，自嘲地笑了。

5

当海浪声夹着几声鸡鸣传来，我头痛欲裂地醒来了，已是第二天中午，我闻了闻自己的手臂，似有股酸味。我皱起眉头，想起昨晚的酒后表演百感交集，我还能回忆起张家奇那伪君子将我重重地甩在我家门口时，我的屁股与地面冲撞的钝痛。

随着我的头脑逐渐清醒，我越发为昨晚我的所言所行感到丢脸——真是名副其实的"丢脸丢到家了"。

老妈问起我昨晚跟谁晚餐时，对那袋红苹果起了疑心，我自然是搪塞了过去。张家奇在我耍酒疯时，背我回家、被我的呕吐物殃及，我是不胜感激的，心想：虽然你是个伪君子，可是你死后会上天堂的。

下午我骑着单车出门散心，迎着海风七弯八拐，最后鬼使神差地骑回了苹果园。此时此刻，我大概理解凶手为何总是会回到案发现场了。我朝苹果园里张望，夏娃正在睡午觉，一个像张家奇的人影晃过，我一阵心虚，猛地扭转车头，踩着车脚蹬逃之夭夭。

算了，就让坏形象留在别人心中，我自己别去想就好了。

傍晚时分，我正在院子里晒太阳，老妈买完菜回到家，用力地把我摇醒："闺女，我明天要去市集里订螃蟹，你给向东发消息，问下你英姨要多少。"

英姨是向东的妈妈，我提高警惕问老妈："你想干吗？"

"英姨上次托我帮她买啊！我能干吗，我还能卖了你？"

"那你自己问她啊，就在隔壁。"鬼知道她心里又在打什么算盘。

"英姨出门好几天了！"

"我没向东的联系方式，之前删掉了。"

当初删掉向东就是为了不给自己留下任何机会，怕自己留恋。结果老妈软磨硬泡，最后撒泼："你怎么这么不中用啊，不就是让你传个话吗？怎么这么磨叽，你是不是想气死我！"

"行行行。"

我不情愿地重新添加向东，在好友验证栏备注：我妈问你妈螃蟹要多少,不要加我,这里说就行!

谁知道没过一会儿,向东便通过了我的好友,并回复:我妈说三斤。

男人怎么回事?怎么都这么不听话!

我不再回复,将手机扔到了一边。直到晚上,我躺在床上敷面膜,正刷着朋友圈呢,突然发现有人在我一年前的状态里点了赞,那条状态写的是:北京不是我的家,我的家乡没有霓虹灯。

点赞的人正是向东。

我犹如被视奸般,心里卷起一阵海啸,又按不住内心的窥探欲,心想:以为只有你可以视奸我是吗?我也可以视奸你!

我去翻向东过往的两年里的朋友圈,从他离开北京,回到老家开了一家设计公司,装修、运营,再到换新车、买新房,他在朋友圈记录得一清二楚。

"小日子过得不错,有翻天覆地的变化,跟我过去的两年简直天差地别。"

叮。

手机来了一条新消息,我点开一看,向东跟我发了两个字:晚安。

我有些恍惚,心里五味杂陈,最后复杂的情绪转化成了愤怒。我气得关掉了对话框,继而将自己的朋友圈也关闭了。

不知道为什么,张家奇的话此时在我耳边响起——"如果你吃一顿饭要时刻拍给别人看,而不是享受它,有什么意义呢?"

我怀念昨晚在大棚里的晚餐,没有高脚杯,没有钢琴伴奏,没有烛光,甚至空气中还夹杂着泥土和农药的气味。但昨天的我像躺在天空的云朵上吃了顿饭,异常放松。

6

改变,就从过好自己的日子开始。

这就是渔村生活

1

在城市里摸爬滚打的白领们,大多对于周一是没有感情的。但在老家就不一样了,大家的工作日都跟周末一样过。醉酒后的第二天是周一,我一改睡懒觉的恶习,起了个大早准备拥抱太阳,迈向我的第二人生。

笃笃笃。

我正着急洗漱好出门找工作,这时候响起了叩门声,紧接着是老妈玩命般的催促声:"好了没啊,你手机响了!响了!"

我心想这多大点事儿啊,便朝房门吆喝:"哎哟,你别理它,等一下就不响了。"

"说了等于没说!"老妈啧了一声,结果没过多久,她又嗓门大开,"你倒是快点出来啊,第二通了,夺命连环 Call 呀。"

挨到打开门,我用毛巾擦拭着头发,漫不经心地问她:"谁呀?"

"没名字,你出来前又有一通,响了一下就挂了。"

"一大早就来营销电话,别人都那么努力,我又有什么理由不努力呢?"我赶紧抄起电吹风鼓捣头发,不料餐桌上的手机这时来了消息。我空不出手来便让老妈帮我念信息。

于是,老妈放下她拿去晨练的"尚方宝剑",拾起我的手机拧起眉头,在电吹风的噪声中字正腔圆地宣读着:"天真,听说你正在找工作?我认识一个老板说想找运营,要跟他推荐你吗……向东。"

最后两个字从老妈嘴里蹦出来的时候,我的手像触电般将电吹风开关给按了下去。

"向东?!"老妈猝然提高了声音分贝,跑到我跟前抓住我的手肘,亢奋道,"向东?你又跟向东聊上了?"

我不置可否,谁知老妈激动起来:"太好了!赶紧回电话!"

"什么?"我十分诧异,斜眼瞪她,"妈,我跟他已经没有关系了。"

"上天一定是被我的真诚打动了,你跟向东好好的,我就不用讨女婿了。"老妈居然是庆幸的语气,听着让我一阵恼火。

"你疯了!人家要跟别人结婚了!"这话提到了喉咙口,倏忽被我止住了,我心想解释再多也无济于事,只是瞪着她,"你说你这老太婆怎么这么没有原则,之前不是还骂他来着吗!"

"我以前如果不那么安慰你,你有什么三长两短怎么办?向东多好的孩子,我的准女婿,肯定是有苦衷才抛下你回来的,你现在也回来了,一切就天下太平了。"

"不太平!你做生意呢?巷口那个三十岁睡觉还舔手指的'二嗒嗒'也是你的准女婿!"

"回电话。"

"妈！"

"那你总得回人家吧，没点礼貌！"老妈恼羞成怒，像个气不打一处来的孩子，很是不甘，"你不想回，我帮你回。"

"不行，别理他。"我伸手抓手机，老妈就火急火燎地握着它躲开，还甩起了她的"尚方宝剑"指向握着电吹风的我。

"别闹，晨练去！"我叹了口气，伸手要手机，"还我！"

老妈摇头。对她那架势我嗤之以鼻，心想看你能玩出什么把戏，反正老妈打字的水平就像我酗完酒的这张脸，要多烂有多烂。

"你跟他说我自己会解决。"我撂下这句话，回房间收拾包包去了。

整理包包可以看出一个大龄女青年的真本事。

我跟梦露不一样，梦露的脸就好比流水线上的珍品，每天都要起早贪黑补上十道工序，只差贴上质量检验标签才肯出门。而近些年，我有点放弃我这张年过三十的大脸的意思，没事不捯饬。

但我对整理我的包包却十分上心，要是哪天被抢劫了也是劫匪认栽。里头全是杂乱的草稿纸和空白协议，偶尔加上辣酱和啤酒，足以让劫匪破口大骂"瞧这死女人"。

待到收拾完毕，我走过客厅发现老妈还在按手机，便顺手把手机取回："还我，被你玩坏了。"

我用凶狠的眼神逼视着老妈，默不作声。两秒钟过去，她自己识相起来，说："我回向东不要联系了。"

"嗯。"我面无表情地拎着包走到玄关，却越想越不对劲，翻开手机的对话框，顿时怒火中烧，立马冲着背后河东狮吼："许美娇！"

已发短信里，回复向东的那条明明是："我很好，我好想你，想跟你见面。"后面全是可笑的表情符号：爱心、爱心、拥抱、拥抱、跳跃、跳跃、嘴唇、嘴唇。

这么整齐，敢情开展览会？我手忙脚乱地补发了一条："刚才是我妈发的，不要回我了。"

然后，向东回消息了，简直是惊天噩耗："天真，你仍然一来大姨妈就情绪不稳定，这么久了一点都没变。爱心、爱心、拥抱、拥抱、跳跃、跳跃、嘴唇、嘴唇。"

我整个人在玄关僵住了，鞋子拉链没拉就把脚给硬生生塞了进去，心里臭骂向东。

"不对。"

我对自己的情绪感到迷惑，既然已经说好跟向东各自岁月静好，那我就不该再如此抵触，而是应该以对待正常人的姿态面对他——不卑不亢，无须扭捏甚至闪躲。

只有如此，才能真的放下，才算真的放下吧。否则搞得自己好像在隐藏什么私情似的。想到这儿，我冷静下来，厘清了思绪，按照老妈的意思，给向东打了电话过去。

"喂，你刚才说的工作，我想跟你聊聊。"我一本正经地说。

"你怎么……这么奇怪？"

"奇怪？"

"就是好像很冷静。"

我笑了一声，问他："不冷静，还能有什么反应？我确实在找工作，反正你只是推荐，我听一听也无所谓嘛，何况对方要不要我，是靠我自己。"

"嗯，那就好。是水族馆在招人，运营岗。你也知道老家没什么大厂，水族馆算不错了，如果你不想长期做，可以当接个项目试试手。"

"水族馆？"我来了兴致，"我今天就可以去面试。"

挂完电话，老妈见我笑容可掬，问我："有没有死灰复燃的可能咧？"

我嘲笑她："鼠目寸光！等你女儿去工作了，给你找个更好的女婿！"

看我如此大放厥词，老妈跟听我放屁似的，丢下一句"你就做梦吧"，便出门练剑去了。

2

我对我俘虏爱情的魅力没有自信，但对我的职场能力却是很自信的。如果不是之前身体抱恙，我应该在职场上修炼成了齐天大圣。特别是如今，身体痊愈后的我精力充沛得如同头顶的太阳。我自信满满地出发，先到水族馆视察了一番，随即奔赴面试现场。

老家的面试就是简单粗暴，摒弃繁杂的一面、二面流程，直接坐到了总裁对面。总裁姓钱，上来便问："直接来点实在的，你要怎么提高水族馆的人流量？"

我苦笑："你得先跟我说预算，而不是直接要结果。"

钱总试探出了我的思维，这才起劲儿地跟我聊起来，不知不觉一个半小时便过去了。当他聊到竞品，问我觉得水族馆最大的竞争对手是谁时,我跟他说:"水族馆最大的敌人是它对面的海。"

他似乎对我的回答感到好奇又不解。

"我们的水族馆距离海这么近,游客可以去海上、去海里,为什么要来水族馆?这是一个问题。"

钱总舒展开眉头,当下便问我:"你明天能不能来上班?"

但我最终只接下了水族馆的短期项目,而不是长期任职。

第二天上午,我给梦露打了两通电话她才接。我穿过狭长的沿海村道,在海浪声中听见她娇憨地"嗯"了一句,想象着她穿着蕾丝睡衣跟火鸡一样伸懒腰的德行,呛了她一声:"马蹄莲大小姐,敢情你一直站在人类的进化尖端就真不把自己当人看了,现在还在睡美容觉?"

"亲爱的,人家咖啡店中午才开,这里的人早上都喝豆浆,谁喝咖啡呢。早起的虫儿有鸟吃,我又不缺'鸟'吃,你缺呗。"

"亏你吃着脸上的黄瓜片还好意思开十八禁玩笑!你坦白吧,是你告诉向东我在找工作的吧,我保证不打断你的竹竿腿!"

"嘿,你还真别说,那天他来我店里消费,疯狂打探你的近况,他那一条道走到黑的性格你又不是不知道。反正我不说他也一定会到处去问,美人何必为难男人……况且他给我带了一双漂亮的圣罗兰高跟鞋,美得我巴不得劈叉倒立走路!"

"你就乐吧!你就不怕是人家新娘穿剩下的,拿来讽刺我们是剩下的?"我拐进岔道,嫉妒心也在转弯的时候掉了一地。

"你看看你现在就是赤裸裸的失败者心态。振作点,亲爱的，吃不到葡萄我们可以喝点葡萄酒陶冶情操，别到处喊酸。向东要是有那胆子还不如娶你呢！"

"你鞋子几号？"

"36号哟。"

"梁晓初37号，穿不了给你的。"

手机那头静默了半晌，才传来了一阵惊呼声："真的？！"

"我是想跟你说一声，我昨天面试，今天就上班了，等我下班了请你吃饭。"我转移话题。

"你真的去啦？行啊，前任介绍的工作你都能去面试！这是世纪大和解呢？"

"自从我上次在游泳池看见一名陌生男子的泳裤里掉出来一块弹力棉，姐的人生格局已经打开了。"我笑了一声，随后便有些意兴阑珊，"好久没工作了，有点不习惯。哦对了，大野跟你联系过吗？我记得上次醉酒时大野联系我说要回老家，可是后来打电话过去，号码又停机了，是我脑容量不够记错了？"

"大野没跟我联系呀，那家伙那么多号码轮着用，也不怪你联系不上。"

"见鬼！姐先不跟你说了！"

我快走到水族馆时惊呼一声，猛地挂掉电话，绕着水族馆就往另外一条路走。心想着这个月不愧是"水逆"，真是什么鬼都能遇到。

我看见张家奇了！

这就是渔村生活，圈子小得令人发指，我暗叫着躲在路边的大招牌后边，然后从包里掏出耳机，准备听歌来压压惊。就在这个时候,我才发现不对劲,我躲他干吗?

我想了好久,最终发现是因为怕尴尬吧。

是的,尴尬。

所以还是不要碰面的好啊。

我呼出一口气,从脑海的画面中抽离出来,恍惚间看到面前停了老家唯一的一趟沿海公交车,我夹起包包火速跑了上去……

睡衣男拜拜啦。

我端正地坐在公交车上,结果发现眼前的场景有点异样,我为什么要坐上公交车?

脑子生锈了吗?上班地点就在眼前,我居然坐上了公交车。

于是,这便是我两年来第一次上班迟到的场景——窗边一阵风啪啪啪地打在我的脸上,我冷眼望着窗外的海景,痴痴地说了声"我认了"。

3

众所周知,新媒体公司都聚集了社会上最活蹦乱跳、最不正经的一群怪咖。

老家的人自然朴实一些,不过没想到仍然聚集了一些老不正经。就拿水族馆里跟我同办公室的罗姐来说吧,她是拥有一个两岁女儿的妈妈,目前已经离婚,独自抚养孩子。虽然是一个惨被骗婚的人,但是她豁达得不行,还落下了喜欢猜测别人性取向的病根。

罗姐很喜欢听我说些无聊笑话,一乐起来嗓门像一只百灵鸟,并且我们相当默契地在办公室里偷藏零食。入职一周,我们就成了"拜把姐妹"。

"快来,有好吃的!"

这一大早,当我风尘仆仆地赶到公司,罗姐的一声吆喝真是拯救了我。我这人平时也没有什么爱好,就只是单纯地梦想着能过吃而不胖的美好生活。

"啥货呢?"

"松露巧克力,德国的,好吃到舌头都吞下去了呢。"罗姐跷着二郎腿,正在化妆,眼睛扑闪扑闪像两只扇贝。

"热量惊人吗?"

"500大卡,5.3个苹果量,跑步1小时……就好了喽。"

"只能跟你一样靠巧克力犒赏自己了吗?"我吞了一颗,斜视罗姐。

"哈哈哈哈哈。"罗姐捂着嘴大笑起来,像只起风的圆弧风铃。

"还没到点,大家都在会议室凑什么热闹啊?"我把包给卸了,将里面一沓资料给抢了出来。

"大伙等着开会呢,钱总说国庆那项目比较重要,招了个人来协助你。"罗姐优哉游哉地说,突然抬起眼帘瞄我,做贼似的说,"指不定是你头儿。"

我一听罗姐的话突然心律不齐了。这日子还能好好地过下去吗?干脆将我卷到马桶里冲掉,一了百了吧!

"男的女的?"我难免有点担心遇到猪队友。

罗姐是市场部的头儿,她压根不怕厉鬼敲门,只管使劲调侃我："哎呀没事，说不定是个善主儿呢。"

"我去问问看吧。"

我起身要去找领导，带着我的大茶杯，想着顺便去茶水间热杯咖啡。就在我来到钱总办公室的时候，正好门没有关，我就走过去敲门。可钱总没在办公室，倒是有一个圆寸头正在优雅地吃着三明治，然后狐疑地看着我："土……土拨鼠？"

"张家奇？"

生无可恋就是此刻我的写照。我捏紧大茶杯，痛恨自己没有翅膀可以马上飞走。

"这不科学！"我用手轻拍自己的脸颊，想起了有一首流行歌曲的歌词是"没有一点点防备，也没有一丝顾虑，你就这样出现……"，还跟着哼唱了起来，并且悔得肠子都青了。谁叫我跟梦露每次去KTV都点这首歌，晦气。

"你怎么在这儿？"我佯装镇定。

"我在这里工作。"张家奇十分淡然。

"你家不是种苹果的吗？"

"我说了那是我爸的生意。怎么，你害怕遇到我？"

张家奇这一回答让我吃了一惊，他的表情变得有点诡异，爬上了几丝奸诈，嘴角上翘扯出了一个让人讨厌的笑。

"你是因为见到我害羞吗？"半晌，他淡定地下了这么一个结论。

我又想起那天晚上我的丑态，不安起来。直到我看见他露出一脸得逞的表情，我像被无形地扇了巴掌。我告诉自己，不能输！我保持冷静，慢悠悠地走到他身边，拍了拍他的肩膀，打趣道："唉，张家奇，看了我那么多丑态，不如你娶了我吧。"

张家奇差点把三明治给吐了出来，慌张道："真是搞笑，谁对你有兴趣了？"

"那你说，你怎么跟着我来水族馆呀？"

"谁跟你来的，我本来就在这儿工作。"

"那你哪个部门、哪个项目的呀？是我的搭档吗？"

我步步紧逼，口吻尽量淡然，心里却掖着一句狠话——姐是项目组的老干妈，你最好不要自己来躺棺材，会死得很难看的。

眼看就要套出话了，结果张家奇转溜着眼珠子，仿佛知道了我的目的，莫名地冷峻起来。他微微抬起下巴瞅我，用手拨了拨圆寸头得意道："你跟你领导说话这么横，就不怕后面难做人？"

看着他挑衅地挑眉，我虽然不屑，口头上却尽量保持沉着："你在说什么？"

"钱总要降你职，我现在是你上司，信不信由你。"张家奇甩给我一个恶狠狠的眼神，然后眯起眼睛看手表，"时间到了，要开会了，宣布某人降职。"

他将手比成一支手枪，在我眼前点了一下，顺口"砰"了一声。我微微一颤，整张脸都绿了。

好在手中的茶杯让我找回了方向，我跑到了茶水间里进行自我疏导。

4

这段时间我怀揣着"情场失意，职场得意"的信心努力工作，恨不得用蛮力将公司推上高峰。

我私下四仰八叉宅成鬼，在公司里好歹也装出了个人形，混到了项目组的头头儿。平时管着手下的吃喝拉撒，还要安抚他们的心情，事事操心，运营和统筹一手抓。时间一久，年纪小的孩子都开始不知死活地调侃我，见我就叫妈，搞得我很吃得开似的。

可是最后并没有好下场。好不容易调整完心态，如今虎落平阳被犬欺。

我在茶水间里愁眉苦脸，思考了许久，我平时工作认真，凭什么会被降职呢？难道张家奇走后门了？

如果我真的被降职，让张家奇当了我的上司，这工作就不保了。

咋办？！

这时，从会议室传来了掌声，会议正式开始，我一肚子怨火，索性赖在茶水间里不走了。我谋划着等会议开完，再去找钱总理论，这样好歹有机会下台。不料，项目组的策划小妹庄岚找了过来，在茶水间门口一撞见我，就雀跃地叫起来。

"妈！钱总给我们找了个爸！"庄岚是个喜怒都写在脸上的无公害"95后"，单纯得像一盆清水，此时她泛红的脸颊写满了喜庆。

"怎么说话呢，正经点。"我沉住脸，有点语塞。

"妈，钱总招了个男的，好帅哦，找你去瞧瞧呢。你待在这里干吗呢？"庄岚见我的眼神放空，急躁地又喊了一声。

"我上厕所呢。"

"什么？这里是热水间呀？"

"哎呀不是，我手头有点事要处理，会议先不去开了，反正项目进度我都知道的，会后再跟钱总商量，你别错过了重要事宜，快去吧。"

"这……不行呀。"庄岚一脸为难。我疑惑地看着她，心想不就是开个例会吗？为什么搞得像我非去不可似的。

"那男的让我来找你呢，他跟钱总说你是组里的核心人物，他要见你，不然会议不完整，这是原话啊……"庄岚眨巴着眼睛，红润又溜上了脸颊，"大家都在等你，他说你如果不去，会议就开不了啦。"

我暗自咬起牙根，一声不吭。原本以为张家奇那枪乌贼，虽然为人狡诈但是还有一丝人性，结果他是铁了心要让我难堪。

"天妈，你说他人是不是很好！这么惦记你！"末了，庄岚又补了一句。

事到如今，虽然我彻底被怒火淹没，但仍然以视死如归的心情走进会议室，雄赳赳地出现在张家奇的面前。

会议室里的气氛很融洽，大伙跟张家奇交流得甚欢，待我到来，场面才冷下来。

"庄岚，去开投影仪和拷资料。"钱总一见我们进来便招呼庄岚去干活，然后招呼我过去，"天真，来见你的搭档。"

我略有忐忑，刚想要回应，就见钱总叼着烟吸了一口，歪着嘴巴说："他是咱们水族馆的海豚训练师，专门协助你改进海豚项目，你有专业问题都可以问他。"

"嗯……哈？"

突然扑哧一声传来，张家奇笑了出来。

我的表情一定千变万化，这一切都太快了，全程不到十秒钟，以至于我还没有任何心理建设，连抓狂和紧张都来不及，我的脸瞬间臭了下来。

我又被张家奇摆了一道。

到头来就是我一个人的独角戏，独自在茶水间里兵荒马乱，反而衬托出我是个只剩工作的可怜女人！一个神经紧绷到无法放松的可怜女人！

张家奇明知我在意他人的眼光，在意这份工作，却利用这点嘲讽我可怜。

我真的生气了。

"你好，以后请多多指教。"张家奇开始套近乎。

"天真是咱们水族馆新来的运营经理，之前在北京工作，也是水族馆的'一号白酒'，干烈得很，一定会将咱们的项目弄得风生水起。"很爱炒气氛的钱总说起了不合时宜的笑话，没人听得进去，可是他却不亦乐乎，转头跟我说，"张家奇是咱们的驯兽大师，一身腱子肉，专业过硬，你们多探讨探讨。"

钱总对张家奇各种满意，夸奖的话落在我耳朵里，我却听不进去。

"还是单身呢，要不咱们帮忙介绍呗。"有人瞎起哄。

"别别别，我刚相完一场亲呢，这年头相亲太不靠谱啦。"张家奇羞涩地打着哈哈，"哈哈，我开玩笑的。"

我在人前也合群地尴尬一笑，然后继续耷拉着脸，全程一句话都没说。接下来大家说了什么我都听不进去了，直到我恍惚听到钱总对我说"国庆的活动项目情况,你跟家奇详细交代一下吧"才缓过神来。

"好。"

我刚开口,还没有展开谈话,话头就又被张家奇给抢了过去,他说:"不用了,我很仔细地看了报告三遍,都摸清楚了。"

钱总乐不可支,摆出一副伯乐终于找到千里马的表情,正准备赞许张家奇,我开口了。

"是的。"我尽量保持仪态,让自己的语气四平八稳,但是脸颊不自控地紧绷着。

"笨的人才需要看那么多次。"

听我说出这么一句,大家吸了一口冷气。我又马上盯着张家奇打哈哈:"哈哈,我开玩笑的啦。"

此刻,张家奇的脸跟我的一样臭。

5

张家奇领着我去参观海豚馆,等我们步入了场馆,眼看四下无人,我一脚踢中张家奇的屁股,将他踹进了游泳池。

"喂!"

张家奇飞入水中,宛如一只落水狗,他还装模作样地拍打着水面,佯装溺水。

我冷哼了一声,抱起双手冷冷地站在泳池边俯视他,不屑地问:"你是想吓唬我,然后趁我不注意,把我拽到水里?"

见我没有中招,张家奇砰地一下蹿出水面,幼稚地拿水泼我:"死女人!你公报私仇!滥用武力!"

"叫你好看,这就是你欺骗本官的下场!"我戏瘾上身,也拿水泼他。

张家奇不说话了,径直朝我游过来,利索地上岸,湿透了的白色衬衫紧贴在他的胸膛和腹部,显现出了迷人的线条。

然后他盯着我,莫名其妙地脱掉了衬衫朝我步步紧逼,胸肌和腹肌瞬间袒露无遗。

我皱起眉头,镇定地站在原地,将暧昧的气氛打破:"哟,想用你的胴体吓唬人啊?以为我会跟十八岁的少女一样害羞捂脸?"

张家奇看我没如预期中梨花带雨,错愕地往后退了一步。

我面带微笑:"呵呵,我已经三十了,什么场面没见过呢?"

话虽如此,有那么一瞬间,我为自己没有出现的脸红心跳而诧异,为我死去的少女时代而默哀。

也是在那一瞬间,我想我的心已经死了。如果不是死了,那它至少成了一座休眠的火山。

为了掩饰我的"无能为力",我刻意装出如狼似虎的猥琐表情,目光在张家奇的胸肌上游走,随即朝他吹了一个口哨。

张家奇害怕地将手挡在胸前,后退着,支支吾吾起来:"你……你们城里人真的很胡来!"

说完,他打了个喷嚏。

我忍俊不禁,饶有兴趣地说:"大哥,穿件衣服吧。"

张家奇羞赧地转身窜逃,跑到半路又回头指着我,心有不甘道:"行啊你,给我等着,来日方长!"

我欣然应战:"来日方长。"

不 留

1

　　由于旅游旺季的到来，加上项目的流程得到优化，水族馆在运营之下，很快游客倍增。那阵子，我将生活重心都放在项目上，偶尔空闲，便跟罗姐去看海豚表演。

　　我们站在落地窗前，隔着透明玻璃望着楼下的水上乐园，看到张家奇穿着潜水衣与海豚握手，指引海豚高空顶球甚至是摇呼啦圈。他的笑容阳光，在水中游动时的身体健硕，线条又流畅，当他温柔地抚摸海豚的时候，我甚至忘了他的罪大恶极。

　　"多美的风景啊！"

　　罗姐目不转睛地望着张家奇，嘴里念念有词："高大魁梧，肩宽腰窄，甚好……甚好！"

　　"罗姐，你别乐。"我跟她打趣，"家伙长，见识短。"

　　罗姐一听闷闷不乐的我讲起了荤段子，乐开了花："唉，我这种离异女人现在只能饱饱眼福，要是知道水上乐园有这样一个英俊男子，我早就爱上看海豚秀了。"

　　我望着眼前这个如狼似虎的女人，仿佛看到了自己的未来，恐惧得直摇头。

"你见过他吗?"罗姐问。

"你干吗?"我慌张道。罗姐肯定会起疑——但那相亲的破事,搁把刀子在我脖子上,我也绝不会走漏风声。

"我问你以前看过他的海豚秀吗?"罗姐重新发问。

我摇头。

此时海豚训练师换人上阵,张家奇走到侧面后台吃汉堡。罗姐又开始了她的惊悚发言:"好想成为他手中的鸡腿堡!"

"你要成了张家奇手中的鸡腿堡,估摸下班那会儿你应该在他的第二道盲肠了。"

"哈哈哈,天真你还是赶快嫁人吧,你这小黄鱼要熬成大鳄鱼了。"

罗姐放声大笑,给自己找乐子玩。我"啧"了一声,起身到隔壁倒咖啡,站在玻璃窗前扫了一眼楼下的张家奇,没想到他也正望着我所在的方向,迎上我的目光。

"我让你交的排期表,你做好了吗?"我给他发消息,并摇了摇手机,指示他看手机,然后直勾勾地看着他,朝他做了一个鬼脸。

讨厌归讨厌,这家伙做事还挺靠谱,我刚回办公室没多久,电脑上就收到了他做的排期表的文件弹屏。

我定睛一瞧,文件名为:海豚王子。

2

世界上除了竞技场上的运动员能为我们演绎出飞毛腿之外,

还存在着这么一群人类,每每一到下班的点就像脱了弹膛的子弹,飞奔得比谁都快。

相比城里人崇尚加班,老家的人更崇尚自由。罗姐着急回家带女儿,卷着资料就跑了,剩下我在办公室里复盘文件。正聚精会神之际,我又接到了大野的电话。

"师母,我在意大利出差呢,很快就能回来了。顺带买了结婚礼物,准备给大伙一个大惊喜!师母,我的航母,想念你的大野。"

"……"

我跟向东还在一起时,向东认了大野为师弟。大野见我开得起玩笑,私底下称我为"航空母舰",称赞我战斗力强。看吧,大家都觉得我刀枪不入。我暗自悲叹了起来,想不到连大野的翅膀也长硬了,居然敢直接挑衅说他买了结婚礼物,难道不知道我正处于"男友结婚了,新娘不是我"的尴尬处境吗?真是狼心狗肺。

这时,有人敲响了办公室门,只见张家奇伸出来一颗脑袋:"喂,我可以进来吗?"

"你有事吗?"

我一时间没反应过来,愣了一下,跟大野交代了两句就挂了电话。张家奇径直走过来,双手从身后腾出来。我这才看见他拎着一盒比萨。

我心里"哎哟"了一声,见过羊入虎口,没见过羊还捎礼物的。

"说吧,你有什么企图?"我莞尔一笑。

"你怎么这么聪明!"张家奇将比萨往我的桌上一放,像是早就料到了般,"能不能减少海豚秀的表演排期?"

"你可真坦荡啊,第一次见有人这么明目张胆地要求摸鱼。"

"信不信由你,我不是为了自己,我是为了海豚。"

"什么?海豚?"

"我可以问你一个问题吗?你为什么要接这个运营项目?"张家奇明知故问。

我直截了当地说:"讨生活……和通往人生理想之路。"

"那恭喜你,你确实实现了自己的理想。你来了之后,水族馆赚翻了,这可能就是大家所说的降维打击吧!你在北京学的总归是有用的,所以钱总为了留住你,月薪给的是别人的三倍,还想给你升职。在老家,这绝对是别人梦寐以求的工作。"

"钱总还没告诉我。"

我心里腾起一阵怪异的感觉,不是欣喜若狂,不是如沐春风,而是忐忑——自从接手了水族馆的项目,一切都太过顺遂,可以说没有难度,我还没有遇到挑战。没有挑战,在一定程度上就是一种安逸。而如今,钱总的决定更是给了我一种即将尘埃落定的感觉。

我害怕这种尘埃落定感,会导致我陷入对自我的拷问:"我要留下来吗?我要留在老家了吗?这是我想要的生活吗?"

纠结"留不留"的时刻,仿佛又将我带回到离开北京前的那个夜晚。

这个时刻,我仿佛理解了向东。

我要留下来吗?我快乐吗?我的人生就这样了吗?我此刻的生活有意义吗?还是我要换另一种生活?

"我知道你之前在实现自己的理想,你在做你工作职责内的事,所以我没有跟你开口。现在你要升职了,我才来请你帮忙,能不能减少海豚秀的表演排期?"张家奇问。

"你说你是为了海豚?"

"大家看到的海豚总是笑笑的,很是温顺。其实并非如此,只是它们的表情总是那么软萌可爱,给了人假象而已。海豚只要被抓到水族馆里,其实活得非常痛苦,常常会得狂躁症和抑郁症。有些甚至会撞头自杀,我们馆里……现在就有一只。"

张家奇带我到水族馆的透明水箱前,我们伫立着注视水中的那只海豚。它时而僵停在水中,时而横冲直撞。它的嘴角上扬,眼神却幽暗空洞,仿佛被一条无形的锁链拖着身体。

当张家奇靠近水箱,海豚隔着透明玻璃看见了他,缓缓地游了过来,楚楚可怜地将脑袋抵在玻璃上,宛如在等待张家奇的抚摸。

我的心融化了。

"长期被禁锢在狭窄的水箱,每天还要被迫营业,这些行为正在杀死你以为可爱的海豚。想起来,其实它们跟我们人差不多吧。人也想逃离枷锁、想要自由,可是得被迫工作,经营自己的惨淡人生,想死而不得,只能撞头。"

张家奇将手搭在玻璃上,抚摸着海豚的脑袋:"如果它们还没人安抚,就太可怜了。"

"所以你才当海豚训练师?"我动容地问。

"嗯。"张家奇轻轻应了一声,随即转头看我,"当然,还有跟你一样的部分。"

"哪一部分?"我眼里泛光。

"讨生活。"

"滚。"

"同意吧,就当我欠你一个人情!"

谁能想到呢,我被张家奇说服了,最后应允下来。见时候不早了,我们便朝水族馆门口走去。

"最近你经常一天都不见人影,躲着我吗?"

这不是废话吗?

我斜起眼睛,就在脱口而出的瞬间马上刹住车:"我没躲你呀,躲你干什么?姐就是坐了办公室不想动。"

"你是在生我的气?还有,怎么听到钱总要给你加薪还摆一副臭脸?"

"没有,我今天走的是悲伤蓝调风。"

"我就是跟你开个玩笑,谁料你一天死黑着脸。就你能捉弄我,我还不能灭灭你的威风,顶顶你的煞气了?"

"女人跟男人开玩笑是看得起对方,你一大男人还手就是小肚鸡肠。"

"我就是想给你个独特的见面礼,谁知道你那么当真。"

"什么玩笑不好开,开我被降职?你知道事业对我们女人多重要吗?你怎么懂!"

张家奇这种打拼不需气力的家伙永远都不会懂,男人是女人的依靠,而我没有男人,事业就成了我的依靠。

"我怎么不懂了,男人的精力多半花在江山和兄弟上,女人的精力无非就是吊死在情情爱爱上咯。"

"不要断章取义,我像个女的吗?"

"你就是把感情看太重了,看来前任跑了真的对你打击很大。"估计被我绕晕了,张家奇压根不想回到原点上。

"瞎说可是要遭天谴的!"我严词警告。

"谁上次喝醉酒在我肩上嘶吼来着?"

"……"

张家奇那双散发可怜目光的眼睛盯得我心慌,我哑口无言,心想既然是自作孽那就怪不了别人挖苦了。我继而咳了一声,偷换概念:"当然,事业稳固了才有底气选男人。"

"说到这个,没想到你工作挺认真的,根本不像相亲时那么不正经嘛。"

"公归公,私归私。你没事可以走了,谢谢你的比萨。"我不想谈相亲的事,到了水族馆门口就跟他道别。

"所以你相亲时是故意不正经的咯?我觉得你当时心里有鬼。"

"你还不是一样!"

我头皮发麻,眼神闪烁起来,抬起下巴示意他赶紧走。

这时,一辆私家车朝我打着双闪,我定睛一看,竟然是梦露。梦露果然是我的大救星!我果断跟张家奇说再见,得救般地上了车。

等我坐上车后,梦露响亮又八婆地喊了一声:"哎哟喂!"

"哟什么哟,平平无奇的同事关系罢了。"

"要不是我现在忙,我还得上前找他算账。"

"你怎么来找我?哇,今天这么美艳,把一个月的收入穿在身上了吧,干吗去?"

"我去你家找你，你妈说你还在水族馆呢。"说完，梦露从后座拿过一个袋子递给我，"给你的礼物。"

我从袋子里掏出一件精致的小礼服，蒙了。

见我困惑，梦露解释说："你忘了？向东的婚礼快到了，就这个月。"

我顿时语塞，半晌才组织好话语："行，到时我扮演一个彗星美人，在前任婚礼上闪亮登场！"

"我要去跟陆一航吃饭，现在是送你回家还是你跟我们一起吃饭？"梦露启动了车子。

"送我去宠物店吧，我要去接阿连。昨天阿连不舒服，我送它去看了宠物医生。"

梦露笑了。

"怎么，你能去接男人，我就不能去接狗狗？"我嘟囔起来，白眼斜她，"说到陆一航，大野要回来了，他也要参加婚礼，大野跟陆一航不是死对头吗？当初为了追你，两人还大打出手。"

"是啊，我就喜欢男人为我大打出手的样子。"梦露开玩笑，嘴角扬了三十度。

我也笑了："那这场婚礼可真够热闹了啊！"

3

对于向东的婚礼，我已经坦然接受了。

我总觉得世界上有些原先你所依赖的人，无论他是情人、朋友还是同学，一旦跟你脱离了关系，不管他被重新提及多少遍，潜意识都会让你觉得那些人已经很陌生了。

就拿我和阿连来说好了,就这么几天不见,当梦露把我送到宠物店的时候,阿连见到我竟露出几丝抗拒。这真是让我感到心碎。

"你看看你什么表情,见到美女是这个表情吗?"我拍起阿连的屁股,自找没趣地调戏它。

"嗷嗷嗷。"阿连很快又跑到我怀里撒娇。

我终于用我独特的方式唤回了阿连的意识。领着它走出了宠物店,我心里正琢磨着要不要直接回家呢,转眼间,阿连纵身一跃,逃出了我的怀抱……

真是狗改不了吃屎,死德行!

阿连太久没有出来溜达,在街道上纵情奔跑,恍若前方就是骨头的故乡。我一路追着,叫嚷着。

终于,阿连停在了一家超市门前,逢人就闻人脚指头。我忍无可忍,喘着粗气冲它大叫:"你这个水性杨花的猪蹄子!"

在阿连意犹未尽地闻着一名男子的脚指头时,我跑过去蹲下一把掐住它的脖子,把它拎了起来。那名男子回过头跟我对视了一眼,在我准备转身之际,却被他莫名其妙地一把擒住了手臂。

"哎呀。"

我被抓疼了,惊恐地回过身,疑惑地盯着眼前这名长相朴实的男子,心里响起来三个字:不认识。可是对方颤抖着手,由于使劲咬牙下巴也哆嗦起来,十分惊慌地看着我。

"晓霞!"终于对方开口了,竟然是这两个字。

"你认错人了。"

我拂开他的手,心里还喊冤呢,被无辜弄疼了手臂。结果对方又把我一扯。

"哎呀!"我回过头恼火地望着他,"你干吗啊!"

"你不认得我了吗?我是李云轩呀。"对方激动得满脸通红,"我找你两年了,晓霞。"

我的天,演戏呢。我心里感叹着我的霉运到底什么时候才是个头:"哎,原来是你呀,好久不见。你也出来逛街呢,真巧,没什么事我先走了。"

我掰开了他的手想脱身,然而我刚转身又被他死死给拖住了。那一刻,我的怒火被彻底地点燃。

我一手抱着阿连,一手将袖口往手臂上捋,指着他的鼻子臭骂起来:"你!你看姐好欺负是吗!看你人模人样的,耍什么流氓!你这什么寒碜的勾搭法,给你颁个奥斯卡影帝?年轻人见好就收,给脸不要,给你两嘴巴子!"

终于在我一阵怒吼过后,身边的围观者多了起来,对方也犯了傻,他两眼炙热地看着我,还想说什么。

我立马抱着阿连想往后面走开,突然,对方扑通一声跪在了我的面前。

"晓霞,你听我说。"他憋红着脸呢喃着,双眼泛着湿漉漉的光。

一瞬间,大伙把视线都投在了我身上,仿佛我才是坏人。我望着眼前让人十分动容的场景,不知所措。

"好,我听你说,你先等我打个电话。"我掐着嗓子,略带哽咽地说着。

对方似乎冷静下来了。

我吸着鼻子转过身,脸上的感动一扫而光,然后镇定自若地摸出手机拨打了110。

"喂,我遇上了一个变态。"

真是碰上神经病了,别以为只有你会演戏,我也会。

警察局的问审桌前,坐着面面相觑的一对"痴男怨女"。这样的说法并不精准,但我也没说错吧——对方确实是一脸痴情,我确实是怒火中烧。

我阴沉地审视着眼前这名梳着服帖的三七分头的、神情柔和的陌生男子,本来就尖脑袋的他,在台灯的光线下,好似一根消防栓。我冷冷地打量他,六个字鉴定完毕:死宅男,老实脸。

"性骚扰。"在回答过警方的问题后,我一板一眼地说,"他性骚扰我。"

眼前的警察露出一脸的不可思议。

"怎么,我说大哥你什么表情,看我这样子觉得不可能被性骚扰吗?"

"我不是骚扰……我……"陌生男子插话。

"还没叫你说话!"警察呵斥他,继而转过脸看我,"你好好说话!"

"我家阿连发情跑到了街上,我就去追,结果就被他抓住不放,无缘无故对我动手动脚。抓我干吗?找削吗!看他人模人样,怎么会做这种事?"

"她是我女朋友晓霞,两年前跟我分手了,当时我们在同居,她为了报复我,把我最重要的财产带走了。"

"拿了你多少钱?"警察问。

"不是钱。"

"那是什么？"

"一串代码。"

我听得蒙了，趁着李云轩有点恍惚的时候碰了碰警察大哥的手肘，用手指着我的太阳穴绕了绕，暗示警察，这人有点奇怪。

"你们不信可以查案件档案！我立过案的！"

李云轩越发激动，手忙脚乱地从兜里掏出钱包，又从里头抽出一张照片递给警察。

我心想这下好了，看过照片我就可以回家了。

不料警察大哥用眼神瞅了下照片又瞄了下我，竟然附和起来："哦哟，这位女士，我说你们吵架了就回家好好说，别来警察局瞎闹。"

"你有没有搞错？"我不耐烦地抓过他手中的照片，被吓了一跳，半晌才回过神来……

照片上一脸淳朴的女孩，梳着淑女头，眼神里满是稚嫩，仿佛对世界还充满期待，乍一看让我想起高中时候的自己。

"是……是很像我，但不是本人。"我抱歉地摇头，哀伤地看向李云轩，"你别傻了，看看我，只是长得像她，气质天差地别，哪有这小姑娘的影子。"

"我认得出来，一样可爱。"李云轩自欺欺人。

我笑了，"可爱"这个词现在对我来说还真是新鲜："谢谢，不过就当误会一场，我要走了。"

李云轩和警察拦住了我，我无可奈何道："警察大哥，我身份证也给你看了，你还想怎样？"

他们对视了一眼，僵住了。我转念想了想，掏出手机拨通了老妈的电话。

"喂，许美娇！你老实跟我讲，你有没有背地里跟其他男人勾搭，生下了一个跟我很像的妹妹！你什么时候让我们姐妹花相聚？"

"你要死啊，你在说什么啊！什么丧尽天良的话？我这个老太太辛辛苦苦地养你这么大，你在说什么胡话你……"

阿连又"嗷嗷嗷"地舔了舔我的手掌。

我按掉了电话跟他们面面相觑："这下可以走了吧？"

我索性转过身往外走，李云轩被警察拦在里头。我用余光看见他挥动着手臂挣扎着："晓霞，你别走！"

4

我跟阿连刚回到家，还没来得及跟老妈复述自己的遭遇，便收到了向东的消息。他想邀请我出去喝一杯。

喝一杯就喝一杯，谁还怕谁呢？

向东的婚礼将近，最近他已经住到新房子里，很少再回隔壁的那个家。算起来，我们有段时间没见过面了。如今的我已经问心无愧，坦荡才是成人的相处之道。

我火速回复：没问题，十五分钟后见。

按照跟向东约好的见面时间，我从海边大道散步前往，望着海上的暗紫色的晚霞，像破碎的陶瓷渣，海风一吹，倏忽就散得精光。今晚路上有点冷清，让我想起北京。

曾经，北京的夜晚像压在我胸口的一块石头。每逢华灯初上，无数车辆宛如动物在高架桥上爬行栖息，潜伏的人流在街道上横行。世界像是打了麻醉药的病人，闭上眼睛，躲在黑暗里。

这里的夜晚是遥远又静谧的，这种静谧却有种奇怪的生命力。

大概十分钟之后，我便来到了新区的一家小清吧。在清吧的深处，向东坐在靠窗的位置朝我招手。

我环顾四周，霓虹萦绕，爵士乐悠悠传来，像有无数音符在空中跳跃。吧座是幽闭的，独自等待的向东显得十分孤寂。他主动站起来迎接我，礼貌至极，却也显生疏。

"打扮得这么帅，结婚呢？"我调侃向东。

他的衣着十分正式，西装革履。原本以为揶揄的语气能改善他沉重的心情，结果他好像不太领情，有点尴尬地跟我说："天真，你就别酸我了。"

"你就当我吃不到葡萄，让我酸一下呗。"我说完扫了一眼餐桌，烟灰缸里有四支烟屁股。就在说话的空当，向东点着了第五支烟。

"我还以为你不会来。"向东说。

"为什么不会来？我想起来，水族馆工作的事我还没谢你呢，今晚我请客。"我是真心实意的。

"是你自己的本事，我只是介绍。"

"当然我还有一个私心，就是想跟你请教一件事。"我开门见山。

"什么事？"

"我先点杯酒吧。"

我琢磨着如何跟向东开口,毕竟我不想让他以为我是在挖苦他。但思来想去没有找到更好的措辞。

"我想知道,你当初是怎么确定自己不想留在北京了?是什么样的决心,让你选择了离开。"

我变了。

曾经我憎恨向东的决定,如今却想向他取经——如何遵循自己的内心,在那个纠结"留不留"的时刻里寻找到答案。

"我今天找你来也是因为这个事。"向东脸色铁青。

"怎么了?"

"要结婚了,压力有点大。"

听完向东的话,我干笑,又有点无奈:"还没结婚就已经有压力了?"

"你问我当初离开北京后悔吗?我觉得我现在有点后悔,特别是……你回来了。"

我脸色阴沉,抿了口酒说:"已经过去的事,为什么你还要提。"

"天真,我们真的没可能了吗?"

"是的。"

"为什么?"

"因为我发现了,你不是我的北极星,无法在夜晚给我指引方向。或者说,没有人会是我们的北极星,我们只能靠自己做选择。"

如果向东对自己曾经的选择是坚定的,或许我会对他刮目相看,而他并没有,他只是贪得无厌。

不过，这不能怪他，大部分人都贪得无厌。生而为人，贪得无厌。

我还没跟向东透露出我要不要留在老家的困惑，但我已经得到了答案："唉，看来你没法给我什么建设性意见了。"

"你不爱我了。"向东话锋一转。

我却沉默了。

向东又说："可能这就是我后悔的原因吧，从你的眼神里、话里，我发现你已经不爱我了。十几年的感情，你放下了。"

喧嚣之后的沉默让人感到窒息，像是紧绷的橡皮筋猝然断裂。我尽力抚平自己的情绪，看向窗外幽深的海景，像在看待永远猜不透的人生百态。

"因为我明白了一件事。"

是的，就在与向东的谈话中，我恍然大悟。我说："我不应该问你是怎么下的决定和做的选择。生活的要义，不是如何做出漂亮的选择，而是做出选择之后，我们要有勇气去承担任何结果。"

这场久违的长谈，没有令我措手不及，只是我难免感伤，以后就谁都不亏欠谁了。我敬向东一杯酒："以后就是朋友，青梅竹马的朋友……嗯，听上去好像也不错啊！"

向东却不肯碰杯，他在口袋里掏着什么，然后把它放在了餐桌上。

我定睛一看，那张破烂发黄的纸条上面有着幼稚的字体和手印，是我小学二年级跟向东签订的那张"保护契约"。

"你喝多了。"我几近崩溃，握着酒杯的手颤抖了起来。

我不明白，一切已成定局，我们的感情为什么就不能被好好地安葬，非要什么历史佐证。

没有用了。

眼看向东正要深情回忆什么，我接过那张纸条，二话不说把它给撕了："哎呀，你留着这个干什么？黑历史！"

向东傻眼："天真！你……你没有心！"

我大笑起来，向东也被我惹得大笑。

"别整这些苦大仇深的，说了是兄弟，兄弟！知道吗？"我连忙摆摆手，"好啦，我去买单了，拜拜。"

5

我决定放弃在水族馆的工作，我不能确定以后会不会后悔，但我确定我能承担那个结果。

从海边清吧出来之后，我神清气爽地走回家。可是在路上，我不小心崴了一脚，在蹲下看脚的时候从侧面发现有个身影躲了起来，我好像被人跟踪了……

呵，你最好高大威猛，又劫财又劫色。否则来动手试试。我心想。

我大约从十五岁开始，就迷恋各类末日生存指南，还有关于防身术的书籍，最擅长的就是"反手顶肘，单膝踢弟"。此时的我满不在乎，只是时不时假装回头，糊弄一下那个跟屁虫……

"喂！"

可是当我猝然转过身一吼，眼前的场景却诡异到让我发蒙。背后空荡荡的，只有远处稀稀拉拉地站着几个小女生。躲哪儿了？我蹙着眉头,加快了脚步,一直到我经过了一个小地摊,身后传来一道阴沉的声音说:"老板,买把小刀。"

我的心理防线坍塌了。

居然出家伙?我站定,战战兢兢地往后看,一名黑衣男子在卖杂物的摊子前,也正警惕地朝我看过来。我们就这样对视着,当老板提示他"喂,你的刀"的时候,我拔腿就跑,随即身后响起了追赶的脚步声。我跑进了一个电话亭,把自己关在里头直喘粗气。大约半分钟过后,我才想起刚才结账时手机就快没电了,现在已经彻底关机。我望着眼前的电话筒,许久都想不起该向谁求救,因为谁的号码我都不记得……

"报警?"我犹豫了,这个年头没有见血就报警最后只会不了了之。如果身边有雄性物种就不一样了,说来惭愧,勇猛如我,竟然也会在危险时希望亚当出来帮我挡一刀。

最后,我还是选择在脑海里尽量将一个个数字凑起来,终于有眉目了,却是向东的号码——我竟然只记得向东的号码,只属于我的那一个。

在我上大学后,向东跟我互相配置了一个只有对方知道的内网号码。后来那么多年,向东都坚持只用那个"双卡双待"的破手机,就是为了保留这个号码——证明在我们的生活里,总有一些东西只属于对方,全世界只有你能拥有,只属于你。你是唯一,你无法取代,世界坍塌我都不变心。

要打吗?刚才只是害怕,此时这件事情才真正让我的手心渗出了汗。我犹犹豫豫,拨打了那个号码。

嘟嘟嘟——

通了。

电话里的嘟嘟声令我揪心，突然像是一阵冷风蹿到了心田，我啪嗒一下，就把电话挂了。

"不能没有出息，绝对不能！"心脏柔软了那么几秒，理智即刻将我唤醒。我吸了下鼻子，咬咬牙冷静下来，突然想到救命稻草。

我在包包里摸索了半天，终于找到一张我在背面写着"五百，多退少补，欠款还钱"的字条，正面是对方写的电话号码。

正是相亲那天张家奇给我的那张字条。

我拨通了电话，却能想象张家奇那张欠揍的嘴脸。电话很快接通，张家奇懒懒散散的声音传出："喂，土拨鼠？今晚好雅兴！"

"枪乌贼，还我人情的时候到了！"

"这么快？这么晚？我怀疑你图谋不轨！"

"姐就是想请你喝杯咖啡。"我琢磨着，还是放弃了自我。

"你咋天天喝咖啡呀，你咖啡机呀！"张家奇慢悠悠地说。

我气得跺脚，将听筒换到了右边："你别废话，赶紧给我出来啊，有事儿！"

"肯定没好事儿，不告诉我我不去了，你自个儿打地洞去。"

"我被人跟踪了！我不怕赤手空拳的，但对方带有刀啊，我要是被强暴了怎么办！"

"劫色呀，谁那么想不开？你放心，对方肯定只要钱。"我想不明白为什么此时张家奇还能这么狼心狗肺，真是看走眼了。

"我要是被捅了,明天谁去出差!"我气急了,报了个粗略的地址,"我不是为了我自己,我是为了我们公司……为了水族馆里的海豚!你够义气就来帮我挡刀!喂,你说话,你听见没有!"

"我老早听你语气不对就出门了,你别慌。以后就别兜圈子了,还说什么喝咖啡,都死到临头了。"

我顿时心头一暖。看似吊儿郎当的张家奇原来也有可靠的时候。

"咚咚咚。"

话还没说完,电话亭外有人敲门,我吓了一跳,顺带把话筒给挂了。是两个女中学生。可能是要打电话,我示意她们我要再打一通,然后就在里头耗着。直到她们不耐烦地又敲了一次门,我才胆战心惊地出来。

我查看四周并没有什么奇怪的人,心才沉了下来。但就在我朝热闹的地方走去时,身后却响起了一声喊叫:"美女!"

我猛一回头,稍远处的黑衣男人指着我又喊了一声,我顿时尖叫了起来,疯狂往前跑去。

"你等一下!"

"救命啊!"我慌乱地放声大喊,与此同时,张家奇从拐角处冲了过来。他赶来了!

张家奇像是百米冲刺般冲过来一跃,一脚就踹在对方的屁股上,那人跟跄倒地的时候张家奇便使用蛮力勒住他的脖颈……场面十分混乱。我盯着他们许久,终于看清了黑暗中的脸孔,很熟,但叫不出他的名字。

张家奇擒住了他,扬言要将他带到警察局。地上有一张证件,我拾起来一看:"你是今天的那个……李云轩?"

"等等,"我仔细看着证件,突然好奇起来,"你是清华大学的博士?"

"能请你帮个忙吗?我没有恶意。"倒在地上的李云轩说。

我犹豫了一会儿,同意了。

你和 2008 一起过去

1

送别张家奇后,李云轩带我到他的菜园,进入其中一个罩棚,我看到新鲜的蔬菜被种在悬空的铁架之下。李云轩按动开关,水柱便从铁架的细孔中喷洒而出,还有一些喷头在一条铁杆上旋转着,似乎在洒药,与此同时,罩棚里还有一些我看不明白的仪器在运行。

"这是什么?这都是你的作品?"我目瞪口呆地指着一根透明管。

"这是恒定湿度器。"李云轩说。

"你一个高材生怎么回老家了?"

"到哪儿创业不都一样?我觉得回老家挺好的,这里土壤不错,研究成果还可以用来发展老家的农业。"

李云轩此话一出,我便露出了崇拜的眼神,止不住地惊叹:"你好高尚啊!没有人反对你做这事吗?之前新闻上有人跟你一样回老家卖猪肉、搞养殖,被说浪费才能。"

"我不鼓励所有人都回乡发展,我之所以能回来,是因为老家发展得越来越好了，我能看得到希望。"

"也对。"我从惊叹中回过神来，继续问道，"所以你需要我怎么帮你？"

"晓霞是我女朋友，因为我一直潜心研究代码和试验，她便跟我分手了。为了报复我，她拿走了我的一串代码，可是我那串代码是我以前的美国同事写的，他后来成了虚无主义者，我再问他的时候，他说他记不起来了，也不想再写代码了，他想研究哲学与人类学。"

"真是一个悲伤又奇怪的故事。"

"这个程序，以前设置了晓霞的人脸识别，我想借你的脸识别出来。"李云轩将我带到一台机器前。

我不禁捧腹大笑："你不是博士生吗！虽然我和她长得像，但是怎么可能通过人脸识别。"

"我只是想碰碰运气。只要能进入，代码说不定就可以找人修复，不然重新开发代码过程很漫长。"

结果很明显，人脸识别失败。

"没有其他做法了吗？"我又问。

"她设置了密码锁，但我试了所有的密码，没有成功。"李云轩将密码锁调了出来。

我思考片刻，在密码锁里输入了"李云轩"的拼音……

砰的一声，程序打开了。

李云轩傻眼，他无法置信地望着我，我却倍感无奈："她不满你把所有心思放在代码和研究上，所以走的时候报复你，拿走了你的代码像是拿走了你的所有，但她还是给你留了个机会——你如果能猜到对方心里有你，你早就打开了。"

我叹了口气，女人真是又复杂又简单。此时，李云轩的眼神有点落寞，仿佛从此便失去了寻找晓霞的理由。

"无论怎样，把你当成变态是个误会。我对你回来发展老家的热情表示崇拜！"临走的时候，李云轩给了我一篮新鲜蔬菜，好让我回家可以跟老妈交差。

"老家也没那么不堪，只不过需要一些新视角而已。下周会有电视台来录制菜园的种植，很多阿姨想上电视，说到时来假装员工。你妈想上电视吗？想的话也可以来。"

"……"我尴尬地笑笑，替我妈婉拒了。最后，我提着菜篮子跟李云轩道别，"你好实诚，很开心认识你这个朋友！"

李云轩鼓励到我了。

我脑海中回想着他说的那个词——"新视角"，忽然意识到我没有将自己的新视角投放到老家。

如今，我找到我愿意付诸热情的事业了。

2

第二天我到水族馆，第一件事便是去找张家奇。在水族馆的后台，张家奇正在搬器材，一见我便用一副老谋深算的样子朝我开枪："我说土拨鼠你有没有良心，昨晚我蜘蛛侠一样赶去救你，你竟然把我晾在一边，最后跟那男的走了。别人英雄救美，本英雄救了只土拨鼠！"

"你少刺激我，我现在对这昵称已经免疫了。"

"跟陌生人到底有啥好聊的？"

"不一样。"

"有什么不一样?"

"人家是博士生!人家需要我的脸去拯救我们家乡的蔬菜产业!"

"你脸可真大。"

"总之,看在你昨晚前来相救的分上,之前的事我既往不咎了。"我坐在张家奇对面的沙发上,一脸慈悲地说。

"你这人会不会道谢?你说我之前到底犯了什么滔天大罪?"

"死罪可免,活罪难逃。对了,你过来!"

我招呼张家奇过来,当他走近,我二话不说便蹦起来对他的身子上下其手。

"喂喂喂,你干吗!"

"不错不错,可以!"我对张家奇的胸肌和腹肌的手感做出评价,兴奋地问他,"你想不想发财?!我有个点子,我们一起创业吧!"

"什么意思?"

"我们进军 MCN 吧,赶一波风口,上电商卖货!我用我在北京的专业所长,跟你家苹果园合作,把你捧红!"我兴奋地搓手。

"哈?"张家奇却一副不愿出卖色相的样子恐惧地望着我。

我最后摆摆手:"你等我把策划做出来再决定!"

就在这个时候,工作人员抱进来一捧巨大的粉红玫瑰花束。我还没从旁边同事手中的茶叶蛋的气味中苏醒过来,便恍若从路边摊穿越到了法国西餐厅。公司里但凡是个女的,看到有花送来都像是猿人发现了火种,忙着问是不是给自己的。

"这是谁的主意呀?"我问张家奇。

"我的杰作,是不是很有情调?"张家奇开玩笑,"买来送给自己,庆祝自己少年初长成。"

这个节骨眼儿上,我竟然想起了梦露那个开粉红色跑车的相亲对象,有点想笑。

"是庆祝你终于找到自我了吧,少女情怀总是诗,就是这整片的粉红像是苏菲卫生巾。"我一边说一边打量着玫瑰花束,花瓣上还沾着露珠,至少有两百朵。

"这你都不喜欢?这都激发不了你的少女情怀?那我送你吧,就当祭奠你死去的少女心。"

"谢谢你,我确实是做不了苏菲·玛索,只想安静地做一片苏菲……怎么,真送我的?"我嬉皮笑脸道。

"你想得美,给海豚秀做表演的。"

我倒不觉得扫兴,对比其他忙着拍照然后发朋友圈的少女,我兴致缺缺。可是我万万没想到,这时身后有快递员从电梯里出来,手提着一篮菜花,问我们:"谁是天真女士?"

"听到没有!我就是想得美!真有人送花!"我有点兴奋地跟张家奇对峙。

"菜花也是花?"张家奇翻了个白眼。

"朴实无华比花里胡哨好多了!"

就在此时,我收到了李云轩的消息:"有机菜花,送新朋友一些,谢谢探访。"

"那人给你送菜?真省啊!"张家奇一脸吃了苍蝇的表情。

"人家博士生碍着你了?你干吗一副吃醋的样子?"我戏弄他。

"我哪有！"

"那不就得了。"

我大大咧咧地提着那篮菜花上楼去了。

当我走到办公室，一进门就看到罗姐眼睛闪亮地看向我，像是麻雀报喜般地说："天真，你有花！"

"啥？"我走近办公桌，才发现我的笔筒上插着一枝粉红色玫瑰花，顿时心里一颤，"太阳打西边出来了……"

"张家奇大清早放你这里的，说听说你喜欢就给你留一枝。"罗姐八卦地笑着。

我知道是张家奇搞的，但不是"送"，是良心发现，可我心里有块坚硬的地方却微微松动了。张家奇留下的纸条上写着：代替海豚说谢了。

我缓过神后，对罗姐的反应感到奇怪，便问她："那你怎么回他的呀？"

罗姐脸一耷："我说'哎哟你也送我一枝'呀，那家伙倒沉得住气，不吃美人计。"

"……"我冷静地看着她。

过了一会儿，罗姐见我无语，莫名其妙地大笑起来。

3

不出所料，当天钱总便像张家奇说的那样，跟我谈了升职加薪的事，而我毫不含糊地拒绝了。

之后，我便开始用心筹划创业项目。不知不觉中，向东的婚礼也如期而至。就在婚礼的前一天晚上，我正在家里熬夜赶方案，竟然有人朝露台扔碎石头。

我原想无视干扰，结果碎石头接连扔过来。我不耐烦地走到露台去，发现是向东。

"新郎官，你想干吗？"

"你看天上的月亮。"向东指了指夜空。

我抬头看见一轮又圆又亮的月亮，月光皎洁，照得四周明晃晃的。

"所以呢？"我问。

"我们去屋顶看月亮吧，跟以前一样。"

向东搬来梯子，爬到我家露台，再跟我一起爬到他家的屋顶上。我们并肩坐着，能眺望到远处在月光下泛白的海面。

月光那么亮，以至于看不到星星，只有远处的几颗。但如果只是拿来遥望的，已经足够了。

"明天要结婚了，有点睡不着。"向东说。

"这下你逃不了了。"我幸灾乐祸地说。

"别挖苦我了，唉，还记得以前我们也这样看月亮，我们都在期盼未来。那时我就在想，你就是我的未来。"

我在遥远的月亮之下，心动了。只是，曾经令我心动的是在我身边的这个人，而现在我的心对他却波澜不惊，我心动于梦想，忠于自己内心的欲望。

我没听进向东的话，望着遥远的星星如痴如醉，捧着脸感慨："是啊，我的未来就要来了，我的好日子就在后头。"

"你在听我说话吗？"

"听着呢，我很感谢跟你走了一程，我们都没错，我们都要忠于自己。我要谢谢你，重新让我找到了梦想。我以前的梦想是你，你走了，我才发现原来以前只是一种假象。还好，现在我重新拥有了梦想。"

向东听得云里雾里，我如释重负地拍了拍他的肩膀："新婚快乐，别想得那么复杂，你可以的！回去睡觉吧！"

我站了起来，向东却拉住我的手："你怎么怪怪的，你不会再也不谈恋爱了吧？"

"没有啊，只是爱情是不靠谱的东西，至少在我自己没强大之前是不靠谱的，我暂时不需要。"

虽然身在屋顶，但我心心念念我的方案。就在说话的空隙，我脑海中又蹦出一个策划要点，我兴奋地说，我要回去做方案了，然后跟向东告别。他一脸迷糊地跟我挥手，然后扶我爬下了屋顶。

第二天，向东跟梁晓初的大喜之日。老妈起了个大早，为我做了一顿极其丰盛的早餐，然后用她手机连接扬声器播放了戴安娜王妃葬礼上的音乐《Time to Say Goodbye》。

我蒙眬的睡意瞬间消弭："喂喂喂，你到底缺不缺德，人家结婚你放什么《告别的时刻》？"

"我的准女婿没了，我要好好送他！"她不情愿地按了停止键，然后重新播放了一首《潇洒走一回》，"来一首铿锵有力的，向我的准女婿祝好！"

事到如今，我也懒得再去纠正老妈称向东为准女婿的毛病了，谁叫我现在放飞自我，整天躲在家里打光棍——向东好歹是老妈唯一知道的我交往过的对象。

傍晚时分，太阳还没下山，我跟梦露梳妆打扮一番，前往向东和梁晓初的婚礼。

4

我的人生度过了三十个年头,作为一名"俗女",不需要任何奔走相告也通晓一个道理:前任的喜帖即讣告,不是你死就是我亡。

就在前阵子,在我跟梦露一起参加的第六个同学的婚礼上,我们在投递完礼金之后互相依偎,于餐桌上化身哭泣的圣母玛利亚,声情并茂地道着"百年好合"。而转眼走进洗手间补妆的时候,梦露就露出了恶魔撒旦的嘴脸:"你看见新娘的内衣歪了没有?收钱收到笑歪的。"

"歪倒是不歪,胸大了一圈,你羡慕人家?"我面无表情地涂唇膏。梦露拉着长音"哎"了一声,顺手拍了拍自己的钱包:"你这赔钱的死丫头!"

那个时候我们心知肚明,面对着自己遥遥无望的婚期,所有拿出手的礼金就跟泼出去的水一样,收不回来了。我甚至不止一次幻想过老妈挨到我结婚的一天,搓着双手,喜庆地贼笑着"撒出去的大鱼终于回网了,肥得像只鸡哟"的样子。

因此,我跟梦露两个人约定,以后谁走了狗屎运先结了婚,都不要给对方钱了,直接往红包里塞张自己的裸照,省钱。

一般参加别人的婚礼都会是这样灼热挠心,卖笑又烧钱,参加前任的婚礼会是怎样的呢?

或许,同样是婚礼,但参加别人的婚礼是走进别人的葬礼,参加前任的婚礼就是……走进自己的葬礼。

我原以为自己可以坦然自若,但一想到婚礼上不仅有向东的父母还有八卦的同学,我才发现我的心情越发像风暴来临前的大海,只是一种虚假的平静。

我想我一定是疯了,对自己悲凉心态的掩饰已经到了捉襟见肘的地步,否则我怎么会刚到婚礼现场,就借机说到洗手间里补妆,而其实是去做深呼吸。我随后给梦露发短信:"马蹄莲,今晚我是端庄的前任,万一我有任何尴尬失态,你一定要把我从火山里救出来!"

"怕什么呢,小场面。"梦露用一副冷静的语气回复我。

"你倒是说得轻巧!"

"带上你的羞耻心就够了,今晚咱们金刚芭比是当定了,玻璃心千万别在狗男女面前给碎了!"

"这话是不是有点重了?梁晓初毕竟还是咱们以前的姐妹。"

"我只是给你壮壮胆啦。"

我盯着"狗男女"这三个字发呆,与此同时我也惊醒了,反复问自己:我在怕什么呢?

不就是被闺密抢了恋人,还要去送祝福表达善意?我到底在怕什么?让别人看低,让别人觉得自己可怜兮兮,一点意思都没有。保持大度还有顺其自然的态度才是我目前最应该做的呀,我最应该操心的是自己能否镇压全场。

我躲进厕间调整好内衣,腰杆也被迫挺直了。我深深吐了一口气,由胸闷牵引而出的难受遍布了全身……可没有受过罪,哪里知道痛和觉醒呢。

这个时候梦露的短信发送过来:"快来,梁晓初到了。"

随即,我整理完衣饰,挺胸抬头,咬咬牙就推开门走了出去。

大救星梦露正拧着她的腰肢,站在花环前等我,仿佛大张声势地要给我"送终"。我迎上去时,她边朝宴会席张望,边摆出一副迫不及待的模样跟我说:"梁晓初过来了哟。"

我扭头看过去,发现梁晓初化了动人的新娘妆,身着一袭优雅的白色婚纱,却干练地提着裙摆朝我们走来。

"怎么回事?"我小声说着,莫名有点害怕。因为太过突然,我看到梁晓初的脸时便觉胸闷气短,瞬间不知道该如何应对这样的婚礼。

"亲爱的,做好撕小三的准备了吗?"梦露笑道。

"不要妖魔化梁姐,姐妹一场。今晚只要我们两人不作孽,应该就会是 peace and love !"

一见梁晓初走近,我便挂上大大的笑容,张开手臂准备拥抱她:"梁姐!好久不见!新婚快乐呀!"

梦露伸长脖子,怪声怪气地大叫:"欸!梁姐姐!我们来了!过来呀梁姐姐!"

我瞪了梦露一眼,跟她咬耳朵:"你没吃药呀?瞧你叫得这么亲热,就像一演宫斗戏的。"

梦露翻了白眼,给我使眼色:"闭嘴。不是你说姐妹一场的吗?"

看着梦露那双眼睛里忽而闪现的狡黠,我彻底蒙了,不知道她要耍什么把戏。你知道,现实中女人之间的假惺惺把戏,比宫斗戏还精彩。

"梁姐姐，想死你了。"梦露惺惺作态地拥抱了一下梁晓初，然后回头瞄了我一眼，嗔怪起来，"天真，你瞧瞧你穿的什么鬼玩意儿呀。今天是梁姐跟向东的婚礼，你瞧你脸色暗沉得跟奔丧似的。"梦露粲然一笑，又扭头真诚地看着梁晓初："梁姐姐，咱们不要怪她，今晚让我挨着你坐主桌嘛！"

我的脸色岂止暗沉，黄褐斑都快被吓出来了。

"马蹄莲！"我边低声喊边戳她。

梁晓初用手挡了我一下，脸上仍然容光焕发，饶有兴趣地望着我和梦露说："你们两人在商量什么呢？暗地里调侃我？"

"哎呀！姐姐！就是抱怨一下，为男人，不至于。"梦露谄媚地挽过梁晓初的手，把头倚靠在梁晓初的肩上，娇嗔道。

梁晓初捏起梦露的下巴，坏笑说："少来了你，心思最多的就是你这个妖精。按你这锱铢必较的个性，今天姐姐的场子你是砸定了吧。"

"开胃菜开胃菜。"梦露把话接过来，笑吟吟地道歉，"也对，现在砸场为时尚早！还是梁姐想得周到，心急吃不了热豆腐。"

"喝完酒再说！"梁晓初豪爽地说。

当初梁晓初突然离开，我们便失去了联系。如今虽然她已回到了老家，但我们对她曾经离开的那件事，闭口不提。

哪怕眼下氛围尴尬，彼此都在维持体面，假装笑作一团。

梁晓初突然正脸望着我，认真地说："天真，谢谢你能来我的婚礼，真的谢谢。"继而，她召唤摄影师过来，对我和梦露说，"我们来留个念吧。"

梁晓初站在中间,我和梦露各自挽着她的手,笑靥如花。数码相机朝我们眨眼,恍惚间,我想起曾经的那些过往——全部是我们三人的身影。

5

跟梁晓初的相遇要追溯到2008年,北京奥运会举办的那一年。当时正青春,我才读高一。

那一年的春天,我外公生病,老爸老妈便带外公到北京治病,一去就是两个月,而我一个人在老家,寄宿在学校里。我以孤独为伴,每天望着老爸给我发的北京天安门的照片,对首都异常向往。

那年因为学校校址迁移,我们的学期往后延了一个月,八月的时候暑期还没开始。那个时候,我跟梦露还没有成为好朋友。我整天傻乎乎的、胸无城府,对什么都不关心。而梦露一天到晚似乎很悠闲的样子,在班级里被众人拥簇,但你永远猜不到我有多嫌弃她。我无时无刻不在心里嗔怪她:"长得美了不起吗?"

直到北京奥运会开幕式当晚,学校多媒体室被挤爆,我们高一年级学生被要求上自习课,等待之后的重播。

在一片怨声载道中,我偷偷溜出了教室,想逃课到网吧去看开幕式。

那晚夜空的云朵罩着皎洁的月光,月光映在大地上,像是洒满了盐。按照逃跑路线,我兴冲冲赶到篮球场边那堵斑驳的南墙。

我踢开了碍眼的石头，虎了吧唧地踩上矮墙跳了下去，转身之际，我的脊背猝然跟什么物体相撞了一下……如果是死气沉沉的玩意儿我倒是不怕，可是我察觉到，那是有温度的人。

"谁……"

可能来时我加固了心理防线，我将惊呼扼杀在喉咙里，取而代之的是触电般地转身，顺带伸出手狠狠地一甩揍了对方一拳，那人随即叫了一声。

稀奇了，是个女人的声音。更加稀奇的是，对方知道我是谁，朝我叫骂了一声："你疯了，天真你防身术看多了吧！"

我退了一大步，惊魂未定地用眼神擒住她，不过两秒钟的工夫便认出了对方，因为太好认了。看到那张长得十分噘瑟的脸，我内心不禁从恐惧变成了窃喜。

"马蹄莲，我早就想揍你了。"我飘飘然地想着，感谢上帝让我失手揍了她一拳，活该。

说起来，平时我跟梦露的交流很少，但一有机会两个人就会好好演一把。我露出惊讶的神色，抱歉道："梦露？你怎么会在这里？打疼你了吗？"

还没等梦露回话，不远处的草丛里就传出窸窣的声响，一个身影从里头蹿出来，嗖地一下跑进了夜幕。是个男生的身影，我看得如痴如醉。

呵，真是个丰收的夜晚。我们高贵冷艳的大小姐马蹄莲居然在夜里跟男生偷偷幽会？这个秘密真是让我惊喜。

那个时候，我当然不知道那个男生就是陆一航，是梦露甩都甩不掉的孽缘。我只是像揪住了梦露的尾巴，幸灾乐祸极了。

但过不久我便后悔了,因为我知道梦露这个手段恶毒的女人根本不会放过我。

啪的一声,梦露用力地捶了一下我的手臂,像在回击我刚才不小心撞了她。

"哎哟!"我缓过神来瞪了她一眼,却看见她摆出一张若无其事的脸。

"没事,我只是提醒你说话不要太大声……"她礼貌地笑笑,"要是让人知道我们逃课就不好了。你不上晚自习,你在这里干吗呢?"

"出来看月亮,没事我回去了。"

我懒得跟梦露搭腔,抛下了一句傻话,扭头就走,结果被梦露给叫住了,她说:"你是不是要去网吧?"

我心脏一颤,站定了脚步。难怪梦露没有解释她为什么会逃课跟男生出来幽会,因为她也抓住了我的把柄。

"嗯……"我回头朝她尴尬地一笑,"是的,我去网吧看月亮,没事我回去了。"

"要不要一起?"

听到梦露提出邀约,我打了个激灵,梦露却继续说:"我也要去。"

"不用了,我们不同路。"

我刚说出口,远处突然传来校务员一声粗鲁的叫嚷:"是谁在那边?"

一束手电筒的光朝这边扫过来,我害怕得蹲在墙角,谁知梦露却爬上墙,朝着校园的上空大喊道:"我们逃课去网吧看北京奥运开幕式!"

说完,梦露大笑起来,校园里回响着她的声音。

我猛地抓住梦露的脚,骂了她一声:"你疯啦!"

与此同时,教学楼的同学们趴在窗边,瞬间起哄道:"我们要看开幕式!下课看开幕式!"

没一会儿,一阵喧嚣传来,是大家纷纷跑出教室的声音。

校务员的声音传来:"你们哪班的,别跑!"

虽然和校务员隔着一堵墙,但霎时,我跟梦露尖叫起来,扯着对方便跑。

那是我第一次被我讨厌的梦露牵着手,在夜晚的树丛里尖叫着逃跑,一路踩过漆黑,踏过夏风。

校务员翻出墙外,对我们穷追不舍,幸好当时一个女生骑着一辆摩托车奔了过来,招呼我们上车。

那是我第一次跟梁晓初碰面的场景。当时她处于大学暑假,正在我们学校实习,担任生活辅导员。

当时我们谁都不知道这个个子矮小的女生却隐藏着无穷能量。她的爸妈是商人,她则是个不折不扣的富家千金。我曾经还设想过,如果梦露跟梁晓初展开PK擂台赛,那将是一场永不停息的战争——梦露什么手段都使得出来,梁晓初什么都不怕。

我跟梦露急促地上了梁晓初的摩托车,三人的头发飒爽地飞扬起来,随即我们从漆黑的小道飞驰到了灯火通明的街道上。

当我想问梁晓初为什么要帮我们的时候,她下了摩托车,直截了当地说:"你们真可爱,我喜欢你们,交个朋友吧!"

我一度怀疑,梁晓初喜欢的只有梦露——因为敢朝校园的天空放肆起哄的女孩子是她,而我当时只是躲在墙角。

那晚，我们三人围在网吧的电脑前，随着北京奥运会的倒计时放声倒数："十、九、八、七、六、五、四、三、二、一！"

网吧里的人起初像看疯子一样看我们，最后却加入其中。我们被开幕式上的烟花绚烂了双眼，为节目传递出的中国文化所折服。一个又一个节目让我们亢奋不已。而我，也从最开始的尴尬转变为融入其中，跟她们一块发疯。

其间，梁晓初招呼我们拍个照纪念一下。

那时我偷看了梦露一眼，心里突然觉得，马蹄莲，虽然你很难捉摸，但你会有好报的。我又偷偷看梁晓初，我希望她可以永远做保护我的姐姐。

随后咔嚓一声——

那张照片，我如今还保留着。

而那晚观看北京奥运会开幕式的我，觉得我们的人生也才刚刚开幕。

6

很多年后回想起来，那晚就像是一场疯狂的私奔，有紧张、刺激、扶持，把这些东西当成行李，加上不知道未来会发生什么的疑惑，就凑成了一段浩荡的青春。

做再多的猜想，明天也像是没有揭开的扑克牌，一切对我们而言都是未知数。我们浸泡在青春中，还没有触碰到岁月的枝叶。

在那之后，梁晓初成了我校园生活里的依靠，针对每一个微小的青春难题，作为学姐的梁晓初总可以给我开导、给我打气。

而我后来问起梦露跟我走近的原因，说起来也很可笑，曾经有很多次是轮到我跟梦露一起值日打扫卫生的，只要我跟她一起值日，在中午或者最后一节体育课时，我就一个人偷偷溜回来扫地。等到放学的时候，我早就打扫好了。

我是在远离她，不想跟她待在一起。因为以前一起值日的时候，梦露身边就会有两三个臭男生像苍蝇一样陪着她说话、打闹。梦露也许是为了在男生面前维护形象，拿着扫把跟林黛玉似的拖拖拉拉，哪像在打扫，这就是在装模作样，只会让我看着心烦。梦露想在男生面前表演，我又不想当绿草，所以后来每次我都是一个人完成所有的值日任务。

梦露却一直有个秘密，她是过敏性体质，可娇贵了，碰着灰尘都可能过敏。所以她以为我在默默地帮她，我是个善类，在想办法不让她难堪。

错了，完全错了，一切都是误会。但却因为这个误会，梦露在那个放肆的夜晚留在了我的身边。我心生愧疚，忽然觉得或许应该重新去认识一下眼前的马蹄莲。我当时跟她说："我给你起了个名字，叫马蹄莲。"

梦露看不出是欣然接受还是有所抗拒，她只是嘴里碎碎念"马蹄莲，马蹄莲梦露"。然后她说："算了，那就只有你可以这样叫我吧。"

如今，十几年过去，仿佛一觉醒来，我们已经站在梁晓初和向东的婚礼上,已经到了而立之年。

我们曾经的理想开始支离破碎,对未来的预判已经偏离轨道,对生活的憧憬开始落空,仿佛穷尽整个青春都还在寻求生活的意义。

我们当然变了,但唯一不变的是,我们想让对方幸福。

大喜……过望

1

酒宴上的喜庆氛围波涛汹涌地滚了过来,觥筹交错的场景再次闯进视线。

向东朝我们走过来:"晓初,时候不早了,该敬酒了。"

"新郎官,我们来了呀!"

梦露嗲到山崩地裂的嗓音一打开,我的鸡皮疙瘩跟这暧昧声线就一起在宴会厅上空盘旋起来:"向东你攀上金鸡了呀,这么大手笔,我被你的阔气吓蒙了。"

我心里咯噔一声,看梦露这架势,如果没有砸到场子势必死不罢休了。

我又看了向东一眼,他早吓愣了,他肯定想不到昔日对他友好的梦露会摆出笑里藏刀的姿态来。

而梁晓初似乎觉得有趣,哈哈大笑起来。

"梦露,好好说话。"向东好声好气地劝。

"呵呵,瞧你,真没幽默感。我只是提醒你当了'金鸡'也要'独立'的嘛,平衡点,不要大手大脚的。"

梦露穿得像只闪闪惹人爱的火龙果,又着细腰,张扬得仿佛在走格莱美红地毯的女明星,她腰肢一扭,连衣裙上的钻石就齐齐闪烁。我倒吸了口凉气,又看她作了会儿,这时身后有人喊了一声"我来了"。

我回头一看,正是表情冷峻的"大长腿",陆一航。

"好久不见,向东。"陆一航比梦露高出一个头,他仍然跟以前一样站在梦露后面,跟向东打招呼。

每次看到陆一航的身板,我都会投以梦露一个"你有福了"的眼神。

陆一航不仅身材猛,性格也猛,满满的痞气,或许跟他曾经当过流氓有关。

"大伙人都到齐了吗?"梁晓初若无其事地问向东,"大野,大野人呢?"

"喏,这不来了吗?"梦露的声音听上去有点亢奋,兴许因为大家久违地又聚在一块了。

话毕,大野那个文艺青年迎面朝我们走来,笑吟吟地张开着双臂。

我们便闹哄哄地朝他叫了起来:"大野!"

"哦哟嘿,喳!"大野滑稽地回了一声,气氛马上热闹起来。

当大野归队的那一刻,我感觉我们的一切都还一样。

作为我的表弟,大野曾经常常跟在我和向东的身后,他长得像巅峰时期的窦唯,虽然如今脸庞的线条硬朗了许多,但身上那种干净却又鲁莽的气息仍然挥之不去。

大野曾经追求过梦露,跟陆一航争夺多年,无奈最后拥得美人归的人是陆一航。对大野而言,此时此刻,跟多年不见的梦露索要一个拥抱才是当务之急。他的脸上堆满笑容,停在离我们还有一点距离的地方,一言不发地张开着双臂。

"我的仙女,快过来让我拥抱一下,让我活过来。"大野全然不顾陆一航这个死对头的脸色,就那么伫立着。

"想得美!"梦露嫌弃地看着他,然后才千娇百媚地走上去,给了大野一个大大的拥抱。

"师父,师母!"大野拥抱完梦露,又一脸喜庆地朝我们迎过来,一把抓住我跟向东的手,"恭喜恭喜啊!"

"……"

我的心脏猝然像被一双无形的手抓住了。这一切太过顺其自然,直到几秒钟过去,我才意识到情况不太对劲。大野牵起我的还有向东的手紧紧握在一起,与此同时,梁晓初被挤到了一边。

大野激动地说:"师父师母,我等你们结婚这天等好久了,终于被我给等到了!长跑那么久,天赐良缘,恭喜恭喜!"

大野似乎没有搞清楚状况,他认错新娘了。一点心理防备都没有,我干笑着。现场一片死寂,然后扑哧一声,有人忍不住笑了出来,是梦露。

我朝她恶狠狠地瞪了一眼,梦露向我摇摇头,耸耸肩,表示这不是她的主意。

"大野,你怎么回事?"我尴尬地看着他,"你是不是搞错了?不是我跟向东结婚,你认错新娘了。"

"哈?这……"大野一脸茫然地看向向东,结结巴巴道,"什么,怎么回事呀?"

"向东让你来参加婚礼,没跟你说他是跟梁姐结婚呀?"梦露一脸幸灾乐祸地瞅向向东。

向东垂下眼帘。倏忽,尴尬爬满了大野的脸。他徐徐地看向满脸铁青的梁晓初:"对不住啊梁姐,我……我不知情的。"

梁晓初却捧腹大笑,毫不避讳地说:"你的师父,以后由我罩了。"

"大野你怎么这么糊涂?"向东说。

"师父你才糊涂!"大野使出嗔怪的语气,活跃的气氛骤升。

梦露揽过我的肩膀咂嘴道:"哎呀,大家一起糊涂,人生难得糊涂嘛。"

"那这礼物怎么办?"大野摇了摇他手肘上悬挂的礼盒袋,委屈地瞅了瞅我,"师母,还记得我跟你说我从国外给你带的好东西吗……一大块水晶,我特意定制的呢。"

"掏出来。"梦露使唤。

我胆战心惊地看见大野从里头取出一副漂亮的水晶,我和向东的微笑生硬地镶在水晶里,美好得像一个笑话。

大家被尴尬浸泡着,都心照不宣地等着梁晓初开口,好看她的脸色接话。我察觉融洽的气氛马上就要崩塌了,便一马当先地站出来说:"大野你送得正是时候,我跟梁姐说过,我以后跟向东可是兄妹关系了。哥哥托付给了梁姐,妹妹怎么可以被放一边没人管呢?我耍赖,我以后也得被梁姐照顾着。水晶送给梁姐,我们两人一起被她娶啦!"

"啊,那正好呀。"

"对,我们都要嫁给梁姐的,都要!"

听着大野的搭腔,尴尬的气氛得到了缓解。

"亏你还是我表弟，姑姑没跟你八卦我失恋了吗！"我暗暗扯过大野的手臂，责备他。

"我跟我爸妈闹掰很久了，他们没跟我提过，回去跟你说。"大野求饶。

"好像还有人没来呢。"梦露东张西望，忽然指向门口，"这下都到位了！"

我疑惑地转过身，看见张家奇还有他那个律师堂弟吉娃娃先生时，整个人都傻了："张家奇？张家奇为什么会出现在这里？！"

2

趁着张家奇还没有走近，我抢先冲过去，堵在了他的面前，质问他："你来干吗？"

"嘘——"张家奇对我的质问置之不理，自顾自地越过我走向新娘新郎，"新娘和新郎，不好意思我来晚了。"

"您是哪位？"向东疑惑。

"他在热烈追求我们天真，算半个亲属团吧。"梦露主动给向东和梁晓初介绍，我这才搞清楚是怎么回事——张家奇是梦露特意叫来的，怎么叫来的，肯定是通过那个追求梦露的吉娃娃先生！

听梦露这么一说，所有人的目光都投在张家奇身上。阿玛尼的西装和卡地亚的腕表将张家奇的土豪气息暴露得淋漓尽致。

我鄙夷地盯着他，心想你这是来吓唬谁呀？

"半个亲属团？"向东眉头紧蹙，"我想起来了，你是那天的那个相亲对象？你现在是她男朋友？"

我的脸唰地一下红起来，不敢相信梦露会做出让张家奇假扮我的追求者来撑场子这么土的事情来。我送给张家奇一个白眼，正要站出来撇清关系，梦露就传递给我一个"just for you"的眼神，然后又给了张家奇一个"just do it"的媚眼。

"不是，我不是天真的男朋友……"张家奇帅气地一笑，"我一直在追求她，她不肯接受我。我配不上她这么好的姑娘。"

我听到他后半句就腿软了。这比假扮我男朋友还狠，贬低自己的土豪身份来抬高我，顺便踩了向东一脚。

"师母，他可真气派呀。"大野也犯浑，掺和进来，朝我打哈哈。

"不要说话。"我瞪大野。

"车钥匙给你，把车停好，你在外面等我吧。"张家奇掏出他的凯迪拉克车钥匙，递给了低声下气的吉娃娃先生。吉娃娃先生也真是义气，装成司机摆出一副唯唯诺诺的样子，接过吩咐就走了。

向东的脸色从来没有这么难看过。我也不知道向东安的什么心，他开口了："天真，恭喜你。"

"该恭喜的是你们！"我不喜欢这种明嘲暗讽，心一横，就把话堵回去了。

这场婚礼被所有人搅和得不成样子，我全然不知道该如何收场——我担忧地看向梁晓初，她反而看着我递来一道安慰的眼神，宛若校园时期那样。

我很害怕，都说不要欺人太甚。梁晓初已然把一盆盆冷水收下，把自个儿冻成了千年寒冰，一旦发作，对我而言，那势必是一场冰河纪洗劫。

然而,梁晓初却站出来轻松自若地收尾:"大家到场我很开心,现场看着有点混乱,但我很喜欢,哈哈。"

这个时候,梁晓初的爸爸站在门前严厉地呵责起来:"晓初,向东,一群人挤在门口像什么样子!进来敬酒了!"

当大伙纷纷走向宴席桌时,我拽住了张家奇和梦露的胳膊:"你们到底怎么回事,太过火了。"

张家奇十分嘚瑟地拍了拍他的胸膛:"土拨鼠,这行头行吧?我够不够意思?把你这鼠类捧上了天!"

"你不是最讨厌做作吗?穷嘚瑟什么,要是我的遮羞布被掀了,我跟你没完!"

"那就弄假成真,假戏真做,我追你还不成?"张家奇调高分贝,坏笑起来。

"闹着玩呢?你就贫吧,我要被你们害死了。"

"还不是怕你被欺负!接到梦露电话,我跟我堂弟想都没想就过来给你撑场!真是不知好歹!"张家奇滑稽地咂嘴道,扔下我们走了。

说实话,我的心里是暖的,我又不是傻帽儿,怎么会不领情呢。还是梦露看穿了我的心思,她拽过我的手,坚定地跟我说:"亲爱的,你别觉得心里过意不去。"

梦露的眼神十分柔和,像是用一记粉拳打到我心里:"有时候我觉得我挺贱的,特别是跟陆一航纠缠不清的时候,但你也是清楚的。我贱归贱,但我三观挺正的。做错就得认罪,杀人就得偿命……你以为我是针对梁晓初?错了,我无非就是要让向东知道,他当初把你一个人丢在北京,他该千刀万剐!"

想想也是,女人碰到爱情多半会昏头,所有人都知道这是病,但大家就是任由自己病入膏肓,甚至去死。死不成的还要继续下去,为爱痴狂这种美名就是当代的爱情牌坊,受欢迎得很。而男人知道女人因此病入膏肓,却选择冷眼旁观,甚至享受其中。

"再说了,你明明也是个狠角色,但我知道你不愿意撕破脸。因为你被所谓的狗屁情意勒索了。如果你自己不愿意拔刀,那姐妹为你出头!"

梦露一气呵成地说完,坚定地拍了拍我的肩头。

我疑惑地问她:"你这又是干什么?"

只见梦露的眼睛像扫描仪一样将我从头到脚扫了一遍,她对我露出嗤之以鼻的表情:"呵呵,帮你扫扫身上的灰尘,好迎接新生活呀。"

说完,梦露屁股一扭就飘走了。我盯着她的大美背,心想我又不是至死不渝的深情孟姜女,早就想尘归尘土归土,跟这一切做一个了断了。

但我莫名享受梦露为我撑腰的样子,真是又傻又冲,可爱至极。

我爱她。

3

婚礼如序进行着,向东和梁晓初入场,彼此在众人面前立下山盟海誓、交换戒指。我坐在台下平静地看着他们,感觉脸颊有点热辣辣的,扭头才发现梦露一直在端详我,盯得很紧。

她握紧了我的手,而身旁的大野和陆一航也都时不时偷瞄我。我能感受到大家的小心翼翼。

"马蹄莲,怎么了?"我问梦露。

"你这是何苦呢?"梦露心疼地看着我,"明知道自己会难受还来当灯泡……我呀,多希望你不要老在生活里装开心和装无所谓,你又不是金刚不败之身。"

看来他们是怕我受不了,怕我难过。

"我没有……感觉啊。"我在斟酌用哪个词,最后只能说出,"感觉"这个词。

"想哭就哭吧……"梦露摇摇头,"不用逞强,世界上很多人看着一身铁骨,其实是豆腐心。"

她不知道,在我心里,她就是我的铜墙铁壁,我需要靠着她哭,靠着她笑,靠着她治愈心碎。

但如今的我,在三十岁过后,突然也成了铜墙铁壁。

"我不难过,我只是有点累,不用担心我。"

"得了吧你,嘴硬。"梦露一阵冷笑。

我语塞、心塞,甚至变得比他们还诚惶诚恐,我极力解释:

"我真不难过。"

聪明如梦露,竟也不明白我是真的开心——我知道,只有爱的人彻底不属于自己了,我才会从这一段青梅竹马的情缘里抽离,彻彻底底解脱,所以我快乐。

如今有了交代,我坐在他的婚礼上喝着喜酒,我为什么要难过?

大家好像对我的释然并不领情。张家奇也凑过来问我:"你还好吗?"

我突然后悔起那天张家奇背我回家时,我在他面前的失态,是我塑造了一个不够坚强的我,所以当我冷静地粉饰太平时,仿佛是另一种失态。

"我很好啊!为什么大家都来照顾我的情绪?"我强调,语气有点不耐烦。

"你凶什么啊,我不是关心你嘛?"

"也是,对不起,我不应该跟你撒气。"

"没事,想哭就哭吧。"

我握紧了拳头,脸色凝重。与此同时,陆一航突然站起来说:"待得难受,我们走吧。"

"喂喂喂,怎么了?"梦露拉住他。

"合就好好合,散就好好散,一了百了。大家明明已经散了还假惺惺地凑一块,假装其乐融融,你们不觉得难受吗?"陆一航轻蔑一笑。

"陆一航你啥意思,参加老朋友婚礼怎么你了?"大野听得怒火中烧。

"等一下,是因为我吗?"我一头雾水,站起来劝大家,"你们到底有什么问题?不都挺好的吗?"

"陆一航,你别说话了。"梦露将陆一航拉回桌位,气氛尴尬至极。

刺麻感一点一点地沿着我的背脊往上爬,爬上我的头顶。我坐回座位上,一言不发。大伙再怎么捣乱,都是为了我,是我搞得大伙坐立难安。只有我给大家一个态度,明确表明我无所谓、我不在意,宴席才能继续下去。

我决定做点什么。

当向东和梁晓初轮番给大家敬酒、来到我们桌的时候,梁晓初举起她的酒杯:"我敬大家,很高兴大家能赏脸来参加婚礼。"

说完,梁晓初一饮而尽。

而我看向张家奇,小声地跟他说:"张家奇,今天你来算你倒霉,但我会补偿你的,你忍一忍。"

"啊?"张家奇不明所以地望着我。

"我喝!"我按捺不住地站了起来,跟向东和梁晓初举起酒杯,"我敬梁姐还有向东,祝你们幸福。我也敬其他人,你们是我最好的朋友,虽然'青春'这词被大家说烂了,但你们的确是我青春的一部分。不要担心我,不要因为我而不开心,我真的替梁姐和向东高兴,因为我也走向了新的恋情……"

我笑着看向张家奇:"对吧?"

张家奇愣住了,我随即捧起他的脸,朝他的嘴唇重重地亲了上去。

梦露捂嘴惊呼:"我的妈呀!"

我吻完张家奇,摇了摇酒杯,一饮而尽。

"哈,哎呀,这个……媳妇……"张家奇一脸错愕地挠头,随即也站起来笑了笑,"对不起啊,秀了个恩爱,我当然也要敬新娘新郎。"

张家奇嬉皮笑脸地拿过我手中的酒杯,倒了满满一杯。

我扯了扯他的西装衣角:"你疯啦?"

"这一杯敬新郎。"

张家奇遽然直起身子,什么都不说,抬头就灌。我盯着他抽动的喉结出神,心想,枪乌贼,我要么是醉了要么是傻了,不然我怎么突然觉得你挺仗义。

"这一杯敬新娘。"

等我神游回来,张家奇已经喝完了第二杯。

"敬完了。"张家奇帅气地用手背抹了一下嘴巴,坐定下来。

我看着他想笑,他问我干吗。我说:"你……脸红了。"

"是因为酒上脸。"张家奇虽然乖张地坐着,脸上却露出一丝娇羞,像一个被戏弄的小孩。

"这不会是你的初吻吧?"我故意调侃。

"放屁!"

"你再怎么装帅也是一枪乌贼。"

"狼心狗肺,我有少爷病的,要是胃穿孔了怎么办?说吧,该怎么报答我?"张家奇挑眉道。

"擦干眼泪陪你睡。"我也挑眉毛,笑着撞他肩膀,顺便唱起来。

"矜持一点!不要吓人!"他嫌弃完我,又恢复自恋本性,"我刚才帅吧?"

我给他比了一个大拇指。

4

敬完我们,向东他们准备去下一桌。

我好不容易扬眉吐气了,梦露用一种敬佩的眼神望着我。我本以为婚礼可以平稳地进行下去,谁知向东的妈妈英姨跑过来招呼他们说:"你们大伯从杭州过来了,快过去见一下。"

"好,我说完就去。"梁晓初继而看向我们,脸颊浮上一丝倔强的意味,"我很开心大家对彼此都很坦诚,我在这里也有件事要跟你们透露,这个决定有点突然,刚刚我才想明白,这么久了,我觉得我有必要对你们诚实、对自己诚实……天真,是你给我的勇气。"

我瞪大眼睛,受宠若惊,又忽然慌张起来,不知道梁晓初会说什么。

"大家都知道,我有个弟弟……"梁晓初看向不远处的一桌宴席,她的弟弟就坐在那里,今年大概十二岁。我们也跟随她的目光望了过去,继续等待梁晓初的话。

梁晓初停顿片刻,深呼了一口气,说:"他其实是我的孩子……对,就是这样。他是我儿子,不是我弟弟。"

就那么一秒钟的工夫,我眼前一黑,听到耳边轰隆一声,像是晴天霹雳。

所有人都傻了,梦露竭力扶住她快要掉下来的下巴,向我投来了相当复杂的眼神。我跟梦露都难以置信。

"你在说什么?"英姨颤抖着声音,腿一软便倒了下去。

"妈!"顿时,向东搀住了妈妈。

我们也急忙起身凑上前去:"阿姨!"

这一动静引起了现场的骚动,大家议论纷纷,向东的爸爸和梁晓初的家人们都跑了过来。而张家奇喊道:"别围着,让她呼吸!"

"这婚结不成了啊!结不成了!"英姨叫嚣着,语气中带着愤懑和哀怨。

"我隐瞒太久了,今天我不想隐瞒了。如果向东不接受、不跟我结婚,今天就当是我们的同学会。"梁晓初一脸无畏。

"大家快让开!"

眼看英姨快喘不过气来,家属们搀扶起她,将她转移到了宴席的后间。为了不添乱,我们只能惊魂未定地坐回各自的餐桌,半晌都没缓过来。

"毁了,这婚礼毁了。"大野自言自语道,"梁姐说的是真的吗?也就是说,向东哥结婚等于多了一个十几岁的儿子?"

梦露牵过我的手,跟我确认:"看来……向东是真不知道当年梁晓初那件事。"

而我只能摇头,沉默不语。

5

时至今日,回想起曾经那一天,我还犹如在噩梦中。

那是我认识梁晓初的第三年,我读高三,梁晓初读大四,暑假她仍然在我们学校做实习生活辅导员。一天,梁晓初的同学找到我,问我是否知道梁晓初在哪里。

因为每年例行春夏季体检的前几天,学校都会让生活辅导员聚在一起培训,可是他们找不到梁晓初。我手机联系不上她,便去了一趟她的出租屋找她。未果,我又去到她学校寝室,她那阵子一直在实验室里忙活,我猜她或许在寝室里休息。

"梁姐你在吗?"我在门口喊她的名字,可是没有人回应。就在我打算回去的时候,我听到里头传来窸窸窣窣的声响,我朝窗户里探头,看见床铺下有一盆水,里头有星星血迹融在水中。啪嗒一下,一只脚从床上踢下来,耷拉在床沿,一道血顺着脚踝流了出来。

我哆嗦着叫喊她的名字,使劲踢开门冲了进去。

眼前的场景让人触目惊心,梁晓初斜躺在床上,嘴里咬着布条,满头大汗。她手上端着的器皿里装有酒精,还有很多消毒棉签和钳子,而她的腿正在流着血。

我吓得直喘粗气,都快哭出来了:"梁姐你怎么了呀,你这是干什么呀!"

梁晓初的脸死一样惨白,她吐出嘴里咬的布条跟我说:"天真,你别怕,把门关起来!快!"

"你在流血呀,不行,得去医院。"我脑袋一片空白,朝门口呼救,想让宿管阿姨过来。

梁晓初艰难地探过身,颤巍巍的手一把抓住了我,我吓得打了个激灵。她眼神锐利地看着我,咬牙切齿地跟我说:"天真,你这样会害死我的!"

"梁姐,我怕,你要是出了事怎么办?唔,更多了!"我看到她身下的大片血迹猛地偏过头,前所未有的恐惧铺天盖地地向我袭来,我紧紧地握住梁晓初的手,"梁姐,我马上叫救护车!"

"不能叫救护车,天真!"

"你会死的!梁姐!"梁晓初无论骨子里多野,她始终是个瘦削的女生,我真怕她出事。

我急得红了眼睛,帮她躺平下来后,不管不顾地跑出去呼救。救护车到来的时候,整座寝室楼像一口悲鸣的大钟,嗡嗡嗡地鸣叫着。

梁晓初的事情很快就传开了，震惊了整个校园。

"自行服药引流，药不对症，对身体损伤很大。"当医生告诉我们情况之后，我的脑袋当即嗡的一声，像是被劈了一个窟窿。我抓着梦露的手无所适从。

梁晓初的爸爸和妈妈都在场，梁爸整张脸绷得死紧，大吼了一声："荒唐！"

梦露也傻了眼，两眼呆滞。这到底怎么回事，我们全都被蒙在鼓里。

梁妈失控地大哭着，对着病床上的梁晓初大喊大叫："是谁！到底是谁！"

梁晓初偏过头闭上眼睛，死活不肯说。

我看着眼前面无表情，像是已经死了心的梁晓初，发现自己快认不出她来了。

"你作孽啊，到底是谁？"梁妈失去了理智，跑上去使劲摇晃梁晓初的身体，但很快被我们阻止了。

之后梁妈把我和梦露拉到一旁："谢谢你们发现了晓初，医生说如果晚到，她可能会有生命危险。但……你们知道晓初的男朋友是谁吗？能不能告诉阿姨？"

"我不知道。"我既害怕又茫然，只能摇头。

"受伤害的是梁姐，你为什么还要凶她？你不配做她妈妈！不管是谁的，你们都不能骂她！"

出乎意料的是，梦露指着梁妈的鼻子开始发火。

梁爸气得朝我们怒吼："你们出去！"

"出去就出去，反正我们再也不想管她了！"说完，梦露愤怒地拉过我的手走了。

梦露气呼呼地走在前头,我猛地扯过她的手,问她:"真要走啊?"

梦露站在原地咬咬牙,思考半晌后,又跟我走回去。我跟梦露蹲在病房外面等候,两眼放空。忽然里头传来一阵阵责骂声,紧跟着是梁妈凄厉的哀号声。我跟梦露更加彷徨无措。

"马蹄莲,你生气了?"这句话我憋了好久,一说出口,心里的一面墙就倒下来压痛了自己。

梦露没有回避我,她一向直言不讳:"这么大的事,她没有跟我们说,她根本就没有把我们当朋友!"

"你别这样,梁姐一定也不知道该怎么办……"

我开始吸鼻子,梦露伸手过来帮我擦脸,她说:"又哭,你总是哭。"

可是我不知道自己在哭,我只感到自己的脸热辣辣的,连什么时候流的泪都浑然不知。

而梦露却一滴泪都没有掉,她在认真地生着闷气,最后变得异常绝情。她喃喃自语地说:"我生她的气,我恨她。"

学校到处充斥着梁晓初在寝室里服药流产的传闻。作为实习辅导员,梁晓初自然被免职了。

一个星期后,梁晓初出院,梦露在我的央求下答应一起去医院探望她,可是梁妈不肯让我跟梦露去见她。

当时,梦露见我心急,意外地没有生气,而是心平气和地跟梁妈说:"阿姨,我们知道你伤心,但是我们是梁姐的朋友,我们也有权知道自己的朋友现在情况如何。"

梁妈仍然不肯让我们去见她，只是稍放下了严厉姿态，神伤地叹气说："是晓初的爸爸对她太严厉，才会让她叛逆成这样……晓初现在身体很弱，你们不要再来打扰她了，你们回去吧！"

我们没见到梁晓初，出了医院，梦露朝我丢下一句："反正她也没把我们当朋友，见不到就见不到吧。"

后来，我又独自去梁晓初家里找过她一次，梁爸很不待见我，在他看来，梁晓初一切荒唐的事迹都是因为交了我们这群狐朋狗友。他鄙夷地扫了我一眼，像是警告："年轻人要是不懂事，还有大人帮你们擦屁股，但年轻人要是不学聪明，就只能自毁前程！"

我听着梁爸的指责，一头雾水。最后，我气急败坏地说今天见不到梁晓初我就不走了，随即在她家门口蹲了一下午。梁爸拿我没办法，才缓缓叹了口气说："晓初昨晚已经走了，不在这儿了。"

"去哪儿了？我想送她！"

"我们搬家了，她先走了，你送不了了。就剩你还关心她，回去吧！"

那一年，微信还没有流行，梁晓初的QQ头像永远地黑了，从此杳无音讯。她像是预谋般想要将她从我们的记忆里磨灭，彻底从我们的生活里消失、蒸发。

直到前几年，梁晓初才重新回到老家。每当梁晓初走在路上，旧事就会被重提，她成了渔村上大伙在背后指指点点的女人，但她丝毫不在意，跟她的"弟弟"生活在一起。

在她面前，我们假装当年的丑闻已经过去，没人再探究丑闻背后的真相。

几年前有次回家过年，我在海边见过一次梁晓初。我想再叫她一声"梁姐"，想跟她说后来我一直在找她，也想质问她，为什么我那几十条留言，她一条都没有回。但最后我们只是匆匆对视，彼此以笑示好。

一个人拥有将生活打碎重塑的权利，我们心知肚明地成全彼此，当作一切都没有发生。

我知道我们的情谊还在，但我们都默契地不再热烈联系。

只是，偶尔想起来，我觉得难过、懊恼——我们恐怕从来没走进过她的心，于是无从得知青春期的她的心到底被什么东西紧紧拽着。尽管我叫她姐姐。

6

多年后回想起来，原来在我们平淡的生活里，早已经埋藏了告别的信号，只是我们都没有察觉。

梦里不知身是客

1

宴席还在继续,我们焦急地在原地等待。好在英姨没有大碍,十几分钟后,向东从宴会厅的后间出来,说:"没事,婚礼继续。"

向东苍白地笑了笑,像在极力掩饰他的无力。我们没人敢开口追问,面对我们焦虑的眼神,向东释然般耸耸肩:"喜当爹就喜当爹咯,我一直梦想有个儿子。"

婚礼得以继续,悬在我们心头的石头落了地。

随后,向东独自去敬酒。眼看他一杯又一杯闷头喝酒,梦露扯了扯我的手臂,问我:"他没事吧?"

"你问我?我怎么知道?"我无奈地嗔怪道,"看上去不太好。"

"没想到最后砸婚礼的人竟然是梁晓初。"梦露转溜着眼睛,最后总结说,"这女人真猛。"

"嘘!"我让梦露赶紧闭嘴。我钦佩梁晓初的勇敢,尽管她的行为有时荒诞不经、难以预料。

为了缓解气氛，主持人在大屏幕上开始播放婚礼的温情VCR，第一部分为新郎的成长史，集合了向东不同年龄段的照片。

悠扬的背景音乐响起，我们纷纷望着屏幕上滚动的照片。从向东穿开裆裤的幼儿期到拿着水枪的童年期，再到大学时期和在北京工作时期，大部分瞬间我曾经都参与其中——

我心里像有风吹过，一阵涟漪轻轻荡起。

他生命里的重要时刻，我仿佛都历历在目。比起遗憾和不甘，我更多的是感慨。

向东从小就喜欢摄影，这时，屏幕上播放着一张他高中时期的摄影照片——我看出那是在我们学校，午后时分，阳光热烈，光线把篮球场与校道分割成了明暗强烈的两个部分。在阴暗的校道上，有一个女生坐在石阶上，侧着头看不清她的脸，只见她长发披肩，抱着双膝，正目视着阳光明媚的篮球场，仿佛心事重重。

我认出了她的那件蓝色牛仔裙。

那一刻，我吃惊，疑惑，难过，释怀，感动……半晌，梦露将我摇醒："喂，你哭了？"

这时我才察觉，我的脸颊早已挂上了泪水。

2

曾经，梦露告诫过我说："女生就是男生走过的风景，你当然是向东经过的最美的风景，四季如春，花开枝丫别样红。但是世界上的风景又不是只有这一种，如果向东见过梁晓初，梁晓初迟早会成为向东的风景的，因为她像夏天，热情闪耀。每种好风景，在男生心里都是'最美'。男生心里永远没有唯一。"

那是十二年前的夏天，也是梁晓初出事的前一天，我跟梦露在夜晚的海边散步。

那时候向东在市里读高中，偶尔才能回来看我。我常常跟梁晓初提起向东，又跟向东提起梁晓初，但他们从来都没有见过面。那一次，趁着向东回来，我们约好隔天中午一起吃饭。

梦露就是在那个时候问我："你明天真的想让向东见梁姐吗？"

"什么意思？"

"天真，你真的人如其名。"

然后，梦露就跟我说了那些话，她说，梁晓初迟早会成为向东眼里的风景。因为梁晓初和我截然不同。

自从我跟梦露一起成为梁晓初的好姐妹后，我发现，同样是女土匪，梁晓初是真的天不怕地不怕，而梦露和我充其量只是小太妹。

有一次，我们三人一起出去逛街，我在试衣间里丢了钱包。正在梦露思考如何跟店主据理力争，而我想着找不到那就算了吧的时候，梁晓初二话不说就脱下自己的高跟鞋，砸烂了店里的穿衣镜，让店主交出钱包，还说：

"钱包再不交出来，我就踹你们的衣架！"

梁晓初帮我取回钱包的时候，扭头跟我和梦露说："刚才试穿那件挺不错的，要买吗？"她平静得像什么都没发生。

梦露说，梁晓初比她粗暴，毕竟梁晓初家境殷实，有人罩着。

梁晓初敢翘课去做公益，我不敢；梁晓初敢跑到男生寝室楼下，大声地向她喜欢的男生表白，其他所有女生都不敢；梁晓初敢跟男生在校道上接吻；梁晓初还敢在校园张贴劈腿男友的丑闻海报，公开帅气学长其实是个人渣，劝告其他女生提防。

还有一回，向东在填报文理科志愿时，他想违背爸妈的意愿填报文科，他寻求我的意见，可是我也拿不定主意。

那些天，我思来想去，心里忐忑不安，不知道如何做决定，只能去问梁晓初。结果梁晓初却说："有什么好怕的！按自己想的走！不行上大学了再换专业！"

梁晓初的话听上去永远充满光明和希望。在她心里，似乎人生没有无法回头的事情，退一万步，都有方向。

在困顿的人的耳朵里，她的声音就是天籁之音。

所以梦露跟我说："你要是让他们见面，你就死定了。你或许是想让大家交朋友，你是理智，但是男生都是情商低的孩子。他想要做的事情，在大家都反对的情况下，如果出现一个人无条件支持，这个男生就会感恩戴德，就会感到自己得到了理解，更何况这个人是个女人。"

我被梦露的早熟震惊到了。

我也不是真傻到不听劝，被这么一提醒，自然也会担心："那该怎么办？！"

"不让他们见面！"

于是当晚我便跟向东摊牌："我们明天还是别跟梁姐吃饭了，我不想你们见面，我怕你喜欢上梁姐，就不喜欢我了。"

"你说什么呢？梁晓初不是你们的好闺密吗？你这个笨蛋。再说了我是那种吃着碗里瞧着锅里的小人吗？"

我在心里反复问自己：我相信梁晓初吗？我不知道。我只是觉得她危险，总有种道不清的感受萦绕在心里，但她明明是我的姐妹呀。

或许这一切只是我心虚吧，觉得自己比起梁晓初，少了一些魅力。

是的，是我心虚。

从高中起，梦露身边就有男生簇拥着，我永远像个假小子那样黯然失色，但梦露明确她跟向东的关系，从来不逾矩。我知道这样胡乱猜忌的自己很讨厌，我也不喜欢这样的自己，但梦露太有经验了，听完梦露的话之后，我忍不住去担心、去揣测。

"我不管，谁知道呢。"我当时真的傻得可以。

"你怎么这么可爱？"向东觉得好笑地捏我的脸。

"我跟你说正经的呢，明天就我们吧！"

"好好好，那我一辈子都不见梁晓初。"向东憋着笑，一脸宠溺。

我没想到，就在我第二天爽约了梁晓初之后，我接到了梁晓初的同学的电话。

随后，我便在寝室里发现了血泊中的梁晓初。

从梁晓初家回学校之后，我坐在床沿，抱着膝盖，就像个二愣子那样哭了起来。我哭得难受,头痛欲裂。眼睛也肿成了核桃。

梦露拿来一面镜子,摆正在我面前说:"你看看你哭的样子有多丑,喏,看见了没有?别人哭都用手遮住脸,你倒好,真坦然,以为只吓到别人吓不到自己就没事了?"

我模糊地扫了镜子里的自己一眼,像个烤熟的猪头。我一把推开梦露的手叫起来:"好丑!你走开,呜呜呜!"

"别哭了,她没把我们当朋友,你哭什么!"

"你懂什么,呜呜呜,你又不是我!"

"亲爱的,你是不是被吓到了?"

我当时不知道身体里的那股情绪是什么,我说不出来,只觉得想哭。

梦露心软了,上前抱住我的脑袋,随即我将脸埋进她的胸口,呜呜咽咽地说:"马蹄莲,我难受。"

梦露不说话,紧抱着我的身体,好让我狂躁的情绪渐渐冷却下来。

"我也难受……"梦露摩挲着我的背,只言片语,却抚慰了我的心。随后,梦露也哭了。我们两人哭作一团。

我就知道,她嘴硬心软。

在后来的很多年里,特别是到了三十岁,我才恍然大悟当时我过度的反应是因为我感到内疚。

我常常设想,如果那一天我和向东赴了跟梁晓初的约,早点见面,梁晓初会不会在跟我们聊天的时候,便愿意透露她的心事;或许,如果她没有告诉我们,但因为我们给她带去了欢乐，她就不会在当天做出那样的决定。

我原本有可能、有机会阻止那一切的发生，但因为少女时代的无知和醋意而错失了。这份内疚困扰了我很多年，它时不时跳出来纠缠我。

正因为这份内疚，我感知到，我似乎不再是以前那个我了。"天真"这个名字，从此对我而言，只是空有寄托。

我不再是天真的少女。

3

我在婚礼上忽地流下泪来，我指着大屏幕上的照片，感动地跟梦露说："照片上的人是梁晓初。"

"然后呢？"梦露不解。

"他们在那天无意中已经见过面了。当时向东在寝室楼下等我去吃饭，无意中遇见过她，无意中随手抓拍到了这张照片，但向东不知道他们已经见过面了。我当时没让他们见面，但他们已经见过面了！"

"所以呢？"

"这都是冥冥中注定的。他们是真的缘分，而我不是。梁晓初才是向东命中注定的那个人。我为他们感到高兴。"

意识到这一点，我彻底放松下来。

我不过是他们爱情故事里的一个过客，从此不必介怀。我何必介怀？他们也是我的过客——我也会有属于我自己的爱情故事和命中注定的人。

只是我命中注定的人还没被我发现而已。

而那张照片，似乎弥补了当初没有让他们见面的恶意，我终于可以不再内疚了。

4

婚礼最后，向东已经喝得酩酊大醉。想到他们还有家事缠身，我们跟梁晓初打过招呼之后，便暗暗退了场，同时接走了已经微醺的张家奇。然而，我跟梦露在回去途中，却接到了梁晓初的电话。她说："天真，向东酒精中毒，进了医院。你和梦露能来医院陪我吗？"

我一时恍惚，梁晓初的声音难掩彷徨，她第一次用哀求的口吻说道："我想有你们陪着，我会好受一点。"

我难以置信地跟她说，梁姐你别慌。接着我和梦露立马掉头去了市里的医院。

梁晓初在医院等候多时，我们到的时候，向东已经打着吊瓶睡下了。梁晓初脸上的妆有点脏，仿佛我们到来之前她才补了旧妆。她有点憔悴地唤我们，你们来啦。

我们坐在她身旁，梁晓初惨然地笑笑："这婚可能真结不成了吧。我活在现在，唯一懦弱的一次，就是向别人隐瞒了这件事。早知道我就早点告诉他，不接受就拉倒，何必隐瞒呢？所以说，人只要迷失自己，就不会有好下场。"

"这就是男人爱上坏女人的下场。"梦露发笑。

"别这样，我只是捕鱼的，别搞得我就像女海王。"梁晓初轻松应对。

"钓鱼执法。"我憋得内伤,最终忍不住大笑,"你们这两个把男人玩弄于股掌之中的女人!"

"哈哈哈哈。"我们的笑声在医院走廊里回响着。

笑归笑,梁晓初牵起我的手说:"向东醒了之后你去慰问下他吧,你们重归于好,就当姐姐送你的礼物,肥水不流外人田。"

我谢过她:"大可不必!"

此时此刻,我手中似乎还拽着一块看不见又破破烂烂的布。那是我跟向东的爱情。

老人都说,以前他们的爱情像衣裳,破了就修,缝缝补补后重新穿在身上也心甘情愿,不像我们当今的衣裳,破了就换。

我跟向东长跑了那么多年,对我来说,这场爱情长跑每天都在经历风吹雨淋,年久总会崩溃。我曾经耐下心来缝缝补补,一线一针,像在缝这块布,也像在缝心上的缺口。

只是努力了一番后,这块破布无法再焕然一新。

走廊尽头的灯光幽暗,我推开了病房的门,里头的光线也很惨淡。向东躺在床上,嘴里说着:"你出去吧,我想再休息一会儿。"

我没有出声,继续朝他的床位走。他察觉到异常,仓促地睁开眼睛,挪动了下身子:"怎么是你?"

我坐在他的床边,开玩笑说:"我来看前任的笑话,看到你过得不好,我也就心满意足了。"

向东听得来劲，傻笑了两声："你啊，以前就是这样，明明不那样想，嘴巴却坏得很。虽然现在咒我过得不好，但心里肯定不是这么想的。"

"打住吧，我是来当和事佬的，不是来叙旧的，别谈以前。以前的风花雪月呀，聊多了怕你沉溺。"

向东的脸色瞬间发黑，他不乐意起来："梁晓初叫你来的？"

我拍了拍向东被单下的膝盖，努力使出会老友的姿态："你要知足啊，娶了一个猛如虎的老婆，一眨眼儿子已经十几岁了，还省了一笔奶粉钱。"

"你很赞成梁晓初今晚的所作所为吗？我妈可是差点晕过去了！"

"不顾别人的眼光，她很有勇气啊。"

"怎么？梁晓初还是你偶像了？她不应该是你的情敌吗？"向东还是牙尖嘴利。

我抡起拳头，不耐烦地说："容我自恋一下，你不会还觉得咱俩还有戏吧？爱也爱了，哭也哭了，该记得的也记得了，都过去了，你还来这套？当初分手怎么没见你这么深情，你们男人都好贱啊。"

"因为犯过贱，才成为男人。没犯过贱的，只是男孩。"

"哟。"

"对不起，我曾说过今生非你不娶。"

"向东！"我倏然握住了他的手，重新感受着来自他手掌的温度，用尽柔情道，"你其实是喜欢梁姐的。我从小跟你在一起，你骗不了我的……你喜欢她，只是放不下我，你觉得辜负了我。为了补偿我，才妄想我们能再走到一起。"

向东的声线有点松动:"你前面说梁晓初很勇敢,是的,我觉得她不仅勇敢,甚至有点天真,像你小时候,鲁莽中带着傻气。"

"是我把自己丢了,以后,我要找回来。我们都要找回自我。"我的眼睛突然模糊了,我咬着牙说,"我们相爱过,但是没有谁离开谁就无法生活,没有规定说我们一定要在一起。向东,我已经彻底放下了,也请你放下你的自责,你对我已经不存在辜负了。"

向东别过脸去,一句话也不说。我匆忙站起来,不敢再多待下去,也不敢再说下去。我双手扶住他的脸,才发现他也在哭。

我靠近他,俯下身子在他的额头上留下了一个吻。针刺的触觉淹没了我的心脏,我的眼泪再次止不住地往下掉。

我仓皇地抹了一把脸转过身去,跑出了病房,身后响起了向东最后的一声哭腔:"天真,以后不要再被别人欺负了!"

我关上门靠着墙掩面哭泣,恍惚间看见眼前有个金黄色的太阳在天空高高地悬挂着,它滚烫得融化了冰川。

就像那个永远的少年,曾吻化过我的心。

5

临走之际,梁晓初执意要送我们。出了医院,我们慢走了一段路,当路过一个公交站,我们注意到广告牌上正挂着北京冬奥会的巨幅海报。

"北京冬奥会?"

我们三人不约而同地站定。我想，我们都回忆起了曾经那个驰着摩托车逃跑的属于我们三人的夜晚。

"距离北京奥运会，多少年了？"

"十几年了吧……十四？"

"啊，都十四年了。"

早晨的风卷起了地上的树叶，沙沙的声音叫醒了沉睡的街道。我们伫立在广告牌前，头顶的天空逐渐亮了。

两天后，在一个阳光明媚的午后，向东搬离了我们的巷道。敞开式小货车停在门前，向东和梁晓初往后车厢上搬家具，我给他们搭手。司机缠绕并绑好了绳索，向东和梁晓初便坐在后车厢上面向我道别。

"再见！保重！阿连，拜拜。"

车子开动，向东和梁晓初笑盈盈地跟我挥手告别，阿连追着小货车跑，直到它消失在了巷道的拐角。

曾经，因为梁晓初和向东的不告而别，我花了很长一段时间去适应，才将对他人的失望和不信任消化掉，才逐渐在三十岁后重建起自我与外界的联系。

在那些患得患失的日子里，我满目都是他人，无暇看见自己。

如今不做预判，来去自由，我也终于缝合了心上的缺口。

我目送着他们离开，仿佛看到岁月的线头缠在他们的手上，也正在离我远去。我眯起眼睛，感受到热辣辣的阳光在眼皮上跳动，不禁伸了个懒腰。

"祝好，朋友。"

老妈对向东搬走耿耿于怀,更对婚礼当天的八卦念念不忘。我回到院子里帮老妈择菜时,老妈揪起一根荷兰豆,旁敲侧击:"向东结婚那天晚上有没有什么新闻啊?"

"没有。"

"听说你英姨晕倒了呀?是不是真的呀?"

"想知道啊?谁让你自己不去?"我揶揄老妈。

"我去了要给红包的!你这个死丫头一直不结婚,我怎么知道以后拿不拿得回来的呀?"

我郑重地放下手中的荷兰豆,嘴角一翘:"你要庆幸我没那么早嫁人,接下来我要赚大钱的,到时你想要多少红包就有多少红包。所以你想参加多少婚礼就参加多少婚礼,你只管撒钱……"

老妈哈哈大笑,笑声中夹杂着嘲讽意味:"晚上早点睡,别一天天只知道做白日梦。周公给你透露彩票号码啦?"

"等着瞧,早晚让你们知道什么叫'降维打击'。"

我懒得再搭理她,胸有成竹地回屋去准备拍摄器材。老妈继续念念有词,丝毫不顾我的脸面说:"不知道你说的什么鬼话,听都听不懂咧!什么打击,我只知道棒打狗头!"

哼,真是可怜天下女儿心。

6

我顶着鸟窝头,背上拍摄专用的打光道具,骑着自行车来到苹果园的正门。在我用力地吹了一声口哨后,凶猛的夏娃便从苹果园里飞奔过来,朝我摇尾巴。

"张家奇！"我高呼。

"你想干吗？"张家奇穿着他的睡衣走出来，一副懒散贵公子的气派。

"开启我们的新世界，带你发财带你飞！"

"我说过要帮你了吗？"

"什么帮？是互惠、合作、珠联璧合！"

张家奇还想反驳，我立马下车上前捂住他的嘴巴，奉劝他闭嘴。随后我拉着他摘了一篮品相上等的红苹果，直奔水族馆。

"趁着现在场馆不开放，抓紧时间，来，衣服脱了吧。"在游泳池前，我命令道。

"你疯了？"

"啧！"我找回了在北京的工作状态，拉长脸，摆出不容分说的姿态，"叫你脱就脱，怎么磨磨叽叽的啊？快点，第一条，拍你跟海豚嬉戏。"

张家奇生无可恋地望着我，我立马撇过脸拿出道具，给他腾出时间。在我的侧视中，张家奇脱掉了上衣。

我思考片刻，又说："不对，先穿上潜水服，下一条再脱！"

等到张家奇穿好潜水服下水与海豚共游，我将苹果一股脑儿倒在泳池里："别让海豚吃了苹果，你跟平时一样照顾海豚就好。来，Action！"

我固定完灯光之后，举着相机对准张家奇的侧脸和喉结一顿拍……张家奇被我任意摆弄着，直到被我要求脱掉上衣后，才明白过来："不是，你是准备出卖我的色相是吗？"

"没有啊，我只不过想展现一个海豚训练师阳光健康的形象罢了！"

说完，为了保证第一视角的拍摄效果，我也下了水，靠近张家奇，教他使出必杀技："你从水里浮上来，然后抓起一个苹果，拿刀子将苹果切开，接着问'宝宝，想吃苹果吗？我喂你咯'！"

"这也太羞耻了吧！"

"这很正常啊，大家谈恋爱不都这样吗？你也可以把镜头当成海豚。对，就当在照顾一只受伤的海豚。"为了说服张家奇，我开始胡言乱语。

"那我来认真的了。"张家奇忽然转变态度。

张家奇猛地沉入水中，水面上先是泛起气泡，随即他腾出水面，露出俊朗的脸庞和健硕的胸肌，紧接着，他抓过一只苹果，出乎意料地用力一掰，苹果被掰成了两半。最后，他对着我的镜头阳光一笑："宝宝，想吃苹果吗？"

"很好，很专业！"

果然自恋的人就是不一样！

"效果很好！"我惊叹，放下镜头那一瞬间，我盯着张家奇头发上滴落的水珠以及他暴露的胸肌，忍不住向他投去了"女性凝视"。

我的视线在他的肌肤上游走，当我们的眼神不知不觉碰到一起时，宛如一座休眠火山在我心里喷发，我的脸红了。

"你好色哦。"张家奇捂住自己的身体。

"胡说八道！"我朝他泼水。

"你是在觊觎我的肉体吧？"张家奇突然鬼上身，开始厚脸皮地卖弄自己的身体，"你看我这古铜色的肌肤，健壮的肌肉……"

我的火山又休眠了。

"咻——"
这时,场馆门口传来一声口哨声,我放眼过去,是大野。

7

我跟张家奇交代好后续工作后,张家奇便去了盥洗室,而我收拾完道具便到观演台上找大野去了。

大野一见我便夸赞说:"表姐,你现在看上去状态很好!"
"是吗?"
"当然,你以前总是太忙,每次问你你都在工作。"
"刚才我也在工作啊!"
"但感觉眉清目秀了很多嘛。"
"难道以前的我面目可憎吗?"我不知该笑还是该哭,恍若我曾经过的不是人的生活,"你呢?现在在国外做什么?"
"我妈没跟你说过吗?也是,我们关系不大好。我现在在做策展人。"
"什么?你以前不是誓死要当作家吗?"
我很惊讶。打我记事起,我这个表弟从来就没跟家里融洽过,他常因为自己的梦想跟家里人吵架,甚至还离家出走过。

我还记得一个冬日的凌晨,姑姑和姑父给我家打来电话,说大野离家出走了,要我们帮忙找人。
巧的是,当晚向东到海街去拍摄夜景,就在他拍摄完毕准备返回之际，突然从路边蹿出来一个拎着啤酒瓶的黑影。向东刚想拔腿跑，对方一阵嘶叫："你别怕，我不是鬼，我是人！"

"我知道你是人，但你现在不人不鬼的样子比鬼还可怕。"向东看见对方是个小毛头，打趣说。

"叭拉狗咬月亮，不知天多高。"

"什么？"

"闷头狗，暗下口。子不嫌母丑，狗不嫌家贫。"

"什么东西？"

"人怕输理，狗怕夹尾。大哥你是我的活神仙。"

向东以为遇见喝醉酒的神经病了，果断扭头，结果那人就倒在了地上。这下总不能见死不救，就在向东想要报警的时候，那人虚脱地抓住向东的手臂，语无伦次地说着："哥哥，我饿了。我好想你，哥哥。"

当他吸起鼻子开始流泪，向东就认了栽，臭骂了一声"瘪犊子"，便送他到了医院。后来向东跟我一提，我才发现那"神经病"正是我表弟大野。

因为向东曾"捡过"大野，于是大野管向东叫师父，管我叫师母——大概我每每在相亲时觉得自己是"大地之母"也情有可原了。

大野家是做出口茶叶的，家境优越。他原先有个聪明绝顶的哥哥，从小被我妈拿来同我做比较。只是在大野读初中的时候，哥哥就生病死了。哥哥死后，我的姑姑姑父便把所有期望都寄托在大野身上，然而大野并不总能让他们满意。

在大野读高中时，我姑父打算把他送到国外去，等他学成归国后让他继承家里的衣钵。

说也奇怪，我们这一代看杂志长大的人好像从小都有一个作家梦。大野也是其中之一。

听说大野在杂志上发表了一篇文章，姑父心里有些许松动，觉得大野或许能成才。没想到姑姑看过文章之后哭成泪人，原因是大野将哥哥的一生述于纸上，更将严苛的父母描写成了压垮哥哥的稻草。姑父气得发抖，便扇了大野一个耳光。

这下他们更加不同意大野再写故事了。大野先是离家出走，再之后跟家里断绝关系，后来干脆退学独自出来闯荡。

当然，最后大野没成功跟家里断绝关系，只不过是在叛逆时期，在外面闹腾过一阵子。在学业停摆的那一年，大野在市里的咖啡店找到了一份临时工。我以为大野对文学的劲儿将逐渐被生活给磨个精光，没想到后来大野又在杂志上发表了文章。我这才开始正视他的梦想。

"你是真想写出个名堂来？"如果是，我愿意鼓励他。

"也不是。"

"那是为什么？"

"因为我是牛，倔。长着牛角，没事就撬，没准啥时就把地球撬起来了。"

我听得心生钦佩。我告诉孩子气的他，弟弟你虽然倔，但我喜欢。世界上的"坚持"分两种，搞得好就是一往无前，搞不好就是一意孤行。只不过在没走到终点前，没人能判定，我们的坚持究竟对不对。

8

"我没想到,你这头倔牛竟然放弃了你最想走的路。"我们坐在观演台上聊天,回声仿佛来自遥远的从前。

"以前写东西只是为了缅怀离去的人和岁月而已,当我变得不爱缅怀了,就不想写了。"

虽说如此,我还是有些惋惜,我曾经觉得大野的那份韧性足以让他成为大家。

"我也没想到,后来你出了国会那么多年不回老家。快告诉我,这些年你都干吗了?"

"给你看看我现在的生活。"

大野向我展示他手机里的照片。这些年,他走遍了世界,那些异域风情和绚烂的春夏秋冬让我目不暇接。

我端详着他,才发现当初那个跟在我身后的小屁虫,如今已经是绅士又有品位的青年了。他瘦削,身体线条紧致,留着一头细碎的卷发,眉宇间已经性感了起来,谈吐得体,明显已经能独当一面,跟曾经那个叛逆的小孩判若两人。

但最令人惊讶的是,在他翻到一张合照后,他口吻平淡地告诉我:"喏,这就是我对象,这次回来我是带着任务的,就是告诉我爸妈这件事。"

我盯着那张照片,下巴都快掉了。

"我的天啊……好啊你,现在才跟姐说!"

大野坏笑起来:"你问我为什么不回来,其实我很讨厌回家,我爸已经催婚了。在他的计划中,我哥在我这个年龄已经结婚生子并且继承了他的茶叶出口生意。但很明显,我会让他失望。"

"这……你爸妈会疯的！"

我突然不知如何才能压制住我的震撼，最后一声惊呼："等等，你以前不是喜欢梦露吗？"

人生到处有青山

1

曾经大野在咖啡厅打工之后,那里的生意就越发红火起来。原因是大野皮相出众,长得像摇滚歌手窦唯,一身放荡不羁的范儿,却满脸清秀。很多女生慕名去看帅哥"窦唯",有时候还特意点王菲的情歌,让王菲空灵的歌声在咖啡厅里盘旋起来,盯着大野的侧脸陶醉其中。殊不知,那个时候王菲跟窦唯早已经没有什么关系了。

大野的法宝不止他那张酷似窦唯的脸,还有他那似水一样温柔的眼神。这种肉麻的话自然不是我说的,是暗恋大野的那些文艺女青年告诉我的——漂亮的女生去点咖啡,大野酷酷地一笑,然后将他跟水一样的眼波送过去,女生就倾倒了,下次还来买。当然,前提是有"漂亮的女生"。

然而,当我目睹大野跟梦露的第一次见面之后,我不仅有幸欣赏到那水做成的眼神,甚至还旁观过那眼神里的温柔是如何泛滥到一发不可收的。

那次,我和向东领着梦露在路边大排档吃黄金鸡翅,然后跟大野偶遇了。

当时，大野的眼神不只似水温柔，还似洪水猛兽，似一支蓄势待发的喷水枪，勾得人魂都没了。

我和向东饶有兴趣地盯着灵魂出窍的大野，用筷子敲响了八仙桌："大野，收好你的'冲锋枪'！"

梦露眨巴着她那扇贝一样的眼睫毛，斜眼瞅大野："看什么看，我脸上有脏东西吗？"

"嘿嘿。"大野缓过神来，只顾着挠头，也没个说法。

"弟弟，你别吓着人家好吗？"向东揶揄大野。

"得了，马蹄莲哪有那么容易被吓到。"我讪笑。

"你看上人家了吧？"

那个时候我才知道，文艺青年所谓能每时每刻保持文采斐然的功夫都是假的。大野根本说不出话来，琢磨了好久，才干巴巴地憋出一句："嘿嘿……你真美，我想亲你。"

"废话，我是校花。"梦露听惯了夸奖，已经免疫了。

从此，大野便开始对梦露穷追不舍，甚至能为梦露上刀山下火海。

有一次，梦露跟大野打趣道："大野，你说你空长着摇滚歌手的脸有什么用，你都不会乐器。"

因为梦露的这一句话，大野苦练乐器。一个月后，我跟梦露正在她的寝室里睡觉，接近午夜月亮当空时，宿舍的窗户被小石头砸响了。我和梦露推开窗户，大野抱着吉他在楼下给梦露演唱了一首爵士版的《老鼠爱大米》，我听得耳朵都酥了。

与此同时，寝室楼低层的其他女生闻声，都穿着吊带睡衣趴在窗户沿上听歌，大野唱得深情的时候，她们双眼里的星星就哗啦啦地往楼下掉去。

从这之后，大野不只在咖啡厅里磨咖啡和送秋波，还开始弹吉他唱歌，售卖帅气和深情——"大野的眼里是浩瀚大海"，喜欢大野的文艺女青年改了口，说她们已经四仰八叉地葬身大海，被幸福地淹死了。

从梦露说一句话就让大野日夜苦练、最终学会吉他弹唱这件事上，我看出大野的"坚持"品德已经延伸到谈恋爱这件事上了。我也得出了结论——

在爱情的世界里"坚持"分两种，搞得好就是"两情厮守"，搞不好就是"一厢情愿"——大野爱梦露，尽管梦露不爱大野，一点都不爱。

还记得一年冬天，暴雪过后，街道上白雪皑皑。我和梦露牙齿冷得咯咯响，于是我们抱来棉被，在沙发里聊天。梦露一时兴起就拿起手机四十五度角自拍，纪念她那明媚的忧伤。

"好冷，可是我好想吃西瓜。好想好想。"

梦露矫情地发出去这么一条心情状态。一个小时后，梦露接到了大野的电话，我们便跑到阳台往下看。

整个世界被大雪覆盖，就像盖了一床棉絮，大野穿着黑色羽绒服，怀里抱着一只绿皮西瓜，抬手对我们打招呼。

"师母、梦露，看这个！"大野使劲摇动着手臂，用力地傻笑。

我永远记得大野当时那个大大的笑容，像一枚即将融化的糖果，甜到雪花里。还有他怀里那个西瓜，在白雪里异常出挑，绿得发光。他仿佛揣着一个春天。

大野是如何弄到那个西瓜,如何穿过大雪堆积的街道到我们楼下的……我到现在都还无法知晓。

当时我朝他大叫了一句,就跟梦露发起了脾气。我跟大野大叫的那句话是:"大野,你真夸张!"

很多年后,大野抖动着身上积雪的画面还历历在目。我记得他肩头上、头发上还有脸上都飘满了雪花,他站在雪地里,铺天盖地的雪像他的痴情一样快将他淹没了。

我心疼他,心疼我的弟弟。实际上,我不仅气梦露,我也气大野。我觉得大野就像一个发疯的暴君,歇斯底里地爱着他的公主,却一直骑不上去追赶公主的白马。他爱得浮夸,爱得蛮横,他自作多情,他得不偿失,他就是个傻瓜。

"你不应该收下大野的西瓜,如果不喜欢他,你就应该狠心地拒绝,不要让他牺牲。"

我不满梦露暧昧的态度,气她一直以来对男生给予她的一切都欣然接受。

"我努力告诉过大野我不会爱他的。他明知道还要这样,我能怎么着?"

"没有,你没有努力过。你态度根本不坚决,如果你真为大野好,你就应该明确地让他死心,明白吗?我的大小姐,别玩弄他。我最看不惯你享受别人的簇拥,从来不会拒绝,请别把别人的好都自个儿端着!"

"天小姐,我告诉你,你最好现在是在气头上才说这样的话,如果你是认真地跟我放这种屁话,如果你头脑清醒还用这种狗血的语气跟我扯淡,我绝对不会放过你,大不了我们到雪地里扯头发去!姐妹都做不成!"梦露吃着西瓜,语调平静地说。

我气得胸围都大了一圈，但想想还是极力冷静了下来。

"有话好好说，你这是在否定我的人格！"

"哦，亲爱的，对不起。"

我想清楚了，为了不被梦露碎尸万段，我务必三思而后行。于是我重新装上笑容躲进了棉被，乖乖地把头歪在她的肩膀上："嘿嘿，好姐妹，我逗你玩呢……不过我还是觉得，嗯，你得让大野彻底死心，让他置之死地而后生。"

"我知道你满肚子气没处撒，可是天真，你根本不知道被别人瞧不起的那种感觉。我尝过，所以我也想让别人尝尝。但是大野的事真不怪我，我和他说过无数遍不要迷恋我了，没辙。或许得你去跟他聊聊。"

梦露说这事不怪她，也不怪大野。我问，那到底怪谁呢？我们讨论来讨论去，最后没能得出结论，所以谁也不怪。

那就只能怪爱情了。

同样在一个月亮当空、适合唱情歌的夜晚，大野曾略显沮丧地问过我："师母，你是不是也觉得我不太适合追梦露？"

"哦，你竟然也会犹豫？脑子并没有全烧坏嘛。"

"我是不是太一意孤行了？"

"梦露对于你是啥？"

"仙女，女神，美酒加咖啡。"

"不知道你为什么那么喜欢梦露。每个人都有致命点，梦露或许就是你的致命点吧，人生不就是一物降一物嘛。你把别人捧得那么高，自己就容易受伤。你说她是女神，她就是。人家不喜欢你，你还非追人家，就太那啥了！"

"什么意思？"

"就是狗改不了吃屎，哈哈。"我说完双手合十，祈求梦露不要得知我这样的打趣，不然我会被她生吞活剥的。

"可是我忍不住。"

"你说你是牛，倔。长着牛角，没事就撬，没准啥时就把地球撬起来了。可是你要知道，梦露又不是地球，人家是银河系，你驾驭不了的，你撬不动的。"

"那谁能驾驭得了？"

陆一航，自然是陆一航。我有点语塞，不忍心告诉大野关于梦露跟陆一航的复杂情史，只是怔怔地回他："总有人嘛。"

"我就想再坚持一下，等遇到比梦露更让我神魂颠倒的女人，我就放弃。"

"既然你想坚持，我无话可说，那你就继续在梦露屁股后面转吧，至少梦露在让你成长啊。生活里总得有个人教会你唱歌，教会你如何取悦他人，教你成为更好的人。正常正常。"

如果我如今能有当初那样的感情觉悟，百分之百能过得更从容快乐，或许还能是个恋爱高手。无奈爱情就像个蒙着面纱的姑娘，我们以为自己看清了它的样子，丝毫没有羞耻心地加以品头论足，其实我们什么都不懂。

"师母别这么打击我呀。说起来，梦露到底是不喜欢我哪点呢？"大野纯真得像个二百五。

"因为梦露有个地下男友！"

我将秘密就这么给揭开了，因为根据我对大野的判断，他永远是破罐子破摔——谁知道他的"再坚持一下"是多久呢，他或许每每坚持不下去的时候就在心里劝自己"再坚持一下"就好了，一下又一下……

很可能几年就过去了。

2

我倒是希望上帝会同情我这个傻弟弟，让他的付出能得到美人的回馈。只不过他没来得及感动梦露，反而惹怒了梦露的男友。

那时，陆一航跟梦露还在地下恋，直到陆一航得知大野正在猛追梦露，崇尚用拳头解决问题的他便被"引蛇出洞"了。

起初，陆一航常常跑去咖啡厅里恐吓大野，威胁他不要再纠缠梦露，可是这种威胁并不奏效。之后陆一航仿佛变身为梦露的贴身保镖，梦露走到哪儿就跟到哪儿，一见到大野便互相推搡，拳打脚踢。

这种日子实在无聊透了，眼看大野像只打不死的小强，在大野又一次给梦露送来爱心午餐后，陆一航终于暴走了——

那天，我、向东和梦露在咖啡厅里例行朋友的义务消费，正一边喝着咖啡一边啃着鸡爪，只见陆一航身穿白色衬衫和紧身黑色牛仔裤，支着他的大长腿，将他的哈雷往咖啡厅门口一停，随即挺拔地走进咖啡厅。

所有人目不转睛地盯着陆一航，只见他脱掉他的墨镜，眼神透出杀气，直勾勾地瞪着大野。

"你想亲梦露是吧？我亲死你！"

陆一航二话不说冲到了大野面前，双手捧住大野的脸，极其粗暴地朝大野的嘴唇亲了下去……

现场一片兴奋的尖叫响起,而我吓得甩飞了手中的鸡爪。

大野用力地推开陆一航,随即又冲上去给了陆一航一拳。陆一航的嘴巴流了血,但他却邪魅地笑了,抹了一下自己的嘴唇,指着大野的鼻子说:"以后你再敢骚扰我女朋友,我见你一次恶心你一次!"

话毕,陆一航走到梦露面前凶神恶煞地说:"跟我回去。"

梦露便被陆一航霸道地拉走了。

时至今日,回想起那次惊心动魄的对峙,我满怀期待地质问大野:"所以你到底是什么时候发现自己'移情别恋',或者说不喜欢梦露'那种类型'的?"

我又将脸凑到大野面前,双手缓慢地捧住他的脸,提示他:"告诉姐,是咖啡厅……那次吗?"

大野眯起眼睛,朝我挑了挑眉,以示回答。

"哇塞!"

我如同公鸡打鸣般爆发出惊叫,身子后仰,双脚欢乐地抖动起来。

"想不到啊想不到,你竟然就这么放弃了梦露。"

"你怎么看上去那么兴奋?"大野仿佛看出我在想什么。

我郑重地拍了拍大野的肩膀:"姐支持你。只不过我有点惊讶,你啊,喜欢的、坚持的都跟以前完全不一样了!"

大野似笑非笑,点了一根烟说:"人总要花费一些时间才能找到真正的自己。"

"姐喜欢以前的你,也喜欢现在的你,希望你也要喜欢你自己。"

"这个还需要你说?"大野嘴角上扬。

我又从大野的眼神中,看出一缕朦朦胧胧的忧愁,那些在他年少叛逆时从没见过的忧愁。

大野轻呼了一口烟,云淡风轻地说:"有时,成长会换来一些秘密。人有了秘密,生活便只能开始苦中作乐。"

3

大野说他要结婚了。虽然很有可能引起一场前所未有的风暴,但大野仍然想跟父母坦白他的结婚计划。

我对此抱着迟疑态度,毕竟姑姑和姑丈都是老古董,要是被吓出什么三长两短,挺麻烦的。但大野说:"他们本来就在催婚,我这不就带着解决方案来了吗?"

这时候大野还能开玩笑,可见他见多识广,如今已经不怕死了,以至于我莫名被他的自信给感染到了,突然觉得或许我也应该出去开开眼界,敞开胸怀面向新时代。

"如果好好跟家人说,他们应该也是能理解的。"我已经被大野洗脑了,像个挑事不怕事大的八婆在安慰他。

接下来的几天,我跟大野天天黏在一块,重温青春岁月走过的路、吃过的美食以及探过的店。除了到大野曾经打工过的咖啡厅时,发现那里现在已经变成了成人用品店,其他还算是美好回忆。

当我们重温过这一切后,终于迎来了上断头台的时刻——大野决定在今天晚饭时跟父母摊牌。

大野家在海的另一头的新区，妥妥的富人区。为了防止在餐桌上发生暴力事件，我们说好，大野去吃饭，我在他家门口蹲点，一出状况便冲进去解围。

"去战斗吧，表姐罩着你。"我拍了拍大野的胸脯，大野便回家去了。

我忐忑地蹲在大野家门口，拎着一袋零食充饥，看上去像个智障。百无聊赖之际，我收到了张家奇的一条消息："咱们的片子剪好了吗？什么时候上线？"

我对张家奇突如其来的热情感到疑惑，回他："想明白了？你终于想跟我一起迈向财富人生啦？"

过了五分钟，张家奇才回我："我在相亲。快救我。"

"哈？"

"我妈以死相逼，说我不搞事业也不搞女人，她不想活了。她还说我既然不想继承苹果园，就去相亲。"

"你真是生在福中不知福。等等，你一边相亲一边玩手机，礼貌吗？"

"我心想这么相亲下去，还不如搞事业，卖卖苹果……我现在在外面抽烟。"

看到这条消息，我宛若看到张家奇一脸惆怅的样子。

紧接着，他问："你现在在哪儿？我马上来接你去剪视频，明天给我上线。"

我本想吊他胃口说心急吃不了热豆腐，但见他如刀板上的鱼肉，我不忍再调侃，直接给他发了定位。

大概十分钟后,从大野家猛地传出一声嘶吼以及一阵摔盘子的声音,我知道战况不妙,立马按响了门铃。

"姑姑!姑父!"我大声吆喝着。

姑姑开门时脸上挂着泪水,只见她背后,大野和姑丈在打架,两人拧成一团。

我忙跑上去劝架。大野面红耳赤地指着姑丈说:"我从来都没想要做你们的儿子!"

我瞪大眼睛,这话杀伤力极强。姑姑一听大野这话,"哇"的一声号啕大哭。我环顾家里,饭菜撒了一地,跟他们这些年的狼狈如出一辙。

"我就知道我不应该回来。"

大野扯着哭腔,继而失魂落魄地冲出家门。我连忙追了上去,可是大野如同脱了缰的野马一路往前冲,我赶都赶不上。

"大野你冷静一点!"当我冲出巷口时,一辆车驶了出来,差点撞到我。

我大口呼吸起来,庆幸自己躲过了一劫。

哔——

接着,一阵急促的噪声突然在我耳后响起来,我猛然回过头,另一辆车正朝我飞快地开过来。我狼狈地失声大叫,身体条件反射般地往后一撤,车身还是跟我擦了边……

当我一屁股重重地摔在了地上,惊魂未定的我才看清了那辆差点撞到我的车。

张家奇从车里急急忙忙地出来,红着脸叫嚷:"土拨鼠你别怕,我来救你!"

看过刚才我屁股着地的路人都笑得前仰后合。连大野都破涕为笑，他拾起袋子跑了过来，却被张家奇给挤开。

张家奇围着我大吼大叫："你怎么坐地上去了？"

我怒火中烧："是你撞我的呀！"

"我撞的？"

"张家奇你这个挨千刀的，干吗开车不看人！"我痛得撕心裂肺。

"你跑那么快，我着急来救你嘛！你别哭，是女汉子就别哭！"

张家奇笨手笨脚地搀着我，想要把我拉起来，大野也想帮忙，而我厉声告诫他们："如果谁表现出一副我很重的样子，你们就死定了！"

说完，我被猛地一拉，由疼痛汇成的泪花从眼里飞了出来，沉甸甸得像我此刻忍辱负重的生活。

4

自从我决定创业之后，每天都在用生命做方案，就算没有男朋友，事业的顺风顺水也足以让生活过得滋润。

但占卜学告诉我，这个月我"水逆"，左眼跳，右眼也跳，我顿感不妙，很是恐慌我的人生进度条又缓冲到了一个瓶颈。

谁知道这玩意儿真准，创业前期我便遭受到皮肉之苦。

我从医院病床上醒来时，小腿骨头移位，打着滑稽的石膏，床头摆着一捧草莓花束。我打开花束里的纸条，才发现李云轩得知我住院，来探望过。

张家奇趴在床边睡死了过去,我顺手抓过一个橘子就剥了起来,将橘子皮一片一片盖在张家奇的脸上。

橘子刚吃了一半,房间门被打开了,是梦露。她一出现就大呼小叫:"哎呀,你这机关枪怎么扛在脚上?"

我瞪她,跟她说这是一门大炮,让她说话最好小心点。

梦露嗤笑着摇醒了张家奇,说在医院里睡觉多晦气呀。然后张家奇就醒了。

张家奇这一醒,整个人就变得不可爱起来,他看到那捧草莓花束,抓了一颗就往嘴里送:"土拨鼠,你看那姓李的多好,对你一往情深,恨不得把你含在嘴里。他挺不错的,不如招了人家。"

他根本就不懂这种纯洁的友谊。我漠视他,不说话。

梦露附和着张家奇,揶揄道:"对呀对呀,逮着山盟海誓的主儿就嫁了呗,下辈子的粮食都解决了,全部都是有机生蔬。"

"一唱一和唱戏呀!还是夫唱妇随?"我不耐烦,凶狠地逼视着张家奇,"还是那句话,你直接把我撞死不更好?撞死了你就可以独吞我的股份,你八成是想把我撞残废吧,好让我当个傀儡!"

"我明明是好意接你回家,狗咬吕洞宾!"张家奇嘴一横,然后故意在我的石膏上敲了两下,"唉,好寂寞的声音,可能是在唱好人没好报吧。"

"你还没感谢我解救你于相亲的水深火热呢!"我想踹他,可是我动弹不得。

"你再也用不了飞毛腿了,真可惜。"张家奇又敲了一下我的石膏。

"张家奇,活腻了是吧?"我抬起我另外一条腿想要蹬他。

"你别说,我看你这个样子挺惨的。"梦露打岔。

"你算幸运了,有我来看护你。你还别说,我很会安慰人的,以前读书时候,小女生们都很喜欢我。"

"也对,后来你便成了海豚王子。"我讥讽他。

可惜张家奇听不懂反话,态度傲慢地说:"那我就当冬日里的太阳,暂时温暖一下你这只大海豚吧。"

梦露一听,暗暗地给我投来小眼神,像在说:你们有戏。

我瞪大眼睛回她:没戏,滚。梦露便心满意足地走了。

我跟张家奇贫了一会儿就没了兴致,毕竟木已成舟,就听张家奇的,把这当作上天批了我一个长假。

我想说躺在床上的假期鬼稀罕,嘴巴上却问他有没有补偿。他说包我一周的午餐,我这才感觉像在漆黑的大海上看见了灯塔的一丝光亮。

"千万别让我吃一周的苹果餐。"我叮嘱他。

话虽如此,我回想起在北京住院时,病床前无人问津。而此时此刻,虽然小腿受了一点伤,身边却有一群朋友——天差地别。

还没来得及让张家奇掏腰包,便等来了大野。

这天,他大步流星地走进病房,先是给我点头哈腰赔罪,随后便大力地跟我提倡"不要躲在角落沮丧,要光明正大地悲伤",他一挥手,便有服务员推进来一个小餐车,安置在我面前。

大野不忘文艺范儿地说:"表姐,这才是适合忧愁的氛围……服务员,点菜!"

万万没想到,大野竟然从大老远请来了市里一家米其林餐厅的服务员,以及送来了一整套餐食。

"我从没想过能享受如此待遇。"还不是因为这种餐厅实在太贵了嘛,我胃口大钱包小,付不起。接着,我做作地摆出煽情状:"有钱能使鬼推磨啊,弟弟有出息。"

我决定跟大野来一场世纪大长谈,于是大手一挥,支开张家奇:"你跪安吧,回苹果园工作去!"

"为什么我不能在这儿?"

"姐妹的事你少管。"我说完,又补了句,"兄弟姐妹的事你少管。"

"哦。"

张家奇离开之后,我吃完了一整套coursemeal,酒肉穿肠过,我才跟大野开始促膝长谈。

大野一上来就给我抛出了难题,他问我:"姐,你喜欢这里吗?"

"我好像从来没想过这个问题。"

"那你现在有时间了。"

"怎么说呢,大部分人对自己的老家都是又爱又恨,爱的是这儿有自己的一寸天地,恨的是总有另一方天地比老家更广阔。"我说。

"我觉得这里有时充满了人情味,有时又好像没有;有时好像很自由,有时又很不自由。"

"没错,这就是我们的家。"

"其实我没跟家里摊牌。"

我嚅动着嘴唇，不可置信地盯着大野。

大野的眼睛里时而流淌着哀伤，时而跃过一层惊慌："我跟爸妈坐下去不到十分钟，只是聊了我的工作还有我哥而已，我们就吵起来了。他们要我所有事情都顺他们的意，但我只想逃得远远的。你觉得可笑不？还没来得及摊牌呢，我们就已经精疲力竭了。我不敢想象如果真的摊牌，会是怎样的惨状。"

大野跟机器一样卡了一拍，缓过神才叹了口气："我放弃了。我放弃跟我的家人沟通，我试过了，但我发现我们几乎不可能互相理解。为了给彼此留最后的一丝尊严，我选择放弃。我不知道别人的家是怎样的，但我的家，再多期待和鸡汤也修补不了，我不想再自欺欺人了。"

大野像是变回了以前那个小屁孩，撒娇般地把头轻靠在我的肩膀上，红了眼睛，哽咽道："师母，我学懂事了。这些年我接受了好多事，我知道梦露不爱我，我放弃了她。我知道我成不了什么大事，所以我选择干一份稳定的工作。我确实变了。不变的是，想起那些年跟你们在一起的时光我就好开心。你想啊，当时我们多不一样……我现在要为我的莽撞买单了。我真羡慕你还能回来，可是我……我想，我以后不会再回来了。因为我对这里的一切都感到失望和恐惧。"

我揉了揉眼睛，心疼地拍了拍大野的背。大野把他的脸朝向没人看见的地方。

我知道他在哭。

"我不想让我的人生倒退了。"

我们的头靠在一起。听着大野压抑的哭声，我才知道，他还没有长大。有时候就是这样，我们的身体、我们的说话方式和行为都被迫长大了，心却还来不及。

但我知道，今天过后，大野便长大了——他已经从他的泥潭中爬了起来。

"哪里是心安处就去哪里吧，没人规定老家就必须是归处。任何待得久的地方，都可以是老家。你的老家说不定是在路上。"我说。

5

在我养伤期间，张家奇履行了他的午餐投喂承诺，原先我以为这也许是这家伙的善意之举，没想到他如同害怕员工摸鱼的抠门老板，每次陪我吃饭的时候都来一句："不要以为这顿饭是白吃的，吃完你得好好剪辑了。"

我勉强将这视为一种对成功和财富的渴望，也看出他已经迫不及待想摆脱相亲魔咒了。

"放手一搏吧，不成功便成仁！"

在他的督促之下，我连夜剪完了待上线的短视频，然后发给张家奇观赏——视频里，张家奇六分妖娆三分健硕一分性感，一会儿与海豚嬉戏，一会儿游出水面，在漂浮的红苹果之间展现他的肌肉线条和低音炮。

我等待着他的称赞，最后果然得到他的一条回复："我被自己迷住了。"

虽然他此话一出，成功将自己阳光帅气的形象转变成了油腻大叔，但我还是毫不吝啬地称赞他是一名努力、称职的好伙伴。

"没想到你能这么夸我。"

"只要你愿意脱衣服，我都给予充分的表扬。不说了，我还得再剪十条。"之后，我将剪完的视频全部上线，在评论区挂上苹果的购物链接，随后关闭手机，等待命运的审判。

因为水族馆的外派运营项目已经完成，原先在公司里胼手胝足积攒来的荣耀化为灰烬，再次回到公司，我已经是脚上缠有黄色纱布的"女叛徒"。

那天在办公室里，我跟罗姐心心相依彼此惜别，互相慰问了许久，两人就差情到深处泪洒衣襟了。

罗姐煽情地握着我的双手说："天真，没有你，以后再也没有人能帮我藏零食了。这可如何是好？"

我反手搭在她的手上，揪心地拍拍她："如果再有什么八卦和十八禁笑话我就弹屏你！"

罗姐潸然点头："走好了！"

张家奇跷着二郎腿坐在我的高级办公椅上，一脸轻蔑地看着我们："得了吧，搞得像给猪八戒送行。"

罗姐倒是乐呵得不行，为了继续推进接下来的项目，她被安排督促进展，此刻就像把春天锁在了办公室里似的，回起话来很是带劲，她说："天真一走，就变成我是妈、你是爸了。"

张家奇尴尬地笑了一声，然后吩咐我收拾东西走人。

我哀怨地收拾起办公桌，张家奇就乐呵呵地坐在一旁看。当我从抽屉里抓出一袋零食，顺带掳走桌面上的铁甲钢拳模型时，张家奇扑哧一声，憋着的笑终于蹦了出来……

"还铁甲钢拳，你体内到底住了什么样的灵魂啊？"

"用你管啊。"

我收起我的家当准备闪人，张家奇突然抓起我办公桌上那枝粉红色玫瑰花往我抱着的纸箱里插了进去："弄点粉红少女的玩意儿去装点下你粗糙的灵魂吧。"

我低头一瞧觉得稀奇，那枝玫瑰花居然没有枯萎。我特意回过头瞄了一眼办公桌，不知道是谁帮我给透明瓶子装上了水，所以玫瑰花得以幸存。

突然有些舍不得这儿了，刚走出水族馆，我便止不住地犹豫起来：我前途未卜，也不知道贸然拒绝钱总的升职加薪会不会是一个错误。

就在我迷茫之际，张家奇突然冲了出来，一手接着电话，一手拉住我。

我被吓了一跳，问他："干吗？"

张家奇激动地喊了一声："订单爆了！"

我拖着打了石膏的腿跟着张家奇来到苹果园时，员工们正在一箱一箱地搬运苹果。李叔挥汗如雨地跟我们说："太多订单了，还得再去摘些，不然今天发不完货。"

我忙不迭打开手机，发现短视频数据暴涨，评论里大家都在喊着要张家奇喂苹果。我亢奋地拍打着张家奇，飙出了北京话："你丫红了！"

"什么红了？"张家奇问。

"别管什么红了，先让苹果红了再说，赶紧去发货！"

张家奇立马加入摘苹果的阵营，而我拖着小腿，化身主管，指挥起来："对对对，小心一点……你这边，你那边……"

我在苹果园中,脸蛋笑成了红苹果。

由于突如其来的爆单,物流一时成了问题,当晚忙到十一点,我便回家睡觉去了,准备把问题留到明天。

梦里我数了一晚上的钞票。第二天一早,我便精神抖擞地出了门,老妈还不知晓我的成果,一边吃着她的油条一边说:"起这么早,真是活见鬼了!"

我先是到梦露家楼下,喊魂似的叫醒她:"马蹄莲!爱妃!"

"你要死啊?"梦露正要爆发起床气。我立马叉腰问:"你这是对待富婆的态度吗?"

机智的梦露立马听出我的话外之音,瞬间擦亮她的惺忪睡眼:"要死啊,不早点来!"

"你家陆一航是不是在搞快递代发啊?今天互惠互利一下!"我知道陆一航不好惹,只能让梦露代劳去谈好今天的物流安排。

事成之后,我在苹果园里开启了忙碌的一天,其间,一个不速之客将车停在苹果园门口,按响了喇叭。

我和张家奇跑出去一看,竟然是钱总。

原来是罗姐给他看了我们的视频,他便屁颠屁颠地来找我们合作:"天真啊,你虽然离职了,但你视频拍得这么好,也帮我们宣传宣传水族馆呗。"

张家奇刚要开口,立马被我拦住,我抢先说:"可以啊,但今非昔比,我们不能免费了,现在你要跟我聊,可不是老板跟员工聊咯,我们现在也是老板了。"

"家奇还在上班啊,他还要耍海豚呢。"钱总说。

"哦,他今天就跟你辞职!"我笑眯眯地瞪了张家奇一眼,替他做决定。

张家奇认栽。

"我真不应该放你走,"钱总没辙了,"哈哈,天真,我就知道你这人精能成事!"

6

在梦露的咖啡厅里,我跟钱总谈好了水族馆的短视频代运营项目。钱总前脚刚走,大野推着一个硕大的行李箱来跟我们告别。

"我要走了,去英国。"

我想起大野那句话——我以后不会再回来了。我觉得他这次可能说的是真的。但梦露并不知情,仍然以为这只不过是一次短暂的告别。

梦露在烤面包,陆一航在一旁煮咖啡。

这时大野说:"我的女神,让我最后帮下你。"

陆一航抬眼瞅了一下大野,一脸警惕,仿佛又回到从前,生怕大野再靠近梦露。

不知道陆一航午夜梦回,会不会想起曾经他的那个狂野又鲁莽甚至荒唐的吻。不知他是后悔还是也在回味。

我跟大野互相扬了下眉毛,大野便死皮赖脸地跑到梦露和陆一航中间,操作着咖啡机。我莫名觉得这个画面很美好,心里有说不出的感动,又裹着一丝伤感。

"姐,要保守我的秘密。"后来大野偷偷跑来跟我说。

我点头。

"虽然老家总让我们伤心,但奇怪的是,当自己伤心的时候却又想回来这里。"我嘱咐大野,"伤心的时候要想,你的悲伤有去处。"

"后面这句怎么听起来这么熟悉?"大野问。

"这是你以前发表的文章里写的。"我说。

在那个海风微咸的午后,我们送大野到海边的村口——我们这些习惯了远行的人最熟悉不过的村口。他坐上半小时才一班的公交车,到镇上去转大巴。

我们跟他挥手,公交车颤颤颠颠地启动了。

大野从车窗探出头喊:"我真的好爱你们,再见!"

我听得红了眼。陆一航却难得地笑了,骂了声:"傻×。"

大野回来,又走了。

曾经,当所有人都选择放弃时,大野执着地在路上蹦跶。而如今,最坚持、执着的大野,却学会了适时地放弃。

他第一次知道,原来放弃那么难,也那么容易。

7

人生固有不得不放弃的时刻,但,在放弃的那一刻,你何尝不是在得到?

我想,这便是对人生最好的注解。

我是农民,可以便宜点吗

1

跟钱总签订水族馆的短视频代运营项目之后,我便没有了原先在水族馆就职时的摸鱼机会。正所谓"给多少钱干多少活",曾经只需要策划拉客活动、运作传统媒体就可以,如今涉及与时俱进的新媒体,而且是给自己打工,追求的是事半功倍,我再也不能高枕无忧了。

张家奇也顺应老天安排,不再对当"苹果王子"愤愤不平,毕竟他发现原来继承苹果园也颇具挑战。在接下来的日子里,张家奇辞掉了海豚训练师的工作,专心跟我一起推广水族馆和搞电商。

由于人手不够,我要负责编剧、拍摄和剪辑,而张家奇要负责统筹和出镜表演,我们忙活了一个月,每天在水族馆和苹果园之间来回穿梭。很快水族馆通过短视频的传播得到了宣传,许多网红随即前来打卡,人流量"扶摇直上"。

那天,在我前往水族馆的时候,遇到四个年轻人问水族馆在哪儿,说是看了短视频慕名来的。我像个怪阿姨热情地带他们前往，一路上还不忘见缝插针地对他们做了调研。种种迹象表明，我的运营成果丰硕。为此钱总非常满意，我便顺藤摸瓜跟他聊了聊涨价的事，钱总却装疯卖傻起来，只是抠门地送了我一个大拇指。

苹果园的生意也如日中天，在我的蛊惑下，张家奇每天忍辱负重地在苹果树中穿梭，被我控制着拍摄土味视频。他一会儿在镜头前卖弄风骚，一会儿表演单手捏爆苹果，一会儿上演伊甸园里的亚当偷吃苹果的戏码，一会儿表演箭穿头顶苹果的技术，总之努力展现十八般武艺。

但随着电商数据的暴涨，我们预估下半年将面临产能危机。好在之前我误打误撞认识了李云轩，我甚至怀疑这一切都是上天的安排，按老爸文绉绉的话说就是："王阳明说，志不立，天下无可成之事。所以你要专注于目标，全世界才会为你让路。"

那天，我拉着李云轩来到果园后面。望着面前的一方荒土，我说："博士，我要半年后这里长满红彤彤的苹果。"

"简单。"

李云轩二话不说蹲下去收集土壤，随后是土壤测试，又对附近的环境进行了评估，最后跟我说："疏松土壤，输入营养，再给果园打通全新的蓄水控制系统，搭上阳光板温室大棚会更好，光照控制均衡，差不多八十万就可以了。"

"什么？八十万？这就是简单的方法？我现在可是农民！"

"是啊，你们这果园不得与时俱进一下？再过几年，土壤质量下降了，到时万一再遇上天气因素，收成会更糟。你们不如未雨绸缪，彻底将果园的产能提上去，苹果也会更甜。不如承包附近的荒地，再找村长向市里寻求重点扶植，这里会成为市里最大的苹果种植基地。"

"苹果是甜了，我心里苦。原来创业根本就不好玩！"

我宛若遇到了世纪大难题，连忙把李云轩这位天使中的魔鬼送走。随后我站在苹果树中，抓起一捧黄土，望着那些红彤彤的苹果，顿觉这里的每一颗果实都来之不易。

正当我一筹莫展之际，梦露打来了一通电话。她像是刚喝完下午茶的贵妃，语气暧昧地说："亲爱的，我需要你，你快来英雄救美。"

"只要杨贵妃开口，我愿意给你沙漠里送荔枝。"我端上一副热心肠。

结果梦露一句话就把我吓出了一身汗："我待会儿在酒店房间里跟大亨签合同，拉一笔投资，对方一签字，你就来敲门。"

2

我曾经为梦露毕业后选择留在老家而惋惜，虽说职场深似海，但要是当初梦露愿意投身职场，她一定会深得生存要领，将职场和生意玩转到登峰造极的地步。

我为梦露捏了一把冷汗："哎哟，你胆子越来越大呀，就不怕真被饿狼吃了？"

如果所有职场女性都像她，估计城市上空又要卷起一场风云恶战了。

"我不想明摆着拒绝，要是对方来真枪实弹的，我一定自个儿上阵，保证让他不举。做生意的都是聪明人，你来敲门对方也就懂了。"

好歹毕业之后经营了几年咖啡店，梦露明显比校园时期更强硬和懂得自保。她不想跟我多扯，随后给了我一个地址和时间就等着我上门去搅局。

我拎着一杯大红袍奶茶提前去到镇上的这家星级酒店附近蹲点，目不转睛地盯着酒店的旋转门，感慨签个合同、调个情都选这么高级的酒店，真的是大亨。手机"叮"的一声响后，我以闪电般的速度奔赴现场，使劲敲响了梦露的房门。

随后一个看不出年龄的成熟男人站在我面前，问我："你好？"

出乎我的意料，眼前的男子并非传统生意男人那般脑满肠肥外加歪瓜裂枣和贼眉鼠眼，相反他是一身花花公子的气质。

我径直走了进去，看见梦露正捧着文件胜券在握地朝我挑眉。我想说查房，可心想我穿得倒像是查房阿姨的女儿，没有说服力。

于是我站在原地愣了一秒，随后一脸平静、语气平缓地说："梦露，你弟弟在医院割阑尾，吵着要见你！"

梦露歪着脖子，沉着的脸像在替我着急，她朝大亨说："李先生，合同已经签好了，到时我们按规定时间去银行办理转账，再吃个饭如何？"

李大亨挺有气度，也不纠缠，只是讪笑着对梦露说："你走吧。"然后梦露提起文件暗暗给我抛了个媚眼就先行离开了。

李大亨问我要不要坐一会儿。我猛摇头，揣测难道前锋走了他要我一个候补陪睡不成？真是欲壑难填。

李大亨煞有介事地笑起来："呵呵，是梦露叫你来的吧？"

我心里咯噔一声，顿觉李大亨果然火眼金睛。

"你真是老谋深算。"我称赞道。

"你能不能跟我一起走？活了这么久第一次被女人落下，挺没面子的。"李大亨爽朗地一笑，十分风趣。

虽然我想说既然死要面子，那你就别邀人家到酒店里谈工作呀，连退房都需要女人陪着，富翁的世界真的很难懂。但我还是善良地跟李大亨一起去退了房。一路上他问我："梦露说她有个非常厉害的朋友，北京回来的，是你吗？"

"可能吧？"我说。

"你做哪行？"

"之前在 MCN 机构，现在在创业。"

"留个名片吧。"

我原先拉着一张苦瓜脸，此刻才反应过来，李大亨可是投资人，说不定可以跟他拉个天使轮。我精神一振，立即谄媚地跟李大亨说："天啊，我都忘了你是投资人，看来我要好好跟你推销一下自己了，不过你也看到了我姿色平平，只能凭实力拉投资。"

"你快别这么说，我的名声要被你搞臭了。"李大亨顿了一下，"那些你情我愿的除外。"

不可否认，李大亨虽然不要脸，但挺有趣，我听得哈哈大笑。

"考虑一下要不要跟我合作？可以的话，留个联系方式，给我发一份你的商业计划书。说实话，我挺看好你们村那边的发展的。"

"也不是不可以。"我不卑不亢地回他。

我们站在酒店门前告别,一缕阳光顺带倾洒在我脸上,我眯起眼睛说:"再见了,大哥。"

"辛苦你了,特意走一趟。梦露可能想错了,我挺喜欢她的,不仅是非分之想而已,还动了心。"李大亨理了理袖口,叹了口气,"虽然她是狐狸精。"

这世间的男人呀,永远会找到宽恕自己的理由。我哼了一声,心想你跟我说的这话,我读书的时候就听班上的男生说腻了。

虽然我也觉得梦露是狐狸精,但是我不允许除我之外的人这样说她,便跟李大亨说:"你错了,梦露是个好女孩,她才不是狐狸精,你不要自以为是。"

李大亨笑了:"你确实跟梦露不一样,梦露是野路子,你是正派的女人。一看就是在大城市的正规公司历练过的,我喜欢。"

我也笑了:"我管你喜欢什么,但你要是想女人变得正派,你们这些掌握了资源和人脉的大哥,得先自己变得正派了再说!"

难得来镇里,跟李大亨告别后,我又跑去跟梦露会面。

她深陷在SPA会所的按摩椅上等我,装模作样地戴着一副黑色墨镜在翻报纸,动作优雅。我走过去问她:"怎么,觉得自己做了见不得人的事,怕别人认出自己?"

梦露的墨镜感应般滑下鼻梁,她瞄着我发出攻势:"这哪是见不得人的事呀,我堂堂正正谈生意,既然是谈生意,耍手段怎么了,就你做事那小伎俩,难怪现在还买不了车。"

"拜托,姐的工资都归我家老太太管好不好,我还乐意骑自行车上班呢,环保。"

"一环保女给谁上课呀,捡垃圾又捡不到王子的水晶鞋。"

"对嘛,你辛苦,你还要养陆一航。"

梦露瞬间变脸,对我翻了一个飞上天的白眼,情绪的转换让我叹为观止。我怕了,放软语气说:"亲爱的我错了,咱们开始享受物欲横流的小镇生活吧。"

然后两个按摩师便上来给我们按脚,那劲儿酸爽得让我撕心裂肺。

3

我早就懒得过问梦露跟陆一航的恋爱状况了,这两个人演戏似的,演来演去演了几年也不觉得疲倦。

无非就是梦露家人嫌陆一航没出息,见家长或是两个人每月投放结婚基金的时候就因为钱的事情吵得不可开交;一开始两人誓不低头,直到其中一人躲开对方去找朋友求安慰,另外一人再找上门道歉才和好。这戏码我倒背如流,几年下来就这一出——

这段长跑爱情的恩恩怨怨就像老太婆的裹脚布,比我跟向东的那一条还臭还长。

梦露跟陆一航的相遇要从她小学三年级的时候说起。

那一年,梦露爸爸的公司出现资金危机,于是向贷款公司融资，最终那笔巨额资金却被公司的一名员工卷跑了。一个月后，梦露回家看见自己的爸爸倒在地上口吐白沫，他服药自杀了。

梦露跟随妈妈回到了娘家。因家境落魄，梦露在寄宿学校常常遭同学奚落和老师轻视。比如午餐时跟老师拿餐券，另外一个家境显赫的女孩爱吃鸡腿，不吃包子，老师就把梦露的鸡腿餐券跟那个女孩的包子餐券交换了。

"没事，你穷，饿习惯了就好。"——梦露说她到死都不会忘记那名师德败坏的老师所说的这句话。

梦露吃了半个学期的包子，后来这件事情被梦露妈妈知道了，她跑去老师那里质问。结果老师告诉梦露妈妈："梦露这孩子呀，挑食，专挑包子吃，是不是家里养成的习惯？我以后帮她改改！"梦露妈妈势单力薄，也不想将事情闹大，这事就这么过去了。

在班上，那些穿着漂亮裙子的女孩听见梦露被男生奚落，总是咯咯笑。

"我受过伤害，所以想报复。我想成为穿漂亮裙子的美丽女孩，然后让一些人围着我团团转，很多年后他们会发现自己多么愚蠢，簇拥着虚伪的美丽女孩，却冷落了很多真诚的女孩。我想让他们知道，他们蠢。"

后来，梦露说起她那些被束之高阁的伤疤，她没有激动得不行，也没有愤懑不平。语气平静得像是在闲聊天气般。

我相信梦露只是在赌气，她其实并不坏。而认识她这么久，她确实也没有伤害过任何人。她只是想成为太阳，明亮，炙热，强大又无人取代，让所有行星绕着她旋转。

在梦露爸爸死去一年后，携款潜逃的员工被缉拿归案，被判入狱。这名员工的妻子得知自己的丈夫让一个完整的家庭沦为不幸后，便带着她的儿子上门致歉。她就是陆一航的妈妈。

当梦露的妈妈跟陆一航的妈妈争吵的时候，梦露跟陆一航全然不知道彼此家庭之间的恩怨。

他们在巷子口干巴巴地站着，等着妈妈们结束战争。

"你知道我妈妈为什么会跟你妈妈吵起来吗？"陆一航问梦露。

"可能因为我爸爸死了。"梦露有点戒备地说，但又不会说谎。

"我们是同一个爸爸？"陆一航问。

"去你的，不是。"

"粗俗。"陆一航蹙着眉头说出这两个字，他端详着梦露，半晌后问她，"你要不要做我朋友？我放学可以叫我小弟给你买猪耳朵还有跳跳糖。"

"你有小弟？你没爸爸，都没人欺负你吗？"梦露不解，他才小学四年级，为什么有小弟？

"谁敢欺负我我揍他，他们就不敢了！"

梦露被陆一航的气势震慑到了，心想陆一航跟那些一放学就骑着自行车在校门口晃来荡去、朝女生吹哨子的调皮鬼一样，是个小流氓。

"怎么样？"陆一航歪着脖子问梦露。

见梦露欲言又止，陆一航霸道起来，快刀斩乱麻地说："我说你是你就是了！"

"我问你个问题,你不觉得我的裙子很土吗?"梦露揪起自己裙子的裙摆,心想为什么陆一航不跟其他男生一样,因为她的裙子比其他女生的丑就奚落她,反而要跟她做朋友。

"出来玩的,裙子迟早都要脏,谁管它土不土?你长得漂亮,我要和你玩!"

陆一航靠过来时,梦露大叫了一声:"妈!"

"好,你别叫。"陆一航退后一步,"明天放学在校门口等我,我给你买猪耳朵吃。"

"我不要吃的。"

"那你要什么?"

"我在学校里总被欺负,你不是有小弟吗?有能耐吗?"

"罩你还不容易?"

这时一阵吵闹声越发清晰,梦露妈妈骂骂咧咧的声音传到了巷子口。陆一航的妈妈被赶了出来,她气冲冲地朝巷口走去。

陆一航趁着最后一点相处时间,跟梦露说:"在学校报我名字,陆一航,跟别人说你是我朋友,谁敢欺负你我揍他,拜了。哦,明天记得等我。"

说完,陆一航就跟妈妈一起走了。

怀着试探真假的心态,第二天,梦露在班里跟别人说起她是陆一航的朋友,结果到了放学,之前那些欺负她的女生果然来找梦露道歉了。她们拿着自己新买的文具盒还有各种动漫贴纸送给梦露。

梦露任何东西都没有收下,她只是心一横说:"把我的鸡腿餐券还给我!"

她总算理直气壮地讨回了一次公道。收到餐券的时候，梦露觉得陆一航的本事还挺大，做他的朋友挺不错的，所以，她背起书包就去校门口等陆一航。

这是梦露第一次耍小聪明，从此她走上了康庄大道。

高中时期的梦露跟我说，谁帮助过她，她都记得很清楚。从陆一航在她生命里出现的那一刻起，生活不再是灰白色的了。她记得别人的好，尽管很多时候都不言语。

但梦露在高一的时候，跟陆一航决裂了。梦露的妈妈再婚，对方是个做生意的大老板，从此梦露又当回了白富美。只是与此同时，梦露也在跟妈妈的谈话中得知，是陆一航的爸爸间接害死了自己的亲生父亲。

但又能如何呢？

梦露只告诉陆一航，不要再来找她了。陆一航问她为什么，梦露狠下心说："因为我妈嫁给了有钱人，我不再需要你了。"

"你就这样甩开我？"

"是的，没用的东西就要甩开，人之常情。"

梦露波澜不惊地说完，便离开了。

陆一航消失过一段时间，又因一次暴打事件重新出现在梦露的视线中。

第一个追求梦露的体育生，被陆一航揍得鼻青脸肿。第二个每天给梦露送早餐的眼镜男，第三个会写肉麻情诗的学生会代表，第四个长得像山下智久的学长……他们都被陆一航用拳头伺候过一番。

不管是报复还是想继续占有，陆一航变得越发暴躁和粗鲁。

他又何尝不知道梦露离开他的真实原因。他只是在用自己的方式去喜欢梦露,想让梦露回心转意。

梦露既是男生们的女神,也是他们的噩梦。谁对梦露死缠烂打,最终都会被暴打一顿。

"陆一航,我自认倒霉行了吧!你别再伤害其他男生了,况且你想跟你爸一样吗?你不好好努力,学点有用的,以后会有出息吗?"

那是2008年北京奥运会开幕式当晚,梦露在学校的矮墙下跟陆一航见面,告诉他不要再来学校找她了。陆一航已经辍学,他要去哪里都可以,大可不必为了她留在这个小地方。

"你在哪里,我就去哪里!"陆一航已经长得十分挺拔,在黑暗中,他的五官立体又魅惑。梦露看着眼前开始有成熟男人样的陆一航,心想:陆一航你终于长大了,但你必须去打拼,不要再为了我荒废前途。

"陆一航,如果有一天你的事业风生水起,你有真本事了,你再回来找我。原谅我是这么现实的女生,所以你如果看得起我就去努力,如果你觉得我这种女生很恶心,你就自己离开吧,不要再为我浪费青春了。"

梦露是第一次跟陆一航如此掏心掏肺地说话。世界上任何凶猛的动物都会有温顺的一面,哪怕暴君也会有打开脆弱温柔一面的开关。

那是第一次,陆一航因为一番话,在梦露的面前哭起来,这画面就跟熊孩子愿意掉眼泪一样珍贵。他眼泪止不住地往下掉,用手肘遮住自己的眼睛。那也是第一次,陆一航真正明白了爱情的重量。他似乎听出了梦露话中的所有无奈、期望还有恒久忍耐。

直到那晚我逃课去网吧看奥运会开幕式，从矮墙上翻下去像一颗硕大的南瓜砸到梦露的时候，陆一航还躲在草丛里擦眼泪。我头脑空空，全然不知道那座矮墙下，正进行着一场煽情告别。而后，陆一航悄然离开了老家。

多年后，我跟梦露一起考上了市里的大学，陆一航也跟随梦露去到市里，并且重操旧业，又开始铲除情敌——这一次的情敌却是大野，有史以来最棘手的一个。

后来他们的故事，你已经知道了。

4

陆一航为梦露在外漂泊打拼过，然而现实总是比理想贫瘠，当初踌躇满志的他因为没有文凭被生活狠狠抽了耳光，最后回到老家租了一家店铺，开了个快递代发点。

而梦露为了陆一航，大学毕业后便回到了老家开咖啡店。

我觉得梦露已经仁至义尽了，依长年在她身边晃来晃去的金龟婿的数量和质量，如果要甩陆一航并且确保自己也不会伤心到去跳楼简直是分分钟的事情，但梦露说过，谈久了的感情就像她身上的一块烂肉，痛归痛，她仍然不舍得割。

我既赞同又不赞同，因为我经历过不舍得割以及最后不得不割了的惨绝人寰。

"啊，好想出家，每天喝粥还能瘦。"最后，我两眼放空地躺在椅子上悟出人生箴言，问梦露要不要一起去出家，两个人报名说不定还可以打折。然后我又想起了李大亨的话，好心地转达给梦露："人家喜欢你。"

"倒贴金给我我都不要。亲爱的，人家有老婆，再完美也不碰，小三要被浸猪笼的。"梦露哼哼呀呀地为捏脚师傅的手艺叫好。

"那你也不能骗人家到酒店呀，人家还眼巴巴地想等价交换呢。"我说。

"这家伙不好搞，是真想跟我处对象，我与他周旋了很久才骗到他签了合同。姑奶奶我等着钱给咖啡店续命呢，咖啡店看着岁月静好，真的不赚钱！"

"唉！就怕羊想吃虎口里的菜，一不小心自己却被虎吃了。"

"想吃我这个美娇娘的男人多了去了，能怎样？况且我调查过了，人家家里的老婆就一锁笼里的母老虎，凶的咧，他敢来硬的偷吃？准会受家罚！"

"我妈就叫美娇，你是美娇娘那岂不是我奶奶？"

见我不屑她的自夸，梦露冷冷地一笑而过。

尽管梦露满不在乎，但接受梦露这一个委托我却胆战心惊到现在。从高中开始我就觉得梦露是幸运女神附体，幸好这次遇到的是善类李大亨，换作其他人还不知道最后怎么着呢。

为此我劝梦露见好就收，守护好自己岁月静好的生活，免得跟我在北京一样厄运缠身，最后被折磨得体无完肤。

"唉——"梦露长呼了一口浊气，一脸不甘，"你以为我自己想折腾？还不是我妈非让陆一航给了房子首付还有五十万结婚礼金，才让我们结婚。现在陆一航整天都在外面东拼西凑，指不定哪天我们又要为钱吵起来。而且我觉得我这恋爱谈得有点腻了，我岁数也到了，得面对现实了，再不结婚就真的要散了。但要结婚，我必须赚更多钱。"

"你妈也真够苛刻的，还结婚礼金？"我感到诧异。

"结婚礼金是假的，之后都会存入我卡里作生活费，她还不是怕我们结了婚陆一航没法养活我？你觉得现在在这个世界上真心相爱那么容易？你在外面也知道，在钢筋水泥的城市里结了婚凑合着蜗居过一生有多惨，没有钱别说爱了，尊严都没有。在老家结婚成本已经很低了，要是还没有房子就说不过去了。

"我就想试试，两个人能否竭尽全力为彼此付出。如果两个人头破血流到头来还抵不过现实，我就算了，认命。陆一航没爸没妈没关系，现在还怎么出人头地混出一片天？我就想不通我为什么那么贱骨头会爱他，互相拖着不让彼此好过。"

梦露将她的手翻过来，招摇地摆在我的面前，我的眼睛被她的宝石迷得神魂颠倒。她扯起嘴角，压着声音说："呵，这玩意儿呀，买来戴几天满足下我的虚荣心而已，过两天就倒卖出去赚差价，我马蹄莲现在就这么活着！"

我顿时一阵唏嘘，伸过手去爱抚那颗蓝宝石，滋生出要跟它合下照的贪念。拍完照，我们两个人空坐了一会儿，不禁又齐齐深深地叹了一口气。

毕竟咖啡店是真不赚钱，我怕梦露引火烧身，还是叫她给李大亨发短信，以对方有家室不能在一起为由拒绝他。这样对方或许比较容易接受，免得以后有什么纠葛。可梦露恍若一条咸鱼，无动于衷地翻过身让师傅继续按全身，然后懒洋洋地跟我说要发你自己发。无奈之下，我加了李大亨为好友，替梦露转达了意思。

"明白。"最后，李大亨通情达理地发来让人心安的两个字。

随即他又说："我更在意好项目……等你的商业计划书。"

孤独咖啡厅

1

我曾经幻想过当上大老板便能高枕无忧，没想到创业之后，我更像从武则天沦为阶下囚，每天都在煎熬中度过，每天都莫名觉得步履维艰。而张家奇还没从由大少爷到当家老板的身份转换中反应过来，每天出镜完便穿着他的睡衣，气定神闲地往藤椅上一靠，偶尔还会泡一发功夫茶，眼巴巴地看果园里的叔叔阿姨忙上忙下。

我决定拿张家奇开刀。

一天，李叔吩咐大家去搬果园的纸箱，大家纷纷起身，张家奇却坐在座位上一动不动，我用锋芒似的目光注视着他，随后拦住了李叔他们，说："让张家奇去。"张家奇不悦地问我："怎么？难不成我沦落到去做苦力的地步了？"

"你没跟别人不一样，去搬东西。"我故意给他难堪，语气不容置疑，丝毫没有开玩笑的意味在。

张家奇的屁股稳如泰山，硬是坐在座位上跟我对望，眼神透露着"你嚣张什么呀，我就是不动怎么着"的信息。

我们俩就这样僵持着。李叔见状，尴尬地拉拉我说："没事，我们去就可以，张少在忙呢。"

我一副严肃脸，摆出了誓不罢休的架势说："李叔你真的太疼他了，还张少？现在他要管果园了，没特权当少爷了，别照顾他。"

所有人不知所措地看着我们俩对峙，张家奇的脸微妙地红了，眨巴着眼睛不耐烦地站起来："谁稀罕你照顾了！"

"别别别，我们去就好了。"李叔继续帮他说话。

"去就去。"张家奇生着闷气跟着大家一起去了，还抢先走在大家前面，拿起比别人多一倍的量，死要面子地端着从我的眼前走过。

他脸红脖子粗，越重的箱子他搬得越快。

大家小声劝道："张少，你别生气了。"

张家奇却不听，死撑着搬最大的量、干最重的活，最后将一捆册子重重地在我面前砸下去，厉声说了一句"搬好了！"。

张家奇肯定以为我只是给他一点下马威瞧瞧，没想到我会变本加厉。在我跟他开会期间，我又吩咐他去取资料。虽然最后张家奇去取了资料，不过他故意取错了，并且装浑说不清楚我要的是哪份资料。

几次交锋过后，张家奇像是没辙了，转而采取冷处理——对我视而不见，连我在剪辑上说的意见都权当空气。

冷战了几天，我连短视频也不找他拍了，眼看评论区里大家都在催更，张家奇开始心慌了。他有事没事就找我搭话，我都无动于衷。

李叔劝我跟张家奇作对别太用劲了，好歹他是个少爷，没吃过苦。

我笑笑说:"那他以后有的是苦吃了。"

由于果园的员工全是年长的叔叔阿姨,没有接触过电商,那阵子我为了给大家培训忙得七荤八素。那天,我正准备到茶水间给自己泡一杯咖啡作为安慰,张家奇刚好在里头。见到他我掉头就走,结果被张家奇一把给拖进了茶水间。

"住手住手,别人还以为你想对我施暴呢!"我想起用防狼手段对付他,不料张家奇鬼灵精怪地松开手投降。

"土拨鼠你消停消停,给我点面子!"

"什么呀,不是你自己要冷战的吗?"我哭笑不得。

"你就是在霸凌我!"

"那你现在没人可以告状了。"

"土拨鼠,我真受不了你,你这个一工作就变脸的女魔头!"

"对啊,我在工作里很可怕,所以没人爱我。"我白眼一翻转头要走。

张家奇"唉唉唉"地叫起来,冲我小声说道:"给点面子,别在公开场合冷落和指挥我了……我包你半个月零嘴。"

这简直戳中我的软肋,虽然心里很动摇,但我故作矜持地反驳道:"才这么点!不道义,不够诚意。"

他说我得寸进尺,继而蹙着眉头说:"难不成要我娶你?"

"哪能让你做这么大的牺牲呀!换成包午饭!"

张家奇听完咂着嘴就走了,我后悔莫及,没出息地拖住他的手挽留说:"别冲动呀,别走啊!一个月零嘴!"

结果张家奇没回头,我肠子都悔青了。

2

到了晚上,我正在给阿连洗澡,张家奇打来电话。

我按掉了他又打过来,差不多第五通的时候我投降了。电话一接张家奇就劈头盖脸朝我叫嚷起来:"怎么不接啊!你下午当着同事的面还是不跟我说话!我这零嘴不能白请啊!以后不想接电话回信息行吗?以为你出事了,你要是出事了谁帮我干活?!"

耳膜剧烈振动过后,我耐着性子回他:"听前面几句还觉得你这哥们儿不错呢,最后一句话简直把你整个人的水平都拉低了。"

"你耳朵聋啊,叫你在果园里跟我说话,两个合伙人莫名其妙冷战,成何体统啊!"

"你这是求人的态度吗?"

"土拨鼠你饶了我吧,帮我个忙呗。"他语气有点软。

"好,我考虑一下。"我暗笑着,故意冷言冷语,随即挂了电话。

隔天中午正等着张家奇给我买午饭,等了很久不见他人影,我只能认命地出门果腹,结果看见张家奇从车里出来,手里拎着两个袋子。

"哟,劳烦张总了,买了什么好吃的呀?"我忍俊不禁,黏着他回到棚里。

他不耐烦地扔给我一个袋子。我噗的一声笑出来,没想到薄脸皮的张家奇也有忠犬的一面。

我将袋子拆开:"买的啥呀?哎哟,韩国料理我不爱吃的呀。"

张家奇白了我一眼,自顾自地坐下去吃饭。我暗笑起来,把饭扒了个干净。

"你最近怎么那么安静,不找我干活了?"张家奇问。

"你不是嫌烦吗?我作为一个温文尔雅的女子不能老干这种事,再说你那么蛮横无理,我能叫得动你?"

"行呀,你要多保持这种状态,不要给我添麻烦。本来就是你闹腾,自己作还嫌我没度量。"

"你呢,就是当惯了少爷。"

"鬼知道你这女人那么恐怖,死活不肯认输。以后不准不跟我说话,听到没有!"

"不要傲娇,你相亲了那么多次,难道不知道对我们这种女孩要温柔一点吗?今非昔比,霸道那套已经不受用了呢!"我装作乖巧地朝他眨巴眼睛。

张家奇险些作呕,突然耍起大少爷脾气:"我不管,你欠我的。"

"什么时候的事?"

"装傻啊?"张家奇不好意思起来,一边喝起了水,一边闪躲开我的眼神瞄向其他方向,闷闷地说,"你前任婚礼上,你……强吻我。"

"哦,那个啊……"

真是哪壶不开提哪壶!我也喝起了水:"你活该。长个教训,下次不要羊入虎口!"

我心想,一直捉弄张家奇也不是办法,于是只能跟他摊牌——

"其实吧，我也不是故意要让你难堪，只是我觉得你以前养尊处优，在水族馆上班也是开开心心的，从来没吃过苦，又听不惯别人下指令，所以想要试探一下你。毕竟以后你要跟很多员工打交道，况且……我们可能还要融资。"

"什么？"

我这才跟张家奇谈起李大亨的事："你也知道我上次找李云轩来果园看过了，如果我们要做大做强、提高产能，至少需要投入八十万。我们刚起步，去哪里找那么多钱？如果单凭我们一点一点打拼，真的太慢了，风口可能很快就要过去了。而你现在自己出来混，肯定不想跟你爸妈拿钱对不对？那我们只能试着融资。要融资，就会有新的投资人进来，就会有牵制，甚至有投资人对我们趾高气扬、指手画脚，到时我们就得当孙子，那你能承受得了吗？"

"你怎么知道靠融资和搞果园新系统，我们就能做大做强？"张家奇板起脸。

"有时候，商业就是靠赌。我敢赌，你敢吗？"

"我敢，但我对你不信任我这件事，我很不爽。"张家奇面色很难看。

"我不信任你？"

"第一，你以为我只会当大少爷，甚至觉得我不能吃苦，但其实我已经在规划怎样按李云轩的话去搭新系统了，所以我没有心思去干其他搬运工作；第二，你一个人承受那些压力，从来没有跟我说过，没有让我分担，是不是还觉得自己高人一等？你怎么知道我没八十万？"

我差点跳起来，惊讶地问他："你居然有那么多钱？"与此同时，我心里一阵惊叹：地主家的傻儿子真好啊！

张家奇冷笑了一声："所以这就是你在城里学来的傲慢的工作方式吗？以为别人没见过世面，觉得自己很了不起？"

"喂喂喂，你不会生气了吧？"我担心地问。

张家奇一脸不悦地收拾饭盒走了，我盯着他冷漠的背影，紧张地在背后喊他："你别这样啊，我也是为果园好啊……爹！"

我已经如此卑躬屈膝，张家奇仍然不给面子，屁颠屁颠地跑了，给我丢下一句："我讨厌自以为是的女人！"

我朝他做了个鬼脸，喊，讨厌就讨厌，谁要你喜欢？真是翻脸比翻书还快。

因为被张家奇莫名其妙来了一个下马威，我一整天都精神低迷，当天的视频剪辑任务没有按时完成。吃过晚餐后，纵有千般不情愿，我还是像老妈那样鼓励自己说"生活其实没有那么艰难"，重新挂上笑脸去果园跟他死磕。

晚上九点多的园子竟然跟地窖似的，黑灯瞎火。我来到棚内，灯明明亮着却一个人影都没有，我狐疑着准备走人时，听到有人在幽幽地号叫，叫魂似的，而且像在喊我的名字。

这种吓人的小把戏我见多了，以防碰见真的偷窃贼，我从抽屉里拿出一根装修时剩下的铁棍，循着声音，猫着步就过去了。

园子中虽然吊着几盏灯，但还是很幽暗。我躲在一棵苹果树后，隐约看到一个鬼鬼祟祟的人影在挪动着，我二话不说就挥了铁棍过去……果然，是个人类！

伴随着一声痛叫还有一句"我×！"，我还来不及逃，那人就挡住了我。他说:"能不能别再动粗了,我这几天要被你打死了!"这声音一出来,张家奇才现了身。

"你大晚上的吓唬人干吗啊,这不是找打吗?"

我骂骂咧咧地吼他,回到棚内才发现张家奇右手手背红了,有一道小口子。看样子我这一棍打中了他。他明显闹脾气了,不肯说话。我摸了摸我如同生了锈的同情心,起身去拿我的救护包。

当初老妈给我准备的这个包我从来都没有拉开过,这下才发现里头治跌打损伤、感冒发烧的药,应有尽有。我把救护包往他跟前一扔:"你自救一下吧。"

我准备开溜,张家奇开了金口问:"你这就走啦?"

"你自己怕鬼还这么敢装鬼,我留下来干吗?"

"我不就想吓吓你嘛,是我倒霉,忘了你不是一般的女人。"

"算给你长见识了。怎么,你气消啦?"

"你也把我打伤了,咱俩算扯平了!"张家奇的语气蛮横得不行,随即又装无辜地鬼叫了一通,"手肘痛,后胳膊痛,这里痛,那里痛!后胳膊我擦不到!擦不到!"

我见他可怜兮兮又耍赖的样子,有点好笑,瞬间圣母心泛滥,"啧"了一声就蹲下去倒药水。结果他不知好歹地说:"你是不是等着我脱衬衫擦后胳膊,好趁机揩我的油?"

"闭嘴好吗!"我嚷他,往他手肘的伤口猛地一按,他便住了嘴。

在我认真地帮他擦拭着药水时,张家奇低头盯着我,突然说:"其实我没生气,我就是……逗你玩一会儿,顺便让你面壁思过一下。"

"我就知道你不是小气的人。"

"面对女匪徒,我不敢。"他又贫嘴,见我不再理他,他才说,"你知道我为什么讨厌自以为是的人吗?因为我也是自以为是的人。你讨厌什么,你本身可能就是什么。"

"哇,你好有自知之明!"

"我的意思是,其实我们是一路人。"

我被张家奇突如其来的一番感言给镇住了,我给他的小伤口贴上创可贴,感激涕零地跟他握手:"那我也实话实说,跟你成为一路人感觉不错。再接再厉。"

"成交。"

3

我为我的傲慢和偏见向张家奇道了歉,请求他大人不计小人过,顺便对他的大度夸赞一番,好让他下台阶。张家奇上了当,只能展现他的大度,说当务之急是要筹划好接下来的果园扩展计划。

我们开始一头扎进果园的新系统搭建中:新的浇灌系统、新的日照系统和荒废土壤的翻新。我们还跟李云轩及其搭建团队讨价还价,确定了分期付款方案,用每个月的电商进账给新系统输血。与此同时,在我的提议下,我们决定顺应时代潮流,进驻直播电商。

那阵子不仅要拍摄视频,还要奔波于各处街道寻找工作室作为直播基地,简直忙得脑袋冒烟。直到在海边临巷里找到一处既有大露台又能望得大海、视野绝佳的房子,我心里的石头才落了地。

签完租赁合同当晚,海上生明月,我哼着小曲,晃悠悠地走回家,在巷口看到站着一个人。听到我走路的声音,对方转过身来跟我打招呼,他的五官在幽暗的路灯下显出来。

"陆一航?"

我吃惊地看着他,不知所措地捏紧了包包的带子,心想陆一航居然大驾光临,真是见鬼了。

陆一航支着一张面瘫脸说:"我有事情要问你。"

"什么事?"

"你知不知道梦露最近一直在干什么?"

"她不是每天都在咖啡店吗?"我一脸冷漠,心里嘀咕,可能还有拉融资,于是补充说,"可能还有办业务。"

"我问的是,她为了搞业务做的事。"陆一航的语气跟结了冰似的。我有点疑惑,不明所以地摇头道:"我不清楚你的意思。"

"那我就说清楚,梦露有没有做对不起我的事情,你作为她的好姐妹你会不知道吗!"陆一航一提高分贝就跟恶霸一样。

我怕了,嗤笑着摆手说:"哎呀,什么对不起你的事呀,你居然怀疑梦露,开什么玩笑?"

"那这是什么?"陆一航打断我,从裤袋里掏出手机,给我看照片。

是张家奇从梦露家走出来,以及梦露跟张家奇在街道上被偷拍的照片。霎时,我瞪大了眼睛支支吾吾地对陆一航说:"谁……谁拍的?给我看这些干什么呀?"

"这是我收到的,鬼知道是谁发的,我也不管是谁!上次梦露把这个男的带到向东的婚礼上,说是你男友,难道跟你没关系?你不管管?你不在乎?"

"那个啊……"我挠挠头,稳定阵脚,"我们确实在一起卖苹果,之前梦露不是还找你帮我们搞过一次快递?"

我声若蚊蚋,理智在劝服我,这种时候如果不谨慎说话,陆一航跟梦露的恋情恐怕会出问题。

我补充:"陆一航你不要误会,张家奇肯定跟梦露只是公事上的接触而已。"

"你就骗自己吧,或者说你根本就没察觉到出问题了?"

"你什么意思?我都已经说了他们没事。"被陆一航一挑衅,我的小心脏都打战了,既想承认又有些恼火。

"我说你笨得察觉不到。"

"爱信不信!"陆一航对我急,我也急了。我恼羞成怒地越过他想要回家,结果陆一航挡住了我。

我无力地问他:"陆一航你到底想怎样?你告诉我这些我能帮你什么?我跟梦露是好姐妹,但不代表我是她心里的蛔虫,她的一举一动、她怎么想的,我都知道!"

"你管好你男朋友!"

"他只是我同事。"

陆一航镇定地低下头看我,我躲闪开他的眼神,只听见他诡秘地说:"他们有没有什么,一探究竟不就知道了?"

我问他什么意思,陆一航说:"明天是我妈的忌日,我本来想约梦露跟我一起去扫墓。她以为只是单纯的约会就推了,说要跟客户开会,一定是跟这个家伙。我想请你明天跟我走一趟,看他们在搞什么鬼。"

"找我一起捉奸?"

陆一航说:"你跟张家奇熟,我们一块去我比较有底。难道你不想知道他们有没有问题吗?帮不帮,一句话!"

听着陆一航强硬的说辞,我饶有兴趣地看着他,不嫌事大地说:"可以啊,我也想八卦一下,不过先说好,到时你有话好好说,不要动不动就暴怒。你答应我我就去。"

这么多年来,谁还不清楚陆一航的暴脾气和铁拳头呢。

"行,简单。"陆一航爽快地答应下来,约好时间就吹着口哨走了。

4

次日,我牵着阿连到路边"就地解决"了一会儿,一出巷口,就见陆一航开着酷炫的重机车从远处轰隆隆地飞驰过来。

等陆一航摘下头盔,我盯着他那仿佛能日行千里路、能载万吨粮的坐骑,啧啧称道:"陆一航你行啊,捉奸都这么拉风,要带我飞。"

"不要废话,我知道地点在哪儿,准备好就上来。"

现在是白天,我终于看清陆一航袖口下硕大的肱二头肌,于是我不敢怠慢,先带阿连回家,然后跨上了他的车。一路上,我一边被他飙车的速度与激情吓得心惊胆战,一边享受着校园时期不良少女被帅哥拐走般的耍酷感觉。

我终于明白为什么只有陆一航能征服梦露了,因为他所有的行为都简单粗暴。但也说不定,没准还有人能征服梦露,那就是张家奇。

"喂，那男的真的不是你男人？"陆一航在疾风中冲我喊。

"不是，他不爱我的！"我想着反正陆一航也听不清，胡乱说，"大块头，你等下要冷静啊！"

结果他却听清了，陆一航嘟囔了一声，像是说"狼心狗肺"。然后他回头给了我一个"放心吧"的眼神，突然加快速度，咻的一下就飞了出去。

到了目的地，我心有余悸地下了车，腿软绵绵的，嘴唇就像上了白霜。

我说："陆一航，你是不是想要我的命。"他把重机车一靠，二话不说就拉着我往餐厅里头走，说这就是阵地。

我们坐进一个卡座，陆一航把车钥匙往餐桌上一扔，然后潇洒地靠在沙发上跷起二郎腿。动作顺畅得令我目瞪口呆。接着他说，他们就在那里。我环顾四周，一眼就认出了梦露，这绿叶中显眼的一枝马蹄莲。

梦露跟张家奇在用餐，确实有文件在餐桌上，只是有说有笑的。

餐厅里响起了小提琴音乐，跟我此刻的心情一样，起起伏伏。我望着那个方向，他们的一颦一笑仿佛都牵动着我和陆一航的心。顿时，我感到一股可怕的怨念正在滋生，我害怕地看向陆一航，发现他两眼充满怒火，拳头都握紧了。

我忙又回头看张家奇，他伸手将配料瓶递给梦露。我再回头看陆一航，他噌地一下站起来了。

"陆一航你冷静点！"我窃声说。

"我很冷静,我只是骑车累了,想休息一下。"

说完,陆一航愤然离开了卡座,我惊呼:"你不是吧!"

我还没反应过来,陆一航已经朝他们走了过去,我紧跟在后面试图拦住他。结果陆一航越走越快,像一头猛兽,冲过去就将张家奇的餐盘一掀,牛排和大浓汤都倒在了张家奇的裆部。

餐厅里猝然响起我的尖叫,其他客人跟着骚动了起来,目光唰唰唰地朝我们射过来。陆一航蛮横地揪起张家奇的衣领,一拳揍了过去。

我扯住陆一航的手臂大叫:"不是说好要冷静的吗!"

陆一航食言了,我早就应该想到,野兽的脑袋是用来判断猎物位置的,根本不是用来调节情绪的。

梦露看到我跟陆一航明显愣了几秒,然后处变不惊地拾起餐桌上的一个花瓶砸向了陆一航,冲他吼了一声:"陆一航,你是不是有病!"

张家奇在莫名其妙挨了拳头后,倏忽跟陆一航纠缠在了一起。我上前劝架,梦露狂躁不安,顺手一巴掌就甩在了陆一航脸上:"你给我停!"

仿佛河东狮吼般的震撼过后,我们四人僵在了原地。陆一航喘着粗气,脸撇到了一边。我仇视着陆一航,谴责他说,不是说好不动手的吗?

梦露一听,眼珠子转了一圈,然后瞪着我,声音凄厉地说:"怎么回事?你们说好的?你联合陆一航调查我?"

"梦露我……"

梦露不理我,扭头看向张家奇,对他露出一个冷静到恐怖的微笑:"实在对不起,我男朋友可能误会了,给你添了麻烦。你先去洗手间整理衣物，这里由我来处理，回头我们再聊，行吗？"

此时此刻的我像一个恶心的小人，而梦露却一如既往地明白事情的轻重缓急，永远可以在人际关系里游刃有余。

"莫名其妙！"张家奇怒斥我跟陆一航。我不知所措地看着他，望见了他一双充满厌恶的眼睛。

张家奇的裤裆被洒了滚烫的浓汤，连同衬衫都湿了一片。换作平时，我一定会嘲笑他，可现在的我分外尴尬。

张家奇去洗手间后，我看见梦露的喉咙在颤抖，这种战栗很快就蔓延到了她的下巴、她的脸颊还有她会杀人的眼睛。我拉住梦露的手，她下巴一抬，凌厉地看着我们："你们调查我？我有什么让你们不放心的吗？"

陆一航使出撒手锏，掏出照片让梦露看，结果梦露扫了一眼，露出了一个让我毛骨悚然的笑。

"陆一航，你死性不改，我忍。我为你拼命赚钱，你却因为几张照片怀疑我？你脑子被门夹了吗！"梦露说这句话的时候情绪逐渐失控，分贝越发上扬，继而她转过脸看向我，眼神像一把尖刀，"你也怀疑我？照片是你拍的吧！"

"怎么可能！"我恐慌地抓紧了梦露的手，来不及辩解，就被陆一航抢过了话。陆一航说："是，你为我赚钱，但我累了，我不想再让我的女人整天围着男人转，再让我猜疑不安，再让我像个小白脸一样地活着！"

"你……你说什么？"梦露听完陆一航的话，眼眶急速泛红，她深呼吸了一口，像在极力平复自己的愤怒，"我为了跟你结婚,为了跟你……结婚……这合同好不容易签好。"

梦露甩开我的手,拾起桌上的合同猝然撕成了两半,失声叫了一声"好!",然后把纸片狠狠地摔在了我跟陆一航的脸上。

我闭着眼睛低下头去,再次睁开眼睛的时候,看到梦露一片血红的眼睛。她克制住自己的眼泪,语气不再是恼怒,而是失望:"有本事你就不要当小白脸,去你的尊严,如你所愿!"

梦露对陆一航歇斯底里地吼了一嗓子,似乎宣布刚才合同撕毁的那一刻,他们纠缠不清的恋情终于断了。

"马蹄莲!"我仓皇失措地叫她。

"你跟我出来,不要在这里丢人现眼!"让我觉得瘆人的是,梦露看我的眼神充满了敌意,"你要知道,如果今天你不是我的姐妹,我会狠狠收拾你!"说完,梦露眼睛也不眨一下,径自往外面走了出去。

我和陆一航跟随梦露走出餐厅,梦露转过身举起她的手掌,隐忍地盯着我的脸,始终下不去僵在空中的手。我忙不迭地说:"马蹄莲,真不是我。"

"我在意的不是照片是不是你拍的,而是我了解你,你打心眼里觉得我是小三。"梦露对我投以失望的眼神。

"马蹄莲……"

"不要这样叫我!"梦露丝毫不想再听我喊冤,她的原则我又何尝不知道呢,如果做错了事坦然地接受巴掌,她就敬对方。

"你恐怕不知道你在做什么吧?我心寒的是你竟然联合我男友来调查我,觉得我是抢你男人的小三!其实你是心虚,你喜欢张家奇,你害怕张家奇跟向东一样被自己的好友抢走。但我可是马蹄莲，你这样只会让我觉得你不争气！为了男人连姐妹都不要了，你就是个孬种！"

"你在说什么呀？"我吸着鼻子，接受梦露一句一句拳头般的教训。

"赶紧从梁晓初的阴影里出来吧，你现在很可怜。"

"别说了好吗？"我央求她。

"不骂你，你能醒吗！当初本应该跟张家奇相亲的人是我，本应该跟他在一起的也是我，张家奇本应该就是我的！你就是代替我去相亲而已，张家奇本来就不属于你，我要抢他也毫不费力！"梦露朝我逼近，厉声说道，半晌过后，她死死盯着我的眼睛红了，"但是我从来都没有这样想……因为我以为你是我最亲的人。"

我感觉浑身被刺痛，只能哽咽道："马蹄莲，对不起，对不起。"

梦露抹了一下眼角，平静地说："你喜欢张家奇没什么不好意思的。你能骗自己，骗不了我。如果你不喜欢他，你也不会搞什么捉奸，你会无条件跟我站在一起，你真傻。"

我瞬间蒙了，我喜欢张家奇？我喜欢……张家奇吗？

梦露冷漠地转身离去，不愿我跟着她。而她最后的话像一个魔咒，将我圈在原地。我莫名感到后背一片灼热，等我怅然若失地回过头去，赫然看见张家奇正用复杂的眼神看着我，他好像听到了刚才梦露的话。

我无处逃遁，满脸通红，眼泪都快出来了，我指着张家奇的鼻子说："你别听梦露乱说！"

随后我又耍起鸵鸟般的性子，落荒而逃。

见张家奇想要追上来，我阻止他说："你先别跟来，我想哭，我哭相很丑，不能被人看见！"

5

哭是没哭成，我双手抱臂坐在餐厅后面的停车场边，倒是吃了很多灰尘和尾气。等了很久，梦露的车才朝我开了过来。

我麻利地坐上了副驾驶位，兴奋地问她："怎样，我刚才演技好吗？"

"很烂。"梦露悠闲地对着镜子补起了妆，往嘴唇上涂口红。

"你也演得很拙劣好吗？还骂得那么凶！"我想起梦露给我的骂名，猛地往她的胳膊上掐了一把，"你这死人，什么叫作我喜欢张家奇？什么台词啊！"

梦露大笑："哎呀，这样才比较像嘛，姐妹为了男人撕破脸的戏码多好看啊。"

"要喜欢你自己喜欢，你全家都喜欢。"

"我自己是挺喜欢的啊，我全家也喜欢，只要有钱的我们都喜欢。"

"要是人家信以为真，我就惨了。"

"那不正好，凑成一段金玉良缘。"梦露咂嘴道。

"这个没良心的。早知道我就不帮你了！"我抱怨。

"你才不舍得。"梦露风情万种地捏起我的下巴。

早在一周前，梦露就在筹划这一出闹剧。

她在一天夜里向我呼救："结婚礼金根本不够，我想让陆一航自己开物流公司，跟你们果园合作。但可能需要你和张家奇帮忙，因为结婚日期越近，陆一航就越敏感，动不动就觉得别人在可怜他，所以我必须逼他一把。"

"所以你想让陆一航以为你偷腥，害你搞砸了工作，然后再逼他去创业，去弥补过错？"我出奇地震惊，无法理解，"直接跟他说不可以吗？为什么需要用激将法？"

"亲爱的，他沉寂太久，改变不了了。他这十几年过得并不好，处处碰壁，现在已经沉溺在泥沼里了。他只有抓住命运的缺口往外冲，才有机会逆风翻盘。"

梦露的话激起了我的斗志——我们这代人，之所以选择在大城市里苟活，是因为只要生活在那里，随时都会有一把无形的枪支抵在我们的后脑勺上，逼着我们不能摆烂。那种无时无刻的焦灼，是我们自己选择的挑战。

而在我三十岁来临之初，我曾选择逃离。此时此刻，我才发现那把抵在我后脑勺上的枪支，其实也是我们"对未来的憧憬"。

当你失去那把枪支，我们便对生活妥协了，任由自己失去对未来的掌控。

好姐妹开口，我自然是万死不辞，但张家奇就不好说了。为了给张家奇下套，我还提前抽空请他吃了一席海鲜大餐。但他当时警惕心很重，反问我："请我吃这么多海鲜？你有什么阴谋？"

"哎呀，哪有什么阴谋，就是给我的伙伴补补身子嘛。"我干笑，转眼说，"如果给你一个机会让你跟一个超级无敌大美女共进浪漫晚餐,但代价是会被人打一顿,你愿意吗?"

"有多美?"张家奇面无表情地问。

"纯欲女神,性感神仙!"我张牙舞爪地比画着。

"不行。"

"为什么啊?"我拉下脸来。

"太素!要吃就吃荤的!"

听张家奇恬不知耻地发表完言论,我猛地站起来揪住他的头发。他嘶叫着整个人被我拉起来。

"你们这些猥琐臭男人,死色狼!"

张家奇求饶说是开玩笑,但我已经气得双手叉腰:"亏梦露说非得找你撑场面,说你是高富帅的不二人选,是我们瞎了眼。"

果然男人都受不了激将法,张家奇一听便反驳说:"我货真价实的高富帅好吧?又想让我去气你们的前任?"

"哟,下次你要气你前任,换我去装白富美啊,我也货真价实呢。"我坏笑。

"你还是别了,画风不对。"

到这份儿上了,我使出最后法宝,学起梦露高中时期的模样,矫揉造作地给张家奇倒了一杯啤酒,挤到他身边坐下去,实施勾引:"哥哥,你好坏坏,快答应人家嘛。"

张家奇吓得往后缩,仿佛要了他的老命。

我使劲噘起嘴唇,将酒杯递到张家奇嘴边:"来,乖,喝。"

我一手扶着酒杯,张家奇抬头喝酒,突然暧昧地瞅了我一眼,我也不小心瞅了他一眼。我们定定地望着彼此,见张家奇的脸上浮起了红晕,我也顿感脸颊一热,瞬间撤了杯子。

"我答应，我答应。"张家奇慌张地回答。

而我不好意思地逃到自己的座位上，心跳加速。空气中仿佛弥漫着易燃气体，尴尬到爆炸。

如今，当我坐在梦露的车里回想起张家奇那个眼神时，还心跳个不停。随后梦露开车来到餐厅正门，我们朝里张望，发现张家奇和陆一航正面对面坐着。

按照原先的计划，张家奇已经拉住陆一航，在跟他商讨物流合作方案，劝他自己开公司建新物流线了。

"在你眼里，男人不是都无药可救吗？真没想到有一天我们梦露小姐还得去拯救男人。拯救就算了，还得顾及男人的面子。"我望着这位神奇女侠揶揄道。

"你以为我真的只是碍于他的面子吗？我也想看看，他肯不肯为我改变，看他有没有决心。如果他不肯，可能这婚我就不结了。"

"真有你的！"我万分钦佩。

"我当然要为我的后半生着想，没有人的人生经得起破罐子破摔。"

"女人啊，为了追求幸福真得活得战战兢兢、前瞻后顾，才不会落入爱情陷阱。我还以为爱情万岁呢。"

梦露紧紧地握着我的手，温柔地看着我说："不，友谊万岁。"

当晚我回家时，陆一航又大驾光临，他倚在他的性感机车上展示着他的大长腿，但明显没有来时的英姿飒爽，神态显得疲惫。

"陆一航？"

"照片是我拍的。"

陆一航就像高中时候的数学老师，不管你爱不爱听，就把自己想让你听的统统塞给你。

我装傻充愣说："我想到了，不然还有谁。"

"我本来只想跟梦露分手，不知道梦露会迁怒你，破坏了你们姐妹间的感情。对不起，照片是我拍的。"陆一航丝毫不躲闪我直勾勾的眼睛。

"你本来想跟梦露分手？"我难以置信。

"跟梦露在一起没人祝福，连结婚还得先满足她家人提出的要求。看她天天那么拼命，我却没有本事，我不想拖累她了。"陆一航痞气地一笑，双手插袋，"我就知道她脾气一点就着，受不得别人半点栽赃。如果直接提分手，还真分不了。"

"你再说一遍试试！"虽然听到这个事实我很恼火，但另有一件事更让我愤怒，"你再说我跟你没完！"

陆一航笑了一声，问我："你想干啥？"

我嘴角一扯："你算了吧，你们两人这尿性才是最般配的，不要去祸害别人。爱情不就是互相拖累、互相亏欠、互相折磨？"

陆一航不说话了。

我踮起脚尖，拍了拍他的肩膀："别说气话，好好努力，不要浪费了好皮囊，傻子。"

陆一航瞪大眼睛说:"你再骂我看看。"然后我就闭嘴了,心想反正该骂的都骂了。

"我去跟梦露说照片是我拍的,还你清白,其他的不用你管。"

"不用,我们已经和好了。"

见陆一航一脸困顿,我讪笑说:"女人的友谊你不懂了吧,你好好跟她道歉就好了。"

我逮着机会趾高气扬地教训他,也想说出憋了几年的心里话:"对不起,陆一航,我以前看轻过你,但现在不了。我跟向东散了,你们不能散。你要答应我永远对梦露好,不然我绝对饶不了你!"

"行,我保证一辈子对她好,这是我们之间的秘密。"

陆一航向我伸手拉钩,我笑着伸出手:"哇,你挺会呀。"

随即他骑上摩托车,抛下一句"那我也祝你跟张家奇早日结婚"便离开了。

"我谢谢您咧!"我望着他的背影喊道。

7

虽然陆一航顺利注册了公司跟果园合作,开启了新的物流线——覆盖范围从渔村到市区,但梦露跟陆一航的婚礼仍然定在了半年后,原因是他们想在半年里赚够聘礼钱,并且梦露的妈妈希望梦露嫁得风光漂亮,办婚礼也需要一笔大开销。

前些日子,李大亨再次跟我要商业计划书,我婉拒过后,带他参观了果园和在装修中的工作室。他看到苹果园的规模和短视频的数据,提出还是想入股。我灵机一动,跟他说:"大哥,你是真的看得起我,不如帮我个忙,我也能帮你赚钱。"

"那我乐意,我对赚钱感兴趣。"

"你也知道梦露是我好姐妹,你不如把之前的融资议价重新提上去,我的短视频公司可以长期跟咖啡厅合作,帮你们宣传门店。"

"这可不够吸引我。"

"当然不止这一点,店面本身也得吸引人,我会帮我姐妹打造一个超级网红店,最好成为这边的地标,跟水族馆一样。"

"你想怎么做?"他问。

我笑而不语,卖了个关子。

一周后,我去到梦露的咖啡店,笑眯眯地递给她一份李大亨的合同和一份咖啡店改造策划案。

"从来都是你保护我,要是再不换我保护你一次,等我的小娘子嫁人了,以后就没机会了!"

从小到大,我从没见梦露服软,而那天她第一次抱着我在我怀里哭哭啼啼,像个十足的小女人。谁能想到,我有生之年还可以体验一番被梦露依偎的感觉。

我们又到海边绕了一圈,我跟梦露讲述规划:"因为咖啡厅就在海边,寂静而显眼,我们可以把它刷成白色的墙,盖上高高的顶,做成哥特式建筑,简约有格调,还省钱,再起个文艺的名字……不如就叫'孤独咖啡厅'?"

"那我们去找向东,他是设计圈的,肯定认识人。"

"对,他欠我们的。"

我们一拍即合，选了一个良辰吉日，开始动工翻新咖啡厅。为了不浪费任何宣传机会，从动工第一天起，我就开了一个新的短视频账号，让梦露记录整个改造过程，俗称"咖啡厅养成计划"。

两个月后，当崭新的白色咖啡厅矗立在海边时，我们已经收获了一大拨粉丝。我们在远处眺望海边的这座白色建筑，感受着寂静和美好。我跟梦露说，是时候结婚了。

我在短视频植入咖啡厅广告后，又让陆一航开货车带着我们巡游，车上会挂横幅，同时我和梦露会站在敞开的后车厢上，举着扩音器在渔村里宣传："周六晚上，孤独咖啡厅开业，欢迎来参加老板的婚礼，现场有免费饮料，还有爱情礼品抽奖，欢迎情侣探店！"

每当我们的车子经过，乡亲父老们都会驻足在巷口张望，朝我们热情地挥手，小渔村的气氛被我们点燃。

婚礼当晚，大拨年轻人涌到海边，有渔村本地人，有从附近小镇来的，有因短视频慕名来这里度假的，热闹的结婚派对便开始了。

在梦露的要求下，亲朋好友都全副武装，在海边的舞池里舞动。

我跟张家奇走进咖啡厅的时候，梦露正扭动着她的腰肢，声情并茂地唱着《舞女泪》，瞅见我到来，她身体扭动得更甚。

"你这痉挛的毛病得治治呀。"我朝梦露迎了过去，逗她。

"今晚我就是铁扇公主，让你们这些吃素的开开荤，瞧瞧我的'芭蕉扇'。"梦露媚声说道，妖娆地将她的手搭在自己胸前。

她手上那枚钻石在闪烁的镭射光下简直亮瞎了我的眼睛，我眉飞色舞地尖叫起来，跟她手拉手转圈圈。

"怎么这就戴上了？"

"我妈说这枚是她代替我爸给我的。"

梦露话毕，我鼻子有点酸，紧紧地抱着她。她反而安慰我说："我现在很幸福，我爸在天上会知道的。"

就在这时，大野给梦露打来了视频电话，梦露将手机投屏到了大屏幕上，大野抱着一把吉他，在梦露的婚礼上为她弹唱了当年在宿舍楼下弹唱的《老鼠爱大米》的爵士版。我听到身边的女孩说，那个人长得有点像一个明星，不过说不上名字。

岁月转换，我还记得那年在梦露的窗台下，大野的歌声像月光，缓缓地漫过屋顶和大地，照亮了那个夜晚。

一曲完毕，我的眼角有点湿润，张家奇有点诧异："又不是唱给你听的，你哭什么？"

"你不懂，你听过窦唯唱情歌吗？不是谁都是王菲，这可是很难看到的事情。"我看着笑得灿烂的大野，心异常痛。可是大野望着穿婚纱的梦露，眼神仍然像水一样，他是真的开心。

向东跟梁晓初带着小城在台上朗读了祝词后，婚礼继续有条不紊地进行着。当梦露跟陆一航交换戒指，我终于忍不住，哭得死去活来。

"你前任结婚的时候，都没见你哭得这么惨。"张家奇笑话我。而我鼻涕横飞地说："我太想让她幸福了。"

张家奇居然懂事地回我："你也是她的幸福之一。"

我十分惊讶："行啊，张家奇，你变了！你现在怎么会甜言蜜语了！不得了！"

不夸还好，一夸起来，张家奇便又满脸春风、洋洋得意起来，他单手插兜，装酷般喝了一口酒，简直自恋到家了。

"姐妹们，我要扔花了！"到了扔捧花环节，全场的女生尖叫成一团。

"一、二、三！"

咻地一下，梦露将她手中的捧花往后抛了过去，瞬间，一群女人像嗷嗷待哺的小鸟，疯狂地挤在一起抢捧花。

然而这时，梦露走到我面前，从后背又抽出一束捧花塞到了我的手上："亲爱的，刚才那束是假的，这束才是真的。我等着你结婚，往你红包里塞裸照。"

我接过梦露的捧花时，一簇烟花在天空绽放开来，像星星一样照亮了夜空。

五颜六色的光浮在我们的脸上，也照亮了海面，周围一片欢声笑语，大家都看向了如同白昼的天空。与此同时，现场还有许多情侣在求婚，彻底将派对的尖叫声掀到了最高点。

梦露的妈妈十分满意这场婚礼，她握着我的手摇啊摇，说："很气派，很有面子！"

我问她："阿姨你想要吗？我也给你办一场。"

她被我哄得哈哈大笑。

我也算是了了她老人家的一桩心愿，帮忙完成了梦露的终身大事。

我最爱的姑娘嫁人了。

8

　　这里的爱情慢,慢到我曾以为他们的感情都停止了。如今看到眼前穿着婚纱的梦露,我才顿悟,原来生活就是后退一步,又前进两步的过程,看似原地不动,实际大家都在朝前走。

　　海边气氛高涨,我也喝得微醺,突然有一位衣着朴素的大叔走到我跟前,举着一杯香槟要跟我敬酒——

　　"你好,听说你是这场婚礼的筹划人?我是咱们市文化旅游发展委员会的刘主任,从短视频慕名来的。"

　　我一听,瞬间就醒酒了。

　　他问我:"不知道你有没有兴趣宣传渔村?咱们想将渔村开发成度假村。"

无花果树是植物界的恶霸

1

直播工作室装修完成的第二天,我便招待了刘主任。刘主任说,他得悉我们成功推广了水族馆、苹果园以及孤独咖啡厅,想让我们成为文化旅游发展委员会的成员,并成为宣传渔村的代运营机构。

在刘主任向我展示的规划图里,渔村将在六年内被打造为集水产业、种植业以及旅游业为一体的模范村。我答应刘主任接下来便会开设渔村的旅游号。

合作谈妥之后,我感谢道:"谢谢刘主任的信任。"

"渔村要赶上时代,未来要发展,还得靠你们这些年轻人助上一臂之力。"刘主任委以重任。

我研究透那张旅游规划图后,当天晚上一回家,便给向东打去电话:"你们以后还回隔壁住吗?"

"应该不会,怎么了?"

"我现在创业了,有点小钱,你能不能把房子卖给我?我给我爸妈以后养老用。"为了让向东把老房子转手给我,我还假惺惺地用上了深情的语气,"毕竟……那里有着我从小到大的回忆。"

向东果然应允下来,说会跟梁晓初商量。

晚餐期间,我跟老爸和老妈摊牌,说我想买下隔壁的老房子。

老妈说:"那破房子有什么好的,大家现在要买都买新区的。"

我冷笑一声:"万一以后大升值呢?到时候再把房子搞成网红民宿,你和老爸就等着每天数钱。"

老妈自然听不懂我的宏图伟愿,对我一番冷嘲热讽,说还不如我去当老师来得靠谱,说她根本就不在乎钱。

其实我并没有想跟她商量,我只是礼貌地通知她一声。为此她有些许不满,呵斥我:"你变了,不再是我以前那个女儿了,你到底是谁!"

我说:"那当然,我已经快三十一岁了,我现在是'钮祜禄·天真'。"

老妈直呼:"变了,真的大变天了,连说话我都听不懂了!"

老爸一拍大腿:"钮祜禄不就是那个那个……那个还珠格格里的老佛爷!"

老妈蹙眉:"你还想爬我头上?"

2

以我在北京就职的经验,直播业务其实费时费力。为了提高工作效率，我们紧锣密鼓地开始了招聘工作——找合适的直播人才。

招聘结果不太理想，大部分人要么镜头感不强，要么不够巧舌如簧。直到一天，我从初试视频中一眼相中一个女孩，我让张家奇先去打头阵面试。

那天等我忙完去办公室，门一开，意外地迎上了张家奇温润绵长的目光。

"面试得怎么样，是惊喜还是惊吓？"

"嗯，挺不错的姑娘，真有你一半的姿色。"

"你就损我吧。"

张家奇突然支支吾吾地问："确定要招她吗？"还没等我问他结果，张家奇一脸尴尬地继续说："还记得很久前我相亲时跟你求救吗？那个人就是她。"

张家奇碍于相亲对象的身份，并不想招她来公司。但看戏的不怕戏大，我幸灾乐祸地拍拍他的肩膀："好男人以事业为重。"

在张家奇的相亲对象上班第一天，我老态龙钟般地坐在椅子上，打算以平和的心态来迎接她。

直到我见到本尊，我才发现我平和不了。这岂止挺不错呀，身材丰润，亭亭玉立，衣着得体，两条腿长得让我怀疑她的肚脐眼简直长到了锁骨上。

她朝我走过来，说话温文尔雅："我是新来的直播演员，我叫梁音，请多多指教。"

我感到诧异又惊喜："你才二十二岁？"

"我什么都能干的!"梁音十分警惕地抢着说。

我笑了,跟她说:"你放心,我不在意年纪。"

梁音再次说明来意道:"我希望可以跟你学东西。"

我怔怔地问她:"学啥?"

她羞涩地一笑,说:"你教什么我就学什么。"

得,起先我还害怕她会是一个难对付的狠角色,现在接触下来,发现是一个可爱的毕业生,也就没那么头疼了。

"今晚是你第一次开播,好好干。"

"好的。"梁音答应下来,腰身一扭就走了。

中午,我们在大露台上吃饭,张家奇正打着饭菜,梁音便迎上去笑吟吟地抢过张家奇的餐盘,给他夹了一块鸡腿。

我在座位上傻了眼,这哪是相亲对象,简直就是贴身丫鬟呀。张家奇未免太好命,他咧嘴笑起来牙齿都像白玉米。

梁音帮他把餐盘端过来,跟我打了声招呼就走了。但张家奇刚坐下,脸色就阴沉下来。

"鸡腿真好吃呀,小王爷。"我揶揄张家奇,"妹妹刚来这么会儿就对你有意思了?"

"别酸我了,事态严重。"

"怎么啦?我不在意的,看她是你的相亲对象,我更要多关照。"我故意刺激他,"人家才二十二岁,你就跟人家相亲?"

"我觉得她来公司迟早要出事。"张家奇凑近,小声说,"她太殷勤了,当时相亲时我就觉得不对,马上逃了。"

"你怎么对女性那么大的恶意,第一天上班对老板献殷勤,想讨个好印象也很正常。"

"一个大四的学生,还没毕业就着急去相亲,希望别人有车有房有存款,是不是有点奇怪?"

"那说明她很清楚自己要什么。"

张家奇不再反驳,只是心事重重地打哈哈:"也对,你看人家多乖巧啊,软妹子。"

我装作一点都不受伤,懒得搭理他,独自扒起饭来,然后两个人就谈起了项目。就餐完毕,张家奇还不忘吩咐我说,反正你盯着点。

"我倒是觉得这姑娘挺积极的,很有野心,你们男人不喜欢女人有野心,但我喜欢,我挺看好她的。"

我跟张家奇据理力争,他却对我耸耸肩,仿佛示意让我拭目以待。

我确实有底气培养好梁音,因为我对下属从来都是手把手教,只不过没想到梁音那么心急。

第一场直播效果并不好,数据惨淡,还没有张家奇的一支土味视频能带货。新手还上不了道,这结果再正常不过,谁知道第二天我便被编导叫到一边告知:"今天大家在复盘昨晚的数据,梁音一上来就开始甩锅,抱怨说是你不愿意教她,把她扔一边才会这样,说这不是她的正常水平。"

是我轻敌了。看来梁音不是什么善茬,第一天便把所有人都得罪了。但这并不妨碍我看好她。

最近撞上"双十一"消费节庆,全公司上上下下,从文案到编导都忙得天旋地转。当天,我给梁音吩咐了新任务,让她今晚的直播数据比昨晚的翻一倍。

临近傍晚，梁音跑过来说流程太多她记不住。我说既然记不住，那到时就随机应变，按你自己的设计走。她口头上应允下来，却在转身时露出了莫名而起的可怜眼神。

更让人意想不到的是，隔了没多久，当每个人都沉浸在自己的繁忙中时，突然工作群里弹出来一条消息：

"别说你们了，我不也是嘛，工作室里一群猪八戒，我上头那个也凶得不行，就一母老虎！就知道虐待我，不想让我好过就是了！"

顷刻，办公室里发出一阵压抑的笑声，特别是各位置身事外的男士。我正目瞪口呆，梁音马上补发了一条"对不起，我发错群了"，附带一个恐慌的表情，更惹得大家频频发笑。

我出去倒茶，现场顿时鸦雀无声。大家似乎在等我怒气腾腾地向梁音开刀，但我只是无奈地摇了摇头——这熊姑娘激起了我的战斗欲，我倒想看看接下来她还能怎么折腾！

3

梁音虽然满腹牢骚，但当晚的直播销量却比前一晚的足足翻了两倍，在之后的直播中也保持了稳定的销量。梁音似乎逐渐上道了，我刚对她的表现感到宽慰，结果她又开始闹腾，这次更将工作室搅得天翻地覆。

这天，我刚到办公室，助理便跑来跟我打小报告：

"梁音耍大牌，对化妆师璐璐大吼大叫，说她眼睛没消肿就给她化妆，让璐璐去给她买咖啡消肿，不然她今天不播了。"

换作刚入行时的我，一定会将怒火发泄到梁音身上。但此时，我被梁音逗乐了。

我气定神闲地走进化妆间，目睹梁音坐在化妆镜前跷着腿，正一脸不悦地刷手机。而化妆师璐璐正趴在旁边哭，大家正在安慰她。

我敲了敲门，化妆间里的喧哗声戛然而止，仿佛所有人都屏住了呼吸。

"梁音，既然你今天状态不好就别播了，眼睛还没消肿，回去睡觉吧。"我说完便回办公室去了。没一会儿，梁音忙不迭跑过来，一脸惊慌失措。

我用十秒钟平复好自己的情绪，然后扯起一个职业假笑，轻声细语道："你还有其他事吗？"

"我错了，你别生气。"

"我生气的不是你耍大牌，我气的是你无形中小看了自己。你的业绩是跟直播数据挂钩的，直播效果好，是你的分内工作。我原先还以为你有多大的野心，没想到你不过如此。对自己不负责，是你最大的过错。"

"我再也不敢了！"

"你以为直播效果只是你一个人的功劳？其实选品、流程、妆造、灯光才是重点，你不过是加分项。拿走一个加分项而已，仍然可以九十分。"

"天、天姐……"梁音前所未有地紧张，瞬间红了脸，站在我面前显得孤立无援。

我冷静地盯着她，就在她快要红了眼眶的时候，喝止了她："我不准你哭！做错事就要自己承担，麻烦你现在就离开，敢在我面前哭你试试看！"

梁音打了个哆嗦，转过身走回自己的座位，无神地盯了会儿电脑，突然趴在桌子上嗡嗡嗡地哭了起来。

我面无表情地处理着手头的工作，其他同事也只能盯着她摇摇头，不无感叹这样的职场新人未免太不知死活。

呜呜咽咽的哭声在工作室里回荡起来，越来越猛，我的脑袋比捅了一个马蜂窝还要乱。这个时候，张家奇从果园里回来，见此情形跑来问我："你是不是终于见识到了大冤种的威力？"

我倒是习以为常，跟他道出天机："每一个网红都要经历四个阶段：刚入行特别乖巧，特别服从公司安排；一旦有了粉丝便开始不可一世，觉得自己高人一等；再之后粉丝腻了，涨不上去粉了，便开始自怜自艾，觉得自己过气了，变得敏感多疑，伤春悲秋；最后又再变得温顺懂事，希望你不要放弃他。只不过梁音比较反常，她的周期被压缩得太短。"

张家奇给我竖起大拇指："看来你还没放弃她。"

我云淡风轻地回他："谁说要放弃？"

可能是见我对梁音的雕虫小技见招拆招，加上这些日子直播数据好、公司正如日中天，这些虚假繁荣给了张家奇自信，以为我们从此就能高枕无忧。他沾沾自喜地说："创业嘛，多点磨难也是好的。"

谁知道话毕，助理便火急火燎地跑来，慌乱地说："出事了！有顾客发帖说我们卖烂苹果，吃了会致癌！"

4

大家挤在乌鸦嘴张家奇的电脑前七嘴八舌，我们接连点开了几个顾客的控诉视频，无一不在呵斥苹果表面看似无异样，实际已经腐烂，闻着有一股浓烈的煤油味，断定有致癌物质。

视频中，苹果还被榨成汁，结果果汁是棕黑色的。

"我们的苹果怎么变成这样？这也太奇怪了！"

"看来是有组织的蓄意中伤，但视频已经得到了网民热烈的响应。"

"好在有煤油味，没有人误食，真是不幸中的万幸。"我倒吸一口冷气，"是不是同一批物流？"

"我查下 IP……是同一批到福建的。"张家奇回复。

我们马上传呼陆一航，让他追查究竟是怎么回事。尔后，陆一航跟负责人员调了监控，查阅许久才发现在高速路口的一处物流站，其中一车苹果被一伙人开箱喷洒了消毒液。

李叔经验老到，一眼看出："这是 84 消毒液，次氯酸钠，不能给吃的消毒！"

陆一航忙活了一天，最后套出消息："那里的物流负责人有个舅舅，是咱们渔村里的人，说是卖无花果的。"

"不用查了。"张家奇笃定，"看来我们是得罪了隔壁的老大。"

"谁啊？"我一筹莫展。

"隔壁的无花果园，老板是村里的地头蛇。肯定怪我们抢了他们的生意。"

我对渔村恶霸并无印象，张家奇说那是因为我常年不在老家。

传说恶霸手腕强硬，强买强卖，渠道捏得紧，村里的无花果种植生意都被他承包了。

我无暇揣度恶霸的想法,当务之急是解决果园的公关危机——消费行为的公关策略诀窍在于抓住人性的弱点,愤懑来得快去得也快。

当晚在直播间里,我们解释说其中一批货因为被误喷消毒液导致变质,并公开了批次,承诺谁收到了变质的苹果,不仅可以换一箱还送一箱,如有误食的客户甚至宠物,我们可以报销体检费并跟进健康检测结果。同时,我们还承诺引进苹果品质检测仪,保证以后每箱苹果发出前都进行质量检测并贴以质检标签。在全场沸腾的气氛烘托中,顾客们照单全收。

危机虽然暂时解决,张家奇对隔壁恶霸的越界耿耿于怀。我安慰他说,出来混迟早要被欺负的,忍忍吧。

我嘴上虽这么说,却整日忧心忡忡,跟张家奇寻思筹划一些上道的法子,以防恶霸再次伸过来的拳头。

三天过后,直到果园的大门猛然被踹开的时候,我们还没想出万全之策。一群壮汉如同蝗虫般拥了进来,他们拎着铁管疯狂地扑进苹果树丛,朝着果实一通乱打。

李叔抱着头,被他们推倒并拳打脚踢。

"你们谁啊,我们报警了!"我吓得花容失色。

张家奇见势冲上去一把挡在李叔身前,吃了几记那些大老粗的拳头。而后张家奇起身,赤手空拳地跟他们拼了起来。

当下场面有点混乱,我趁还没被吓到尿失禁,一边咬牙上前揪他们的头发,一边朝外大喊"夏娃"!

夏娃如同一只狮子,嚎叫着从果园中迅猛地奔来。顿时,壮汉们撒腿就跑。

"咬死他们！"我吼完，夏娃立马扑了上去，一群男人落荒而逃。

夏娃叼着一只鞋子回来时，我被打得披头散发，像个疯婆娘，我问李叔和张家奇："你们没事吧？"

两人久久不语。

园里的苹果掉了一地，满目疮痍，我跟张家奇心领神会，异口同声地说："士可杀不可辱。"

"居然懂我心里怎么想的，成我肚子里的蛔虫了？"张家奇苦中作乐，又自恋道。

"成你肚子里昨晚的玉米烙了。"我笑道。

5

我跟张家奇决定视死如归，勇闯无花果园，与廖俊勇来一场大谈判。

我想象中的无花果园里一定烟雾萦绕，只要我们一走进，所有人都极具黑道的职业素养，嗖地一下便会戒备地站起来与我们对峙。对了，那群人必定是虎背熊腰的歪瓜裂枣，有的嘴里叼着牙签，有的梳着凤梨头，有的正在举哑铃，所有大哥都左手臂纹龙，右手臂纹虎。

"我已经将手机号码第一个换成报警电话了，要是出状况，你一定要掩护我。"张家奇厚颜无耻地跟我说。

"什么叫作我掩护你？"我凶狠地举起拳头，"到时我把你卖去当小弟！"

话毕，我们咬咬牙推开了无花果园的大门，果园却一派祥和，叔叔阿姨们正在欢声笑语中干活，瞅见我们问："你们找谁？"

还没等我们回复，果树边一个正在跳绳的胖子突然呛声："你们来了？"

胖子穿着西服，戴着墨镜，手腕上的皮卡丘手表给他注入了诡秘又可爱的气场，从烟酒嗓可以断定他烟龄不短。

张家奇朝我使眼色，暗示他就是廖俊勇。

看廖俊勇呼哧呼哧地跳着绳，没有想象中的凶神恶煞，我往前一站，腰杆一挺："大哥，你为什么要砸我们场子？"

"没为什么……"廖俊勇继续原地弹跳，"因为我不爽。"

我一时语塞，跟他哈腰问："那你什么时候能放手呢？"

"不知道。"他跳完绳，开始擦汗。

张家奇凑过来，偷偷跟我说："男人是不会承认自己的妒忌的。"

廖俊勇朝他们的休息棚走去，随即坐在藤椅上跷起二郎腿，露出了他隐藏在西裤下的皮卡丘袜子。他点了一根烟，说："简单粗暴点，你们想怎样？"

"不如我们一起来做生意吧？"张家奇说。

"做生意？"廖俊勇吐了口烟，嘴角浪荡地上翘，"赚钱太慢了。"

"出来干活了！"廖俊勇突然面孔狰狞地一吼，随即里头陆陆续续走出一群壮汉。

张家奇将我往后护住。

廖俊勇说："你们别怕，现在是文明社会，我们很文明的。"

随即廖俊勇又命令手下搬来四箱无花果，指着张家奇说：

"这四箱给你们做道具,你现在拿着无花果去直播,这样来钱快一点。"

"大哥,我有个提议!"我赶紧赔笑。

谁知道廖俊勇不搭理我,嚣张地摆摆手:"你们把货卖了先,一看你们的诚意,二看你们的实力!随便谁都能跟我做生意,那我岂不是很随便?"

"你不是看我们卖得好才想让我们去卖的吗?"我一时心直口快,张家奇撞了一下我的肩膀,暗示我要给廖俊勇一点面子。

眼见这场谈判并不"文明",我想打道回府从长计议,刚推着张家奇走人,廖俊勇突然把我喊住:"这美女留下,你不直播,我们就不放人。"

"为什么不是我走人,他留下啊?"我讨价还价。

"苹果园是他家的,地主坏得很!我不信任他!"

"行吧,看你叫我美女的分上,你眼光不错!"我嬉皮笑脸地插科打诨,扭头跟张家奇耳语,"放心,我顺便刺探敌情,到时牵上夏娃来接我!"

张家奇离开之后,我跟廖俊勇面面相觑,我问:"我可以参观参观吗?"

"你有什么坏心思?"廖俊勇倒是直率。

"小女子能有什么坏心思呢?"我捂嘴笑。

得到廖俊勇的应允后,我便在无花果园里蹦跶起来,先是加入采果阿姨们的行列,穿梭在无花果树丛中。随后又向叔叔们探出果园的供应链,再用手机上网研究无花果的食用功效。

当我跑到果园东边摘了一颗无花果蹲土坑边偷吃时,突然果园的铁丝网外传来了一声口哨。我定睛一看,竟然是张家奇骑着摩托车在外面围转。

"你怎么在这儿?直播呢?"

"直播在进行中,我来测他们的占地面积。"

"这么巧,我也是!"

我跟张家奇汇报搜集到的战况,最后惊叹:"我还有个发现,无花果树竟然是植物界的大恶霸,它会将自己的树枝缠绕到别的树上,让被缠绕的树无法呼吸,最后死掉。无花果树的根也会深入地下,截取其他植物的水源,使其严重缺水。有些甚至还会将它的刺刺入别的植物的体内,吸取其养分供自己生长。"

"所以如果你畏惧强权、奴颜婢膝,他就更占上风。我们一定要让他好看。"

"没错。"

张家奇将摩托车停在土路上,小道跟果园之间隔着一条长长的水坑。他看着我对着无花果狼吞虎咽,问:"有那么好吃吗?"

我模仿少女的嗓音说:"好甜哦。"

张家奇嘲笑我:"你没有以前能装了,淑女都不会装。"

"放屁,我还是美女!"我原形毕露。

"那你嘴上是什么?"

我这才发现自己吃得糊了一嘴,赶紧擦了擦:"你也快尝一下竞争对手的果实,真挺甜的!"

我摘了一颗无花果,掰开,使劲将手伸出铁丝网外。张家奇望了眼跟前的水坑,上半身往前俯,双手扒在铁丝网上,然后把嘴凑过来:

"我没有手。"

"你咬!"我用力地向前伸,将无花果够到他嘴前。无花果的汁水从他的嘴唇流下去,蜿蜒着淌到了他的喉结上。

张家奇继续说:"近一点。"

我故意拧着无花果转,糊了他一嘴。张家奇气急败坏地往后退,伸手擦拭,跟我相视而笑。

空气突然静下来,我们望了彼此半晌,我指了指他的下巴:"你这里还有。"

张家奇轻抚过上面的暗红色残汁,留下了一抹淡淡的色痕。我的脸蛋热了,而他眼神里透过一丝旖旎,朝我黏来。

"还没熟透。"他撇过脸去,仿佛不敢再看我。

"我觉得挺甜的啊,跟熟苹果一样的甜度。"我竟也变得慢吞吞了。

"毕竟不是一样的水果。"

"那……怎么判断一个苹果已经熟了啊?"我问他。

"等果子绿了,再等一场恰逢其时的雨,应该就熟了,不早不晚刚刚好。"他说。

6

当晚,我留在果园与廖老大吃便当。吃完站园子里休息时,张家奇抱回了那四箱无花果,并掏出一张纸递给廖俊勇:"这是今天直播间里的订单。"

"数据如何啊?"我问。

张家奇默不作声,朝我使眼色。我屏住呼吸挪过脚,往后一退。

廖俊勇警惕地说:"别耍花招。"

话语刚落,果园外传来夏娃的一声狗吠,张家奇拉起我的手就逃:"快跑!"

我们撒丫子般往外面冲,夏娃已经蓄势待发,对着我们身后的壮汉们一阵狂叫。就在壮汉们举步维艰的时候,张家奇启动了摩托车,我见机抱起夏娃坐上后座,在轰隆隆的一声中,我们逃远了。

"今天卖得多吗?"我迎风问他。

张家奇大笑:"惨不忍睹!"

无花果的直播效果不尽如人意,尽管今天我们有飞毛腿,但明天就不一定这么幸运了。

我回家之后忧心忡忡,宛如末日来临。老爸看到我愁眉苦脸,问我是不是工作上遇到了什么麻烦。我跟老爸道出实情,跟他商讨说明天去报案,不然就要遭殃了。

老爸一听,叹气道:"你怎么不早说,在老家就要用老家的方法!"

"您老有什么妙招?"

"那个无花果园的小子是吧?他太爷爷跟我是钓友呢!"

"所以呢?"

老爸冷哼一声:"一个电话的事!"随后他起身到院子里打了一通电话,寒暄来寒暄去的,我也没听出什么成果来。

结果第二天一早,老爸便带我到了廖家祠堂。一进门,只见廖俊勇可怜兮兮地跪在祠堂中间,低着头,两只胖手服服帖帖地摆在膝盖上。

廖太爷爷威风凛凛地坐在一块题匾下方,题匾上写着四个大字:正大光明。

廖爷爷则亲自出马,手持一根藤条,往廖俊勇身上抽:"你眼里还有没有家训!你翅膀硬了,想气死我和你太爷爷!"

廖俊勇被打得嗷嗷叫,求饶说自己再也不敢了。

廖太爷爷捋了捋胡子,颤巍巍地指着廖俊勇,用方言骂:"你这崽子,名声都被你搞臭了!"

眼前的廖俊勇宛如纸老虎,挨着训,敢怒不敢言。老爸强忍着笑意对我说:"你要机灵点,别人抓你把柄,你也要抓别人把柄,他最怕他太爷爷了!"

一通呵斥完毕,老爸跟廖爷爷、廖太爷爷在祠堂泡起了茶,廖俊勇则被罚跪着面壁思过。

我蹲在他身边,双手托腮道:"廖老大,咱们聊聊生意呗。"

被劝服要堂堂正正做人的廖俊勇凶狠地瞪着我:"今天的事敢说出去,你就死定了!"

"我刚才在打瞌睡,什么都没看到呢。"我索性坐下,伸直双腿,"无花果不是常规水果,所以难卖是很正常的,但你们也有优势,可以晒干,可以冻干,还可以做药材,比苹果的储存方法方便多了,库存成本其实更低。"

"这还用你说?"

"而且我发现你们的果园真大啊,要不要听下我的建议,加入一点实验性的东西,比如把它做成一个旅游景点开放给游客,让游客可以来采摘?虽然不是常规水果,但因为增加了乐趣,重点就变成玩乐而不是买水果了。同时，可以跟好一点的品牌合作，把无花果干加工成无花果奶茶，顺应时下潮流，我们工作室再给你宣传宣传……但不是免费。"

廖俊勇沉思片刻，眼前一亮："不错！"

"对吧，你跪着听我说话就知道我说得还行。"我眉开眼笑道。

廖俊勇被我逗得哈哈大笑，同时指着我的鼻子骂："你真够损的。那我们之前的损失怎么办？被你们抢了那么多水果批发商的生意。"

"哦……那我请你看海豚表演吧？"

7

几天后的水族馆内，海豚们在张家奇的指挥中跳跃，溅起水花，廖俊勇在悠扬的音乐声中开怀大笑。

"廖老大，张家奇特意为你学会了训练海豚，你还满意吗？"我坐在观赏台上，跟廖俊勇肩并肩。

"满意，好可爱！"廖俊勇对着海豚疯狂点头，眼里仿佛要冒出星星。

我盯着廖俊勇微颤的双下巴出神，觉得此时的廖俊勇可爱得不得了，但我不敢说，我知道老大最不愿别人说他可爱了。没想到，廖俊勇突然凶巴巴地问我："你盯着我干吗？我很可爱吗？"

身后的小弟们异口同声地怒喊说："可爱！"

廖俊勇不屑地瞪他们："我问你们了吗！"所有人马上闭了嘴。

当海豚秀结束，我送廖俊勇到水族馆门口，递给了他一个袋子："送你的礼物。"

廖俊勇打开一看，发现是一套皮卡丘联名钢笔，又威严地合上："敢跟别人说，你就死定了。"

我点头称是："皮咔，皮咔。"

北京只是一处柔软的结痂

1

我向刘主任推荐了无花果园,解释无花果的种植也是地方特色,加上果园的占地面积大,确实可以进入渔村的旅游布局。最终他采纳了我的建议。

随后,我和廖俊勇商议,将无花果园起名为"花在果实里"。

果园开放营业的第一天,客流不断,廖俊勇招商成功,找到了有意向一起开发无花果饮料的知名品牌。他自然也将果园的短视频营销交付给了我们公司。

为了宣传果园,许久没有出镜的张家奇碍于廖俊勇的淫威被迫出了一下镜。

那天我们正在果园里给张家奇拍摄视频,梁音突然跑来找我,直截了当地说:"天姐,我想跟张家奇组情侣档。"

自从上次教训过梁音,她安分有些时日了,如今又有浮躁的迹象。她的话和语气向我透露一个信息——她非常想出名。

"炒作可以在短时间里红,但从此必须跟另一个人绑在一起，会堵住你以后的发展之路的。"

"但我觉得我已经止步不前，很久没有突破了，每天的直播顶天了也是那个数据。"

"你为什么那么着急？"

"我马上就要二十三岁了，已经老了。易烊千玺十三岁就出道了。"

我险些惊掉下巴，原来在年轻人眼中，二十五岁就是老，三十岁就是老阿姨，过了三十岁基本就没救了。

我用"没救了"的语气问梁音："你信不信有些人的人生，三十岁才真正开始？有的甚至四十岁、五十岁才开始。"

眼前的梁音妆容精致，有着青春洋溢的脸，胶原蛋白还没有流失，她看着我的眼神那么好强和倔强。她说："我觉得我的人生已经开始了。"

"那很好，那就保持住。"

命运残忍就残忍在，你也许能拥有一时的顺遂但不一定能拥有一世。我羡慕年轻人那些关乎自己人生大事的美好幻觉，但作为过来人，我清楚地知道，在遭受过社会毒打后，他们的幻觉注定会消失。

最后，我将问题抛给张家奇："你们张哥已经很久不出镜了，你可以去问问他，他要是愿意为你出山就可以。"

2

因为被赋予宣传渔村的厚望，我这阵子几乎都在村里各角落探索旅游路线、挖掘传统文化。

这里有着得天独厚的临海环境和丰富的天然植被，我们计划将渔村塑造成年轻人逃离都市生活的世外桃源。随着一条又一条广告被植入摄影博主、探店网红、美食饕餮们的账号中，加上我们自媒体账号的其他宣传投放，越来越多外地人来渔村旅游。

然而我心里是忐忑与迷茫的——短视频营销以最浮躁的方式呈现生活，它放大情绪，夸大感知，忽略掉所有细节，力求最短时间内抓住人们的视线，以至它是那么失真。我一贯害怕"短平快"的夺眼球路线，短期能得到收益，长期则会造成不可逆的口碑伤害。

终于有一天，我亲眼见证了伤害。那天我在海边大道上散步，目睹一辆轿车停在路边，一对情侣因为汽车抛锚而渔村没有轮胎维修店大发雷霆："什么破地方，连个修车的都没有！"

我本已经路过，但咬咬牙还是折返去问他们的感受："你好，我刚来这里旅游，我想问下这里有什么好玩的吗？"

他们说："你也是看别人探店来的吗？我们是昨天早上刚来的，这里蚊子多得要命，酒店脏乱差，还有那个什么很出片的景点，就是一个摆拍的小破屋，被骗惨了。"

当天我跟张家奇倾诉我所听到的差评，张家奇安慰我："本来就是乡下地方，被包装得太过高大上，难免会适得其反。这就跟选秀偶像一样，去掉滤镜，只剩渣渣。"

"你对选秀偶像挺懂嘛！"我哭笑不得。

"我看评论有人夸我长得帅气逼人，说我可以去参加选秀，我就去查了下，结果发现选秀节目就是制造假人假怪。偶像们都疯啦,不知道追求他们的理想就等于放弃抠脚的权利吗?"张家奇对自己的洞察洋洋得意,"生而为人,无法抠脚我很抱歉。"

我被逗笑了,但我仍然忧心忡忡:"是我们的工作不尽如人意。"

渔村的旅游经济得到了迅猛拉动,市文化旅游发展委员会给工作室颁发了锦旗,但我却如芒在背,觉得名高难副。那些光鲜之下的繁荣幻象并没有将我吞噬,我反而从光亮的反射中发现自己已经身处瓶颈。

颁奖典礼上卧虎藏龙,但只有我和另外一名四十几岁的纪录片制片人是女性。或许是缘分,她也姓天,我管她叫天姐。我们一见如故、惺惺相惜,都为大部分女性在婚后必须牺牲事业的境遇感到愤愤不平。当我们聊到渔村,聊到彼此的工作,我忍不住向她取经,向她诉说了我的瓶颈。

天姐回我:"我以纪录片的逻辑建议你,我们站在高处看,能看见全世界,但只有走近看,才得以看见他人的世界。大看世界,小看人,人就变成了世界。你可能要走到人群中去,才能看见自己想看见的和看不见的。短视频表面热闹,但它只能展现几分钟的世界,最后什么也没有留下。热闹总是容易散。"

3

我给自己放了两天假,脚踩拖鞋,身穿土黄色碎花裙,用背包装着永远像打了鸡血一般的阿连,犹如一只翩翩起舞的花蝴蝶飘到了村民和游客中去。

我看过水族馆的海豚表演后,前往孤独咖啡厅消费,穿梭在"花在果实里"采摘无花果,最后在海岸线上看夕阳下渔民们捕鱼的身影。他们幸福而忙碌。我享受着与自己平静共处的时刻。

这时岸上走过一个家庭旅游团,由爸爸抱着的小孩可能没见过海,他欢声喊着:"那里可以看叔叔钓鱼!"

一家三口跑到石坝上看渔民收网和钓鱼。有位渔民见小孩开心,便从桶里抓起一条小鱼送给他。

随后小孩提起了一个透明袋子,里头装着那条鱼。一家人从我身边经过时,爸爸说:"这里的人可真淳朴啊!"

我感到幸福,回头继续看夕阳,突然想起那天我在路边遇到的轿车抛锚的情侣。在他们发愁的时候,曾有一位骑单车的阿姨路过,得知他们的车胎烂了,说村口有家换轮胎的,还热情地要骑过去唤人来换。

我还想起年初刚回到老家,那些给我送来乌鸡和药材说让我补身体的"杨二嫂"。

我打了个激灵,心潮澎湃地给天姐发消息:"我明白你上次说的话了,比起看世界,更重要的是看见身边的人。不仅是这里的风景跟城市不一样而让你脱离喧嚣,还有这里遇到的人。让你快乐的,有时候不是事情本身,而是跟你在一起经历的人,是他们让生活变得意义非凡。"

老家不是世外桃源,它总是被贴上老破小、残缺、八卦流俗地、落后、不开化等标签,但同时它也是团结、随心、踏实的象征,是可以旁观的幸福。

我重新拍摄和剪辑了视频。在那些没有美化的镜头下——有海风中吵架暴走的情侣、有阳光下晒虾米赶苍蝇的老太婆、有巷道上险些踩到狗屎的年轻人、有在沙滩上喝醉打呼的流浪汉、有在水族馆里见到可爱海豚却被吓哭的婴儿,他们与渔民的朴素笑脸、工人被无花果酸到的脸、在巷口交头接耳的八卦村民的脸混剪在一起,带着幸福的气息。

随着数据暴涨,渔村彻底出圈了。

之后,天姐给我发来一条消息:"看过你的短视频,我很激动。我很好奇,你想当纪录片导演吗?你具备当纪录片导演的天赋和敏锐。中国女性导演那么少,女性纪录片导演更少,这个行业需要你,需要更多女性力量。"

我没有问我会不会太晚,因为如今的我知道,没有什么是太晚的。

"如果你愿意,北京有一个纪录片导演培养计划,试验与实战的模式,不仅会送你到国外交流学习,还会有开拍项目,说不定可以参加奥斯卡金像奖的角逐。"

她说,这机会千载难逢。

又是北京。那个我曾经心之所向、为之疯狂却落得弃甲曳兵的远方。过去无知无畏,如今已知前途荆棘遍地,我还有勇气再次前往吗?

我给梦露发消息:"SOS!"

梦露约我到老地方——海边超市的摇摇车区,试图唤醒我的童趣和初心。

我问:"北京虐我千百遍,难道我还要待它如初恋?"

梦露笃定地说:"它值得!"

"不会显得我很贱骨头吗?你不是最讨厌我犹豫不决的样子吗?"我紧张兮兮地问。

梦露突然从包里掏出一个老式相机。我一眼便认出,那是高中毕业时我送给梦露的相机。

梦露捣腾了一会儿相机后说:"因为我想起啊,其实你从那时候起就很喜欢记录身边的一切。"

相机里保存着我青春时期记录下的画面——班上的男生围着梦露欢声笑语,我在镜头前翻白眼,小声说,讨厌死了;上课期间,英语老师的衣服穿反,同学们都在憋笑,老师突然指着我说,你在干吗;我和梦露在摇摇车上吃着甜筒,突然甜筒掉在我们的裙子上;我们给向东过生日,他被我糊了一脸蛋糕后,冲过来要蹭我的脸;还有北京奥运会开幕式当晚,我和梦露、梁晓初在网吧里疯狂扭动的身姿……

那些被捕捉的微妙神情,穿过时光的缝隙将拍摄时的心情轻轻唤起,令当下的我双眼通红。原来这就是影像的力量。只有岁月将其裹起,放在未来才如化石般弥足珍贵。

她继续说:"至于北京嘛,是你身上一个刚结痂的伤口,我知道你忍不住就想挠,这没什么大不了的。"

我知道梦露的意思,她是说,就像这个幼稚的摇摇车,却给了三十岁的我最多的快乐。学会痛并快乐地活着,是成年人的必修课——更是女人的,你别无选择。

4

我回到家,客厅的沙发上赫然躺着一大束娇艳欲滴的玫瑰花。

老爸说:"工作室转过来给你的。"

"我的?"

我疑惑地拿出花束里的卡片,上面写着:不想再隐瞒对你的喜欢,明天我再去找你当面说。

我心里感叹,真是太阳打西边出来了!

正在我寻思是不是恶作剧的时候,老妈从她的麻将会上归来,一屁股坐在沙发上开始她没完没了的手工活。我昂首挺胸地抱着玫瑰花在老妈的面前走来走去,至少晃了八百次。老妈终于从她的十字绣里抬起头冲我叫:"哎哟,你别在家里转悠好吗?我眼花!"

以模特般的走位顺利吸引到了老妈的注意后,我用力报复的时机终于到了。我吸足了气,拉直腰杆,这些动作我已经练习了不下十次,扬眉吐气地抬起下巴:"呵呵,你跟泼水一样一直急着把自己的女儿嫁走,就不怕哪天你女儿突然有了男人,让你彻底体会到痛失女儿的绝望么!"

老妈的老花眼镜滑了下来,撑着眼白像在看神经病:"啧啧,搞得好像自己有主了一样,没事吧?"

我调动着脸上的神经,高傲地说:"指不定还是个霸道上司。"

老妈稍有迟疑,瞬息容光焕发起来:"喂,死丫头,不会真的有料吧?"

"没有!"我嘚瑟地撇嘴笑,以老妈的骂声作为伴奏,踩着小碎步走回了自己的房间。

"真是出了一口恶气!"我逗着阿连玩,心情愉快。我知道自己现在跟矜持完全搭不上边，但请体谅粗粝女也有春天，此刻，世界得为我让步。

明天上午没有会议安排，我将手机打开飞行模式，扔到一边。难得工作日可以什么都不顾，闭上眼睛就是天黑。四仰八叉地睡到天荒地老，醒来的时候，骨头都快散架了。

"想睡死算了是吧？以为睡死了就没事了？你就算死了也要嫁出去，我会给你办冥婚。"我从房间里如丧尸一样飘出来时，老妈正在餐桌上吃着泡椒鱼头，朝我狠嚎，"你看你还有人样吗，颓废得像一摊烂泥！当初我上山砍柴都没你这丑态。"

最近老妈有些奇怪，总是逮着机会对我嚷嚷个没完，时不时嘱咐我去相亲。我耳根不得清净，如临大敌，又开始对她避而远之。

自从向东结婚后，她似乎从遗憾里走了出来，转而将心中的女婿位置留给了我下一任相亲对象。在一个阳光明媚的早晨，她在餐桌上给我准备了一个"拆开有奖"的摇摇杯，里头装了一封简单的信件，大胆地表达了她想再次让我去相亲的打算。我自然不领情，不予理会。

我语气平和地回老妈："你如果再逼我，我相亲当晚就跟那男的实行造人计划，什么都不管，生米煮成熟饭。"

"你就是想气死我，让我不得安生！"她说话越来越过激。

"对了，我昨晚跟梦露在海边，看到一对夕阳红情侣在幽会，那叔叔比阿姨看上去还小。"

"你跟我说这些干吗哩！"

"我就是想跟你说，我跟梦露可羡慕了，你别操心，我大不了以后也找个比我小的，或者找个比我大很多的也行，反正爱情来了，其他都是浮云。"

"听你说话我头疼！"

我坐下去扒饭，像是失去了味觉在吃生涩的沙子。我说："妈，你要是跟以前那样站在我这边该多好。"

老妈迟疑地看着我，一言不发。看了我几分钟，她突然叹了口气，一反常态，语气放软："我也不是要逼你……反正，反正无论如何，这里都是你的家，任你赖也无所谓。你的生活有盼头就行，盼头啊，盼头！"

这样的话多少让我不习惯，我看了她一眼，她急忙低下头去喝粥。她不再敢跟我对视，仿佛怕她所有的善意都会被我拒绝。我莫名难过，凝视着老妈凌乱的鬓发，突然觉得自己是个很不称职的女儿。

5

女人一过三十，容易理性大于感性，我笃定昨晚的送花事件只是一场误会。但以防万一真遇到表白这种火星撞地球的小概率事件，我咬咬牙还是搭配着亮色雪纺衫和包臀鱼尾裙，仙女似的出了门。

到了工作室楼下，梁音和另外一位新来的女同事恰好下来，跟我碰了个正着。

"天妈，你来了？"像是安排好一样，她们俩把我拦了下来，"我们特意来等你，果园那边有点状况，咱们去看看吧。"

"我怎么没收到消息?"我说我打个电话问问,结果她们又将我拦住。

"我们就去一下嘛,一下就好,先别上去了。"梁音硬拉着我的胳膊要往大路上走。

"你们到底怎么了?"我问。

见她们一脸为难,我察觉事态严重,扭头上了楼。梁音她们"天妈,天妈,你别上去"地叫,也赶了上来。梁音的表情越发凝重,像是要哭出来一样,紧紧挽住我的手。

"到底怎么回事?你们哭……"

我的话还没说完,就看到工作室门前密密麻麻的大字报,身体跟跄地后退了几步。同事们都挤在前台议论纷纷,听到动静后,倏然所有人都看向我,嘈杂声戛然而止。

我屏住了呼吸,心惊胆战地走到贴着大字报的墙壁前,上面赫然写着"天真是小三!"。

另外一面墙贴满了巨幅海报,照片上的背景是香格里拉酒店,一缕阳光洒在我的笑脸上,而李大亨正暧昧地看着我,像在依依惜别。

我上前一把抓住海报的边角往下一撕,心里五味杂陈。恐慌、畏惧、烦躁随着大字报的撕裂哗啦啦地袭来。最后是愤然,但唯独没有羞耻。

我撕完一张,拧成一团,继续踮脚撕其他大字报。这时,突然有人惊慌地大叫了一声"天妈!",我回过头,一桶脏水从我的头顶倒了下来。

"啊——"伴随着大家的尖叫,我整个人像被钩住了心脏往上提，提到了我无法呼吸的地步。

我狼狈地傻愣在原地，看见一个女人交叉着双手，带着讥讽的笑站在我面前喊："这就是破坏别人家庭的下场，大家来看看小三长什么样子欸，是不是跟狐狸精一样，贱货！"

我惊魂未定地喘息着，一句话都说不出来。随即，疑似李大亨老婆的人拾起水桶走向我，把水桶反扣在了我头上。

视线在被完全阻挡之前，我看见了从楼梯间冲出来的张家奇，他怒吼了一声："你干吗？"随后他抢过我头上的水桶往地面一摔。

我不明所以，但心里的剧痛很快唤醒了我的意识，让我明白过来到底发生了什么事，以及我为什么要被这样羞辱！倏忽，我攥紧了拳头。

"你有病啊！"恐惧过后，一股愤怒激荡了我的全身，我冲上去揪住李大亨老婆的衣领，"臭婆娘，你搞不搞得清楚！你叫谁小三！你叫谁贱货！"

我不管同事看到这样的我会不会害怕，实际上，我比任何人都感到无助。场面一时混乱起来，大家纷纷劝架，张家奇更将我护在身后。

"就叫你，你瞪大眼睛看看这不是你吗！"李大亨的老婆怒指着墙上的照片，讥笑着说，"你能摸着良心说这不是你吗？来啊，大家快来看看小三被抓后的德行！"

"你叫谁小三？嘴巴放干净点！你好好说话，我们会把你当客人，不好好说话就别怪我们不客气了！"张家奇指着她的鼻子一通输出。

"李太太是吧？我再说一遍，不是我！我跟你先生只是工作伙伴！再不分青红皂白给我泼脏水，小心我打你！"我举起拳头对着她，头脑已然一片空白，空白到完全忘记今天淑女打扮的自己举着拳头是一件多么可笑的事情。

"那是谁?!"

是梦露吗？我拿我的生命做担保，梦露才不会这般自作孽。我哑口无言，呼吸急促，脑袋就要炸开了。

"我老公给你们直播间刷了那么多钱，还有昨晚送的花，这些就是证据！"李太太掏出一份消费清单，逼近我，狂妄地大笑起来说，"呵呵，是谁呀，是谁呀！"

"是谁呀！"最后，她在我的耳朵边大叫了一声，划痛我的耳膜。

听到"直播间"这三个字，我跟张家奇齐齐瞄向了梁音。只见她躲在人群后，闪躲的眼神中夹杂着恐惧。

李太太发疯地朝我扑了过来。

"你冷静一点！"我的脸憋红起来，双手不受控制地颤抖，怒吼之后一把把她推开。不料她往后一退，脚在湿答答的地面上一滑，整个人摔倒在了地上。

"你这个疯子！"李太太尖叫，踢掉高跟鞋，再次冲上来想跟我拼命。

张家奇见势挡住了她，其他人也一窝蜂地围上来，拉扯着，推搡着。

"是我！冲我来啊！"梁音突然哭喊了一声。

我们停下来，惊慌失措地望着她。她孤立无援地抱着双臂，呜呜咽咽地哭着，眼泪从她倔强的脸上淌下去。

当所有人都目瞪口呆时，李太太抓起高跟鞋就想往梁音头上砸:"你这个臭婊子!"

我和张家奇立马拦在了梁音的身前。

张家奇护住梁音,我猛地抱紧李太太的双臂,安抚她说:"李太太,我知道你很生气,但她还小,而且打人是犯法的,我们会尽所能地保护我们的员工,希望你体面一点!有事好好商量!"

"你几岁?"李太太喘着粗气问梁音。

"二十二……二十二岁。"梁音低着头,哽咽着回答。

李太太愣住了,这时她包里的手机响了起来,应该是李大亨。她愤怒地掏起手机,对着他训斥道:"李楚枫,你沾花惹草就算了,怎么连一个二十二岁的女孩都不放过!她一个乡下小姑娘懂什么!你为什么要拉人家下水!我为什么要跟你这种男人结婚!我现在像什么样子?我已经疯了!"

这番隐忍的话,仿佛述说着她原本是那么一个通情达理的女人,奈何现在已经为爱痴狂。

李太太掐掉电话,在众目睽睽之下,她忽地号啕大哭起来。那哀怨的哭声令人绝望,像是对自己与岁月的哭诉。

我怜惜地轻抚她的背,企图让她冷静。

"你别怕,我不为难你。"

李太太哀伤地看了一眼梁音,摇摇头,咧嘴笑了。她抹开狼狈的头发,穿上高跟鞋,失魂落魄地踩着脏水走向楼梯口,突然鞋底一滑,幸好扶住了楼道间的门才没有摔倒。

鞋跟断了,她索性踢掉鞋子,光脚撤了场。

去没有我的世界

1

张家奇指挥着大家收拾残局时,不忘贱兮兮地问我:"墙上的海报拍得不错,你要不要留着?"

"你那么喜欢就送你吧,混蛋。"

我到洗手间吹干头发,生猛如虎的我,有生之年竟然还能被别人污蔑成是破坏别人感情的第三者。按张家奇调侃的话说,"这女人看上去有点能耐"。

可惜真正的美少女却不好受,得知梁音这会儿躲在楼梯间,正哭得梨花带雨,我这犹如公司妇联主席般的存在,自然要对受伤的少女进行慰问。

我跑去楼梯间,坐在了她的身边。

梁音将脑袋从双膝间抬起来,挂着两行泪求饶:"我错了,不要开除我。"

"我不会,但你今天耽误的时间必须加班补回来。"

"那你会笑话我吗?"她此刻的语气带着倔强。

我摇摇头:"身为新时代的女性,我们要化笑话为动力。"

谁知梁音哭得更凶了,她突然抱住我:"你为什么对我那么好?"

"因为我羡慕你的冲劲,以及处在可以犯错的年龄。"我仿佛在跟曾经的自己说话,可惜我那时候在北京没有另一位女性可以如此依偎。

"你只是羡慕我年轻?我快二十三岁了,我不年轻了。"梁音的声音黏黏糊糊,"那个大哥在直播间一直刷礼物,然后给我发消息说可以帮我引荐到影视圈,说可以带我到北京,我们就加了好友。我不知道他有老婆,我也不知道会变成这样。天妈,我为你被别人质疑人品感到很抱歉,人品低劣的是我。"

我不怪梁音,她只是太着急了。

"你不是人品低劣,你只是掉到了人生的迷宫、社会的陷阱,还有中年男人的小把戏里。"我扯起嘴角调侃,"冲劲十足、积极上进又年轻貌美的女生尤为容易中招。"

梁音明显被今天的阵仗吓到了,以至于她全盘托出:"我之前跟你说我的人生已经开始了,我只是嘴硬。我好迷茫啊,我想到大城市里去,但我没信心,我好害怕,好焦虑。我以为装腔作势就能掩盖我的焦虑,我积极一点就有人能给我机会,但好像希望都落空了。我没有路了。那个大哥的老婆说我是乡下小姑娘,说得很对啊,我一个乡下小姑娘,就不该有过分的念想,我现在更不敢去看外面的世界了,我害怕所有人的冷眼。"

我不忍她浇灭心中的那把火焰,宽慰道:"我觉得你之前就跟拼命冲上沙滩的海浪一样,只有一腔孤勇。但此时此刻,我觉得你反而已经准备好了。以前毫无防备,现在已经盔甲披身,更有了方向,你已经不再是懵懂的女孩,可以开始打有防备的仗了。"

"你觉得我还有机会？"她吸着鼻子。

"在人生大事上，你要你觉得。"我开起了她如今还听不懂的玩笑，"况且你觉得自己都不年轻了，假如现在不行，以后就更不行了。"

"啊？"她着急了。

"快擦干泪水。"我吩咐她。

"人生是不是只有现在是迷途，是不是只有现在会一边被焦虑追赶一边往前冲又一边失望，以后就会好吗？你以前是怎么过来的？"果然少女一擦完眼泪，脸上又恢复了只会隐藏不会消失的元气。

我无奈地笑笑："我与其好为人师地给你讲道理、指点迷津，不如诚实地告诉你，我到现在也没有活明白。我有时候甚至觉得，我们过了三十岁的反而要跟你们意气风发的年轻人学习。学习初为女人的韧性，还有犹如身处荒岛中的向生的力量。"

我有点啼笑皆非，心想什么时候轮到我们这些曾经同样飞扬跋扈的人为孩子擦屁股了。原来我已经是沦陷俗世的大人了，一想起，难免有点神伤。

奇怪的是，坦然说完这席老气横秋的话，我反而比梁音更松了一口气。搞得好像我才是需要被妥善开导的那个，在嬉笑怒骂中记下了一笔对现有生活的注解。

这么说来，我还要谢谢眼前的少女。少女气需要流传，我永远喜欢这些少女。

"给，这是你张哥给你的零花钱，快去买好吃的分给同事们,给大家道道歉说添麻烦了,这事也就过了。"我递给梁音两百块。

梁音露出感恩戴德的眼神,转瞬笑得灿烂:"我去谢谢张哥!"

我拿梁音没有办法,把她当妹妹看待,提议道:"万一哪天我想再出去闯荡闯荡,你想跟着我吗?"

尽管我的语气像渣男骗傻女,但梁音仍不假思索地应了声:"我想。"

我心里打鼓,拿不定主意,权当梁音的回答是在给我打气。

2

今天真是艰难的一天,完全辜负了我的亮色雪纺衫和包臀鱼尾裙。我迫切地需要一个找回活力的机会。临近傍晚,我想出海看日落以平复我的创伤。结果在我联系出海师傅时,一通电话插进来,而正是这通电话,彻底耗尽我仅剩的乐观情绪,将艰难模式转变成了地狱模式。

我从没听过梦露如此急躁的声音,她几乎在跟我叫嚣:"你怎么才接电话!你快来海边,我店门前不远的那个海岸口!"

"怎么了?"

"有人要为你妈跳海!"

我摸不着头脑,焦躁地呛她:"喂喂喂,你是在骂我吗?"

"我说你妈,你妈,许美娇,有人要为你妈跳海!"

我犹如被人打了一记闷棍,不禁想起昨晚跟梦露散步回家时,我们看到一对叔叔阿姨在海边幽会。

那阿姨年纪稍长,叔叔看着年轻许多,壮年模样,两人偷偷摸摸地卿卿我我。当时梦露打趣说,那阿姨拥有她的理想——人生老来吃嫩草,海边听风慢悠悠。然而当我细看,突然发现那女人的身影似曾相识。

很像老妈!

我被自己的想法吓了一大跳!我不敢琢磨,更不愿胡思乱想,当时心虚地拉着梦露回了家。直到今早,我在餐桌上旁敲侧击,老妈没有反应,我才长呼一口气。

结果没想到是真的!我没眼花!

当我十万火急地到达海岸时,高耸的木栈道旁正堵得水泄不通。到处都是黑压压的人头,看热闹的民众拿着手机或在录影或在发微博,对着不远处指指点点。

扬言要跳海的人是赵海言,在景区开水上自行车租赁店的,因为皮肤黝黑,大家叫他赵黑麦。此时,他坐在木栈道的栏杆上,两眼无神,仿佛周遭的一切都跟他无关。

我抓耳挠腮地看着这一切,心想这个世界怎么了?

我眼尖地在人群中揪出了老爸和老妈,老爸一副事不关己的样子抱着手臂,老妈则是一脸无措。我朝老爸老妈挤过去,抓住老妈的胳膊一通数落:"你们到底在干吗!"

"这下好咯!女儿的脸也被你丢咯!"老爸撞见我,仿佛早等着我过来。老妈见我一脸煞气,难为情起来,叨叨念念说:"丢死人了,我也不想的嘛!"

我抬头看到赵黑麦的装束瞬间怛然失色。他西装笔挺,皮鞋锃亮,手捧一大束红玫瑰和一个礼盒,眼睛像磨得发亮的弹珠，四处扫视，边在人群中寻找老妈的身影，边喊道："美娇，你来了吗？美娇！"

他朝我们这边看过来时，我噌地一下缩回脖子，惊恐万分地拉着老妈往下一蹲。我指着老妈的鼻子说："回去我给你好看！"

赵黑麦不管不顾地鬼叫起来："我没法子咯！我要跳下去！"但他没动，过了一会儿，他突然胡乱地哀叫着："我什么都不要咯，你为什么不接受我？"

我跟老妈探出头去，看到赵黑麦眺望着远方，呆头呆脑，好像他眼里没有别人了。

老妈一心急，朝赵黑麦叫嚷道："你现在这个样子想做什么嘛！"

这一声，让赵黑麦发现了老妈，也让大家的目光纷纷朝我们射来。我心惊胆寒，如被扒光了衣服般难堪。

赵黑麦跳下栏杆，朝我们所在的方向扑通一声单膝下跪，气势凌人地看着老妈，嗓音浑厚有力："你接受我吧！"

随即，他闪出了一枚钻戒，全场哗然。

大家看着老妈，眼神复杂，闲言碎语声四起。

我快被那种焦灼的注视吞没了，但理智告诉我，为了挽回老母亲和老父亲的脸面，我必须做点什么。

"妈，你别管我们了！"我灵机一动，朝老妈吼了一句，随即迎上赵黑麦的眼睛，"我接受你！"

我在众目睽睽之下跑上木栈道，随即拧起眉毛，憋出一脸动容的表情，哗啦一下就迎上去——

"赵黑麦！"我满脸感动，深情得眼泪都飞出来了。我上前轻轻地弯下身抱住他,继而佯装幸福地跟他咬耳朵:"赵叔,你现在收起钻戒,然后站起来抱住我,有什么事回家说,不然我带你去警察局!"

赵黑麦愣了半晌才从我的话中听出威胁意味,唯唯诺诺地站了起来。他刚想开口说话,我便窃声堵了他一句:"不要说话。"

他的嘴便跟蛤蜊一样乖乖紧闭。我红着脸,滑稽地牵起他的手:"什么都不用说了,我们走!"

大家的反应波澜不惊,不拍手叫好也不劝阻。我松了一口气,为我的急中生智叫好,并且拽起赵黑麦径直往外走。

老妈和老爸跑了过来,老妈拦住我痛骂:"你这个傻女儿!你这样以后还怎么嫁人!"

"你在说什么呀!"我忙堵老妈的嘴。

不料赵黑麦甩开我的手激动地跑到木栈道边,再次威胁老妈说让接受他。

老爸终于看不下去了,骂骂咧咧起来:"这老鳖养的,我信你不会游泳,跳就跳咯!"

刹那间,一股羞耻感在我身体里腾了起来……穿帮了,一切功亏一篑!

老爸猝然跑上前一脚踹在赵黑麦的屁股上,随着赵黑麦狼狈地摔入海中,在水里扑腾……全场惊呼起来。

我像被扼住了喉咙,惊恐地看向老妈,希望老妈冷静。结果老妈扯着嗓门,破口而出:"老赵!"

"妈,妈!"我慌张地拦住老妈,她却如泥鳅般从我的手中挣脱,灵活地越过围栏,跳入海中。

我要疯了。

老妈在海水中挣扎着,我刚想大声呼救,却发现赵黑麦英勇地游向老妈,托着她到了岸边。他果然精通水性。

身边全是慌乱的民众,我愕然地张着嘴巴,身体里的魂魄仿佛跟此时的人声鼎沸一起,被名为恐惧的介质吸到了海岸上空。

仿佛情侣在搞鸳鸯戏水的戏码,老妈在众目睽睽之下,娇滴滴地被赵黑麦抱在怀里,像一株出水芙蓉被"捧"上了岸。

我的心情难以言喻,只觉头皮发麻,精疲力尽。

3

我想起童年时的我站在集市里贩卖动物的摊前,与一只小白兔深情相望。我跟老妈说,我想要它。老妈说,不可以。我不知道她为什么不允许我拥有,可能是我对兔毛过敏,可能是她觉得我养不活。总之,她说不上来,但她当下就觉得这不可以。

她企图把我拉走,我在人群中放声哭喊,她劝不动,以至于不知所措到开始对我用蛮力,将我拎起,把我抱走。

现在老妈被我锁在了家里,她无助地坐在沙发上,憋屈得像个孩子。虽然不语,但我知道她心里在想什么,她一定在怨我怪我,没有为她"买下那只兔子"。但我不觉得内疚,我知道她不能拥有的理由,因为她已经有一只了!

人不能太贪心。

家里的气压很低,老爸坐在他的藤椅上,百无聊赖地开始抠脚。我看不下去了,虽难以启齿却不得不说:"你们不打算跟我说点什么吗?"

老爸冷哼一声,老妈瞪了他一眼。我见状也冷哼了一声:"你可真行啊?"

"怎么,只允许你们年轻人有轰轰烈烈的爱情咧?搞歧视啊?我跟你说啊,爱情不分高低贵贱的,你知道吧?"

见老妈理直气壮起来,我也硬气了几分,劈头盖脸地问:"你们知不知道丢脸啊,这地方这么小,以后怎么办?!"

谁知道老妈只是在虚张声势,她捂脸哭了起来,撒泼般叫嚣着:"我不活了!"

"哎哟,哭什么咯!"老爸摇头。

一阵阵压抑的哭腔像海啸一样向我袭来,我的呼吸变得急促,终于忍不住歇斯底里:"你们到底怎么回事!"

"我跟你爸这个老东西早就过不下去了,知道吧!"老妈倏忽又恢复伶牙俐齿。老爸终于放弃抠脚,宣布应战:"吼哟,我是老东西,那赵黑麦就是个年轻东西,是吧?"

老妈一抹眼泪,瞪圆眼,字正腔圆地说:"你看看你看看,这日子还过得下去咧?我们等着你跟向东结婚了就离婚,不想给你们年轻人添堵。可向东跑了,我们又想等着你在北京工作稳定了就离婚,你看你工作丢了,身子骨也坏了;如今,我们等着你在这里能相个好对象,你倒好,你压根就没当回事,我不管了好吧!"

我听着老妈悲凉的喘息声,也跟着心慌,继而觉得心痛。

我觉得我老了。仅仅一席话,令我从一个胸无城府的树墩妞转变成了一个心事重重的被生活裹挟的失语者。

我是瞎子，竟然从来没看到屋檐下摇摇欲坠的那堵墙，直到那堵墙即将分崩离析，我才被压得喘不过气。

每当我正在拥有着什么，我便沉浸其中，甚至一秒都没有怀疑过会有危险。

为何我总是看不透？

难道是我的迟钝和过往的那些失败经历才让老妈丧失了追求幸福的机会？我心里怪自己，却又忍不住对老妈口诛笔伐："可是我没想要你们为我牺牲！"

"说得轻巧啊，说得轻巧啊！你有人可以依靠吗？你有人要吗！你活该孤独终老，没本事就嘴皮子硬，你要是有人依靠，我用得着放不下你吗？死丫头！"

"你……你说什么呀？"我压抑住胸腔里的激流，有点不可思议地盯着老妈，渐渐地扯起一丝哭腔，"你到底在说什么呀，你怎么可以这样说你的女儿！"

"打住，都不要说了。"

老爸出来劝架，可是老妈似乎上了瘾，一点都不收敛："我说错了吗？你老大不小了，你有人依靠吗？"

"我不要别人！我不用别人！"我嘴硬起来，眼角险些泛泪。

"所以啊……我不强求你，也不强求自己了咧！"老妈盛气凌人，像是要一次性把对付我的话全撂完，"随你吧！什么理想啊，什么创业赚钱啊，什么独善其身啊，你说的这些玩意儿老娘听不懂，老娘妥协了，知道吧！时候到咯，豁出去咯，活该咯！"

这一切来得如此迅疾猛烈，毫无征兆，以至于我只能瞠目结舌，任由情绪崩坏……

我终于哭了。

眼泪没有声息地、猝不及防地掉了下来。

4

哀莫大于心死，老妈心死了，她用心死换给我一场冷清的拥护。我没想过，原来不管是对自己还是对他人，成年人的一场妥协，代价这么大。

凌晨三点，我因失眠心烦意乱，索性到院子里歇息，让远处的海浪声充当白噪音。

夜空只有几颗孤星在闪烁，像即将烧断的白炽灯。我想起老爸跟我聊过的，他跟老妈的那些青春年少。当年，少年时代的老爸从煞是壮观的高粱地里蹿出来，头顶乱糟糟地盘着扎在一起的秸秆，对着女孩堆里的老妈一阵叫嚷："许美娇，你就别装着不理我了哩，我天哥一定是你心上的型，我以后要娶你的！"

听说，老妈揪着辫子脸红了好一阵，在旁人的哄笑中举起镰刀做恐吓状："天福春，放你的狗屁！干活！文明其精神，野蛮其体魄！"

现在说起来，当初老妈好像就是被老爸那凡事都胜券在握的"赢家气质"给折服的。他嘿嘿笑着："得，你躲！'雄关漫道真如铁，而今迈步从头越'呀！"

在那个春天，他们在同一个工作队里相识，老爸老妈才二十岁上下，风华正茂。按老爸的比喻说，老妈当时就像一颗水蜜桃，有着水灵灵的人生。

从此他们携手至今。

我百思不得其解，究竟是在哪一个我忽略的日常细节里，涌动起了暗流。因为不知，所以无从追溯。

客厅里的灯亮了，老爸搬了一把凳子出来，坐到我身边："闺女，睡不着？"

"我不知道一觉醒来我该怎么做。我得做点什么，但我完全不知道。"

"坦坦荡荡，该干吗干吗咧。"老爸摩挲着膝盖，"你要为你妈感到开心。你妈在咱们这个家洗衣做饭、端茶倒水，什么时候快活过？那个老赵，不让你妈干活，你妈可以十指不沾阳春水，他疼她，把她当老公主。我一糟老头，白天出门钓鱼打牌，晚上回家两手一摊，我老腐朽，做不到像老赵那样疼老婆！"

我吃惊于老爸的坦诚，原来他知道家庭主妇的辛苦，只是耽于本性，羞于改变罢了。

"别小瞧我们这些老人家，我们活明白了，活开了，你妈跟老赵走了也好。离了婚，我一人还没负担，想钓鱼就钓鱼，想打牌就打牌，不用担心晚点回家被人骂，等我老了想去哪儿就去哪儿，我可不想每天在这里忍受痛风！总而言之，离完婚不代表不是一家人了，我们仨永远是一家人。"

老爸的话让我想起记忆中买不到小白兔的那天，我回到家哭闹不已，老妈跟我冷战，放任我哭到犯困睡去。挨到我醒来，我才发现眼前摆着一个小笼子，老妈最终还是跑去给我买回来了。

其实在收到小白兔之前,我已经放弃冷战了,有一股冲动想去拥抱妈妈。可惜我睡着了,这让她以为如果再不弥补我,我将不会跟她重修旧好。

我想说,我早原谅她了,因为本能上,我爱她。

5

老妈在几天过后,突然放飞自我,说想出去环游世界。我问她,想去哪里。

"杭州、上海、大理、桂林、拉萨……"

她兴奋地掰着手指细数,我本想嘲讽她说,这就是你的环游世界?但回头一想,可能这些真的就是她眼里的世界了。

听完她的畅想,我默不作声地越过客厅,走回自己的房间。老妈便在身后问我:"死丫头,你生气了吗?你别想不开,不要自杀知不知道。"

"你不管你女儿了,当甩手掌柜了!"

我故作生气,其实心里替她开心。随后老妈掐着一副贼软的嗓音在房门外说:"我家天真无邪的靓丽女儿在干什么呢?怎么都没动静,要不要妈妈给你煮吃的?"

"我睡了。"我大喊。

老妈顷刻变了音色说:"瞧这个女人,工作回来也不洗澡,难怪没男人要。"

我大叫了一句"你快收拾行李",就彻底没了声音。

在老妈出远门的那一天,我送她到村口,帮她把行李搬上公交车。她瘦弱的身影显得有些迟疑，上了公交车，她从车窗探出头来："冰箱里的冷冻层，我做了你爱吃的菜，饿了记得加热吃啊！"

老妈说着说着竟有点哽咽，似乎真的理解到了痛失女儿的感受。

我安慰老妈："你放宽心，空了顺便为我找找金龟婿。"然后公交车开动，老妈便开始了她的长途旅行。

我落寞地站在原地，突然想起，从小到大都是老妈在村口送我。

这是我第一次送她。

无暇的，有暇的

1

说来惭愧，过了三十岁我才正儿八经开始学习做饭。曾经老妈规劝我说女人要精通厨艺，拴住男人的胃才能拴住男人的心。我说那样做要么只会拴住懒男人，要么只会拴住女人自己。听说赵黑麦从不让老妈下厨，老妈估计已经有所领悟。

这天，老爸帮我择菜，我在灶台前将鱼下到油锅，滋啦一声，热油狂溅，吓得我尖叫逃窜。老爸嘲笑我说："你也有今天。"

"还好不是我跟你老妈一起走了。"老爸突然在饭桌上直抒胸臆，"现在练习也好，总归有那一天。"

"老妈老是催我结婚，其实我不结婚不是叛逆，就是怕结了婚，就得跟你们一样了，直到自己的孩子三十岁后，才有机会去寻找自己的人生。这么说来，老妈还算幸运，要是我结了婚，她一定会想着再等我生完孩子，但那时就得为我带孩子，然后就想等孩子上幼儿园、上初中、上高中、上大学，到时候腿就走不动了。你们总是在等。"

"那也是另一种风景咧，不管哪一种，不停留总是对的。"

谁的生活不像一个反复循环的老式留声机，纵然唱片的轨道稍有卡顿，跳过去后，还不是继续咬牙旋转下去？

我夹起自己炒的青菜，发现滋味不错。原来炒出好滋味没有想象中那么难，足够幸运的话，一次就成功了。当然前提是你要吃过好滋味。

"不知道老妈到哪儿了？"我仿佛懂得了我在北京时老妈的心情了。

老爸似乎看出我的忧虑，轻描淡写地说："闺女，有想做的赶紧去做，不要为别人而让人生停滞不前。比起害怕爱你的人在背后担忧，自私一点去尝试新生活更值得。因为时间会杀你，宽容的爱不会。"

我对老爸的金言金句十分吃惊："你以前给老妈写过很多情书吧？"

"是咯，还参加过写作培训班咧，你看这是莫言和余华。"

老爸突然翻出手机里的老照片给我看，那段不为人知的峥嵘岁月险些令我惊掉下巴。此时他侃侃而谈，已然在长年累月的不甘中学会了豁达："一个诺贝尔文学奖得主，一个现实主义大文豪，而我回家杀鱼，我们都有美好的未来。"

——可能这就是他爱钓鱼的原因。

2

我们终究要在浮躁之后，独自面对潮水的平复。

在犹豫不决的日子里，天姐再次给我发来消息，警告我不能每天在家里跷脚，当缩头乌龟，报名截止日期将至，放任我踟蹰的时间不多了。

这些时日，我像个渴望一雪前耻的差生一样恶补纪录片。那些散落在世界一隅的人文、历史与艺术，庞大又迷人，时刻都在撼动我的脑袋与心脏。

那天久未见面的大野给我打来视频电话，他在遥远的伊瓜苏大瀑布下，披着明黄色雨衣跟我打招呼："姐，背后就是《春光乍泄》里的瀑布，壮阔惨了！跟电影里看的不太一样，果然还是要自己来看看！"

"你是一个人去看的吗？"我忍不住调侃他，"你现在是电影里的何宝荣还是黎耀辉啊？"

"我代表世界上所有大野来看瀑布！爱过的就是风景！"水柱朝他喷洒过来，他喊叫着躲开，笑得傻里傻气，又坚毅如风。

他向我展示他的旅途照片，那些天南地北的晚霞、蜿蜒得好似没有尽头的公路、人头攒动的陌生集市，都令人向往。

我请教他："你走过的地方，跟照片和影片里记录下来的一样吗？"

"那都是别人眼里的风景，你没有亲临过，是不会懂那种震撼的。但就算是你眼里的风景，录下来给没到过这儿的人看，也足够抚慰人心了，因为你记录时的心情会跟着影像传递出去。"

大野真是天生的蛊惑大师，虽然语不惊人，但他声情并茂，加上讲话激动处透出的微妙语气，令我对此深信不疑。我跃跃欲试地从床底下的木箱里翻出老相机，并跑到楼下呼唤老爸："爸，什么时候我们去海钓吧！"

老爸对钓鱼自然是有兴趣,他吆喝了一句:"好嘞,明早就可以!"

又是初夏的季节,凌晨四点半,我跟老爸便背起装备,前往租借的钓鱼艇。平时这个时候,一些老钓民已经在岸口蓄势待发了,今天的岸口却稀稀拉拉,略显冷清了些。老爸看了下时间,嗔怪说起早了。

第一次跟老爸海钓,我穿好救生衣后,便跟小时候一样,牵着老爸的衣角,坐在他旁边,看着他果断地启动船艇,驰向大海。

我们要朝远海去,海浪一阵一阵,夜空的月光浑浊地糊在海面上,令漆黑的大海看上去如同鲨鱼张开的血盆大口。

"害怕了吧?夜里的大海可是很瘆人的。"老爸笑着安慰我,"等天亮就好了。"

我紧握着我的救生衣袋子,朝左前方一指:"爸,那边好像有云滚过来。"

老爸关掉照明灯,看清天气状况之后,轻声骂了声。

我们这时才反应过来,老钓民今天不出海可能是因为天气,而不是我们起早了。与此同时,海浪突然大了起来,我的额头也被滴了一滴豆大的雨珠。

"闺女别害怕,相信老爸。"老爸淡定地从包里取出雨衣递给我,"套上,云过了就好。"

"我们不回去吗?"我慌了。

"来都来了!"老爸笑。

见他如此不讲规矩,我紧张得心脏直撞胸口。没一会儿,海浪和雨水便朝我们袭来,船艇开始剧烈地起伏,我们在大海的中心,被黑暗吞没了。

周遭只有头顶瘆人的灰光、噼里啪啦的雨声以及卷动拍打的巨浪。雨水打得我睁不开眼睛,我的身体被船颠得发抖,扭头便吐了起来。

"进去舱里吧,打开你的相机,转移下注意力。"老爸在雨水中含糊地朝我叫喊着。我连滚带爬地抓起我的包躲进了舱里,恐惧得浑身发抖,此刻我的脑袋已经晕得天旋地转,我连忙趴在地上,绝望得如同将死之人,嘴里一直念叨着:"菩萨请保佑我们。"

我紧闭着双眼,任凭颠簸感与阴森的海浪声将我吞噬。那一刻,我第一次感觉自己与死亡是那么接近……

"闺女,醒醒!"

不知道过了多久,我被老爸摇醒了。我打了个激灵,望见他那张一如既往调皮的脸,他笑嘻嘻地说:"天亮啦,钓鱼啦!"

我体验到了劫后余生的感觉,撑起身子,顿时被眼前的情景怔住了——舱外的世界一片金黄,如同梦境般的晨曦从海平面照进来,光线如同发丝,根根分明。

我亢奋地尖叫着,急忙拿起相机,跑出舱。老爸站着敞开手臂,朝大海喊着:"哈哈哈,这就是世界!"

太阳诞生了。海平线下缓缓升起的晨阳,将我身上的水分炙烤干净。它巨大得占据了我的视线,船艇、老爸和我是那么渺小。

徜徉在金色的存在中,我心潮澎湃地举着相机,目不转睛地与太阳对视,倏忽一股暖流从身体里腾上来,我被震撼得落泪了。

"我想要出去，再次到外面的世界去，爸，我要继续我的路。"我的身心被无形的力量扯住了，我不假思索地说着，仿佛只是任由我的唇齿表达脑海中的执念或幻影。

老爸摸了摸我的头，欣慰地大笑："这才是我闺女，我为你感到骄傲！"

随即老爸举起拳头对着大海骂脏话，我也笑中带泪，立马站起来张开双臂，朝太阳挥手。

"啊——"我放声尖叫。

"我的生活曾浑浑噩噩，每天都在拼命追赶，从来不敢喊停，怕停下来我的生命就会消融。我从来无暇关心身边的人，也无暇关心自己，更无暇关心人间。直到现在失去了一切之后，我才有时间去关照身边的人，去关照我的生活，从而有机会被他们照亮。原来以前的追赶不过是惯性使然，我究竟在追赶什么？我在忙碌什么？我的生命又被什么切了角？我从来不知道。"我泪眼模糊地望着老爸，"原来一个人无暇顾及脚下的路，便也无暇顾及风景。现在……我才有暇生活。"

老爸牵起我的手高举："去他的咧，无暇悲伤，有暇活着！"

"有暇美丽！"我像跟他在比赛。

"有暇钓鱼！"他词穷。

"有暇跟自己对话！"

"有暇打牌！"

"有暇遗忘！有暇庆祝！有暇重生！有暇去爱！"

老爸举手投降，惹得我捧腹大笑。我们继而搬出装备，开始海钓。我跟老爸说，如果我再去北京，我唯一担心的就是你了。老爸却说没人活得比他自在了。

"人生就是一直在告别，有时间送别人一程，就是幸事。"老爸使出他的老顽童气质，跟我比了一个大拇指，"那么……有暇告别。"

我郑重地应了一声："好！"

3

向东将隔壁的房子过户给我后，我把老房子改造成了民宿，并挂在租房网站上。趁着度假旺季开业，立马有了第一拨租客。

我将钥匙递给老爸，让他化身包租公，他乐呵呵地说："我又不缺钱，开什么民宿，不如改名叫'给我一个故事民宿'，有故事的人给我讲故事就可以免租一天。"

我好奇："然后你想写下来？"

"记录记录，过个文瘾，也算搞个噱头咧，大家都来热闹热闹，以后说不定民宿就火咯，到时我再去找余华给我题记一下。"

我似笑非笑地望着老爸，希望他好好钓鱼，少点痴心妄想。不过钥匙已经给他了，他爱怎么玩就怎么玩。

之后，我拎着一袋水果去拜访李云轩，刚推开蔬菜园的门，只见李云轩正在屋里收拾行囊。我忙问他："你去哪儿啊？"

"我去支教。"李云轩面无表情地说。

"支教？"

"是啊，我每隔两年就会去支教。"

看来我对李云轩的了解并不深。我对他俯首称臣，大呼道："你怎么这么高尚啊！你果然是我的恩师，全村的希望，敬佩敬佩！"

他看到我拎着一个袋子，问我是什么。我说是水果。他嫌弃地说："我一搞果蔬的，你给我带水果？刚好，我可以拿去给孩子们。"

"当然还有其他礼物。"说完，我从包里取出一台最新的平板电脑。

"我一搞果蔬科技的，你给我带平板电脑？也行，我可以拿去给孩子们。"

于是我送的平板电脑也被他收入囊中。

"时间到了。"他二话不说背起沉甸甸的行囊，戴上种田用的破旧大草帽。准备出门前，他才想起问我："对了，你找我有事吗？"

"没事，就来做个客。"我淡淡地说。

我没跟李云轩说我也要远行了。我笃定他才是时刻瞄准生活靶心的人，我们这种凡夫俗子的决定，不必挂齿。

"哦，现在我园子让我妈管着，你平时想吃有机蔬菜就来摘，别客气。拜拜。"他朝我大手一挥，两袖生风，大步向前。

我心想，真是个怪人，也是个奇人。但与他相处，却令我体会到前所未有的轻松。

4

我想起一道问题：一串葡萄有好有坏，你会先吃坏的还是先吃好的？

　　我会先吃坏的，因为好的留在最后吃，仿佛苦尽甘来，有种奖赏自己的感觉。但在告别这件事上，我选择将最难的留在最后。

　　梦露这位潇洒小姐，为了展现她的高见，不敢对我的二次离开有所怨言，直言说："期待姐妹回来摇身一变成超级赚钱的大拿，带我走上人生巅峰！"

　　我们在孤独咖啡厅里聊天侃地，在摇摇车上流连忘返，最后她突然真情流露："谁能想到呢，我们天真小姐，曾经最胆小的女孩如今却是最大胆的，而我这种看似最肆无忌惮的人，到头来其实才是最瞻前顾后、故步自封的人。我在想，是不是我变了？"

　　"可能人生肆无忌惮的额度有限，你的用完了。用完了，就觉得没劲了嘛，就不想再折腾了。"我反而庆幸曾经的胆小，正是它孕育了我现在的勇气。

　　"那张家奇怎么办啊？"梦露话锋一转，嘴角上翘。

　　"什么怎么办？他是他，我是我。"

　　梦露又阴阳怪气地调侃说："那为什么到现在都不敢告诉人家呢？"

　　我不置可否，支支吾吾半天，才憋出一句："不是没想好措辞嘛。"

　　"我看你是不想耽误人家，人家明显对你有意思。"梦露转眼一想，"要么就是你怕你一说要走，人家一跟你表白，你就不舍得走了！"

　　"你这个妖女，你要成精了！"

我挠梦露痒痒,梦露花枝乱颤地扭起她的腰肢,叹道:"哎呀,你那点小心思被人家猜中了啦!"

"他对我没意思,不然不会一点表示都没有,都三十多岁的人了,世上还有这等纯情男?"

"跟你说过啦……这里的爱情慢。"

"那也太慢了。"

梦露不仅会读心术,还有一双火眼金睛,她揪出我的苦闷,随即把玩起来:"既然这样,那小女给你支个招儿!如果你下定决心要出去,你就去相亲,让张家奇死了这条心。相亲多好用呀,老家必用的毒招,以毒攻毒。"

我想起曾经就是用相亲一招击垮了老妈的念想,不禁打了个响指,盛赞梦露的好主意。

我把自己塞进新买的套装,对着高跟鞋嘟囔"你这磨人的小妖精",蹬上它望着镜子千娇百媚地摆动起来,却还是出神了。半晌,我迟疑着脱下,重新穿上了久违的土黄色碎花裙和运动鞋。

到了这个时刻,我仍然不忘自己的相亲宗旨——为了爱,请让对方恶心到底!

我在约好的餐厅门口捏紧了包包的带子,给自己打气,然后深呼吸,佯装轻松地走进去。

我站在大厅张望,扫视单身男子的身影,发现靠窗的一个卡座的沙发上藏着一颗圆寸头,便挺起胸膛走过去。

"你好……"我上前打招呼,猝然刹住了嘴,眼前这张脸让我口吃起来,"警警警告你,你别跟我说这是巧合!"

"土拨鼠？是你啊？"张家奇冲我狡猾地一笑，突然沉下脸说，"当然不是巧合，所有人都来告诉我，你要相亲了。"

"谁啊？"

"梁音。"

"梁音？"

自从我打算二闯北京，我便向梁音抛出了橄榄枝，邀请她一同跟我前往。梁音欢天喜地，说会跟随我到天涯海角，挖空我所有的经验，成为下一个接班人。我不敢当，只是恍然发觉梁音真像曾经跟在向东身后喊师父的大野，并预感她将走得跟大野一样远——年轻有为，便是如此。

"还有梦露和其他所有知道的人。"张家奇莫名笑道，"大家都怕你被别人抢走了。"

"那大家也未免太八婆了。"我强颜欢笑。

"你包里带啤酒和辣酱了吗？"张家奇继而公然调侃我。

我在他对面坐下，叹了口气，慢悠悠地从包里掏出了啤酒和辣酱。张家奇突然笑得比哭还可怕。我踹了他一脚，他才收敛一些。

"你变了！"张家奇狗嘴吐不出象牙。

"是啊，拜你所赐，还要谢谢你，我现在已经不是当初那个只关心拍照发朋友圈、无心好好吃饭的人了。"我虽然不服气，但也得承认，"我啊，比以前会生活了，终于有点三十岁女人的样子了。"

可张家奇一句话便把我打垮："那你想瞒我到什么时候？关于你想去北京的事。"

我脸红起来，来不及搪塞，突然有个陌生男子走过来，试探性地问:"请问你是天真吗?"

我一头雾水地朝张家奇眨眼睛。

"她不是天真!她是我女朋友!"张家奇抢先开口了。

对方"啊"了一声。我还没有反应过来,张家奇便作怪地说:"骗你的,傻蛋,她就是!"然后一把拉过我,朝外面跑了出去。

我一路朝他喊:"喂喂喂,你干什么呀?"

张家奇大笑起来,把我塞到他的车里。

"你让我放相亲对象鸽子,你这样礼貌吗?名声要是被你搞臭了,以后没人敢跟我相亲了好吧!"

话语刚落,我眼珠子转溜了一圈,这才反应过来:梦露让我相亲,又告诉张家奇我相亲的消息,好试探张家奇的态度?如果他不来阻挠便说明对我没意思,来阻挠便知道他的心意,一箭双雕。

可惜张家奇不按常理出牌。

我问他:"你现在把我拉走是什么意思?"

"拉你去吃告别宴,特意为你办的,公司的人都在等你。"说完,张家奇擅自将车子启动,不由分说地将我拉到聚会餐厅。到了现场,我才发现张家奇挑的是我们相亲的那家,明摆着要让我尴尬,真是缺德。

听说已经按人数订好餐,为了坚守不浪费国家粮食的原则,我硬着头皮就进去了。

我本以为会是一场鸿门宴,一到包厢便吩咐大家开开心心,送佛送到西。大家一口答应:"天妈你放心,我们一定不会难过的,我们等你回来。"

到了后半场，现场又哭又笑，搞得我像即将驾鹤仙去似的。

用餐后，张家奇跟我一块去结账，他才发现自己没有带卡，于是使劲地瞟我。

我假装没看见准备拍拍屁股走人，结果张家奇拽住了我。

"这位先生你有事吗？耍流氓啊，我不认识你。"我瞪大眼睛看他。

"你是我干闺女，不找你找谁啊！"张家奇在服务员面前居然使了这一招。我鄙夷地看着他，这个时候，梦露的电话打了过来，张家奇趁机催促我："钱包拿来，救我一下。"

我跟他说了银行卡密码，便将钱包递给他。

梦露在电话里跟我炫耀她的妙招，我忍不住反驳说张家奇根本没有中套。于是梦露祝我好运："那你只能自己看着办了。"

等张家奇还给我钱包，我吓了一跳，我想起里头塞有相亲那天我敲诈他的纸条。多难堪的回忆啊，我戒备地问他有没有乱翻我的钱包看到什么，他说没有。我就不再过问了。

隔天张家奇给我转账，还挺大方，我没提利息，他却给我多转了一百块。

我欣喜若狂地跟他说："开窍了啊，好人哪。以后出门别带钱，我借给你，你还钱的利息算多点呗。"

张家奇骂我得寸进尺，就不再理我了。

5

回家之后，我平躺在我的大红花床单上，突然想起跟张家奇在车里时，我明明看到了他的卡包，他怎么会说他没带卡？

我爬起来，狐疑地翻出钱包，最后竟然在钱包里发现了张家奇偷放进去的一张平安符。

我浅浅地笑了，握着那张平安符片刻，对这位"直男癌"的印象有了质的变化，竟然从"鄙夷"变成"挺可爱的"。

我忽然在心里跟自己说，豁出去了。

我带着诀别的心情，骑着自行车前往苹果园。途中突然电闪雷鸣，但就算此刻下起暴雨，我也不想放弃。我用力地蹬着脚踏板，骑到了果园前。

夏娃已经熟悉了我的身影，冲过来亲昵地蹭我的脚，像在说，你来啦。

"张家奇呢？带我去见他！"我摸着夏娃的头，它摇了会儿尾巴，似乎听得懂我的话，扭头便带着我跑进了苹果园。

我们跑过一棵又一棵苹果树，穿梭在树影中，直到我见到了身穿农作服在喷农药的张家奇。

周遭是苹果的香味，我踩在新翻的土壤上，与他对望着。我突然想起梁音那张倔强的脸，心里感叹，年轻真好啊。我仿佛因羡慕美好的事物，从而也被灌入了幸运，被注入了新血液。我突然觉得我也可以犯错，也可以期待未来。一切都不晚。

雨珠滴在我的脸上，我抬头望了眼天空："要下雨了。"

"是啊，然后呢？"张家奇也望了眼天。

"我要去北京了！"我喊道。

"我知道啊。"他也喊。

"去之前我要告诉你一件事，我喜欢你……"我扯起嘴角，坦荡地说，"但我不会为你停留！"

"你怎么不早说？"

"说了有什么意义吗？"我想我的表情一定很倔强。

"苹果红了有什么意义吗？"张家奇反问我。

下雨了，我被突如其来的雨水打得眼皮发颤："因为在这里，爱情很美好，爱情很慢！"

"我也很喜欢你，但知道这里留不住你，知道你总有一天要走，所以没有告诉你，怕给你添麻烦，添烦恼。如果你不走，谁想慢！我肯定第一时间就告诉你！"

"你怎么变得这么贴心？"

"因为遇见你。"

我们渐渐被雨水打湿。我张开手掌，接着天上掉下来的雨滴。

"这些日子，我感到前所未有的轻松。"我眯起眼睛，凝视着他的脸，"果子绿了，下雨了……"

"不早不晚刚刚好，苹果熟了。"张家奇也长久地盯着我。

"那你要尝一下吗？"

我们站在原地不知过了多久，大雨忽地倾盆而下，这时张家奇朝我跑来，猛地捧起我的脸，使劲亲吻我。

空气中的苹果香气弥漫开来，它跳进土壤里，弹在脚踝上，溜入我的后脖颈中。

苹果红了。

6

一个夏日清晨，海面如我来时般波光粼粼，只是阴凉树荫下多了蝉声连连。我再度整理好行囊,在家门口蹬上我回来时的高跟鞋。在亲吻过阿连后,我坐上了老爸的摩托车。

行囊比来时轻。那些路过的小摊老板和熟人仍如来时一样,热心地跟老爸打照面:"要出去啦?"

"是啊,要出去了。"

梦露和梁音已经在村口驻足等候,待我抵达,又过了会儿,却迟迟不见张家奇到来。我看时间不多,便跟梁音上了公交车。

公交车咯噔咯噔地启动,梦露跟老爸在其后挥手,一次又一次。

直到车子驰入沙路,车窗外突然响起我的名字。我朝窗外探出头去,只见张家奇穿着那身条纹睡衣,骑着摩托车追来,满口白牙:"我起晚了,东西刚做好!还热乎呢!你路上吃!"

他将摩托车开近,从窗口递给我一个袋子。

我奋力地伸出手去接,一把抓了过来问:"什么啊?"

"再见咯,美味小仙妹!"

张家奇的摩托车放缓,直至被公交车远远地甩在了后头,我才坐回位子,打开了袋子,看到满满当当的苹果以及苹果料理。

我拿起一块料理吃了一口,内心变得饱满丰盈。

"你看这个,是咱们之前做的广告。"梁音提醒我看公交车上的屏幕和座背上的布贴,那是市文化旅游发展委员会投放的视频与海报宣传,上面写着一行字:有时间了就来这里,来了这里便有时间。

在视频的蒙太奇中,这里从老旧的捕鱼村落生长成如今的新鲜旅游地。

"我都忘记我小时候这里长什么样了。"

梁音盯了广告一会儿,一时兴起打开了谷歌地图,专注地寻找着这里的定位。在缓冲中,过往岁月里的景象正一片片地被放大,进而奇妙地在当下显现出来。

"啊。"梁音突然吃惊地将手机递到我面前,"这是你爸爸吗?"

地图中被摄下的画面,就是曾经的村口,也就是刚才的那个位置。老爸和老妈曾在路边站着,眺望着。那时候,我还没叫他们"老爸""老妈",事实上,我也不记得我是从什么时候开始才跟现在这样称呼他们的。

他们就那样站着,眺望着,如同两尊雕像在岁月中站成了永恒。

我紧张地攥着手机,使劲朝他们眺望的方向往前划,地图像素在缓冲中变得模糊——我好像看到了十八岁的自己,正孤身一人拖着行李,走出了村口。

那是我人生第一次出远门。

奇怪的是,犹如被唤醒了曾经的心情,如今的心跟年少的心别无二致,它留恋又期盼。唯一不同的是,当年的帆布鞋留在了记忆中,我脚下现穿着一双高跟鞋。

我在走我的路。

图书在版编目（CIP）数据

有暇 / 黄伟康著. -- 贵阳 : 贵州人民出版社, 2023.3

ISBN 978-7-221-17472-7

Ⅰ.①有… Ⅱ.①黄… Ⅲ.①长篇小说—中国—当代 Ⅳ.①I247.5

中国版本图书馆CIP数据核字(2022)第207375号

本书简体版权归属于银杏树下（北京）图书有限责任公司。

有暇
YOUXIA

著　者：	黄伟康		
选题策划：	肖　恋		
出版统筹：	吴兴元	责任编辑：	王潇潇　汪琨禹
特约编辑：	何　方	装帧制造：	墨白空间·张家榕

出版发行：贵州出版集团　贵州人民出版社
地　　址：贵阳市观山湖区会展东路SOHO办公区A座
邮　　编：550081
印　　刷：北京天宇万达印刷有限公司
版　　次：2023年3月第1版
印　　次：2023年3月第1次印刷
开　　本：889毫米×1194毫米　1/32
印　　张：11
字　　数：230千字
书　　号：ISBN 978-7-221-17472-7
定　　价：55.00元

后浪出版咨询(北京)有限责任公司　版权所有，侵权必究
投诉信箱：copyright@hinabook.com　fawu@hinabook.com
未经许可，不得以任何方式复制或者抄袭本书部分或全部内容
本书若有印、装质量问题，请与本公司联系调换，电话010-64072833